东方奇迹

中国全面小康圆梦之路

陈言 苏林

编著

浙江教育出版社·杭州

图书在版编目（CIP）数据

东方奇迹：中国全面小康圆梦之路 / 陈言，苏林编著． —— 杭州：浙江教育出版社，2023.5
ISBN 978-7-5722-3402-6

Ⅰ．①东⋯ Ⅱ．①陈⋯ ②苏⋯ Ⅲ．①纪实文学－中国－当代 Ⅳ．①I25

中国版本图书馆CIP数据核字（2022）第068114号

东方奇迹——中国全面小康圆梦之路
DONGFANG QIJI ——ZHONGGUO QUANMIAN XIAOKANG YUANMENG ZHI LU

陈言　苏林　编著

责任编辑：	余理阳　杨洁琳
责任校对：	何　奕
美术编辑：	韩　波
责任印务：	沈久凌
出版发行：	浙江教育出版社
	（杭州市天目山路40号　电话：0571-85170300-80928）
图文制作：	杭州林智广告有限公司
印刷装订：	浙江新华印刷技术有限公司
开　　本：	710 mm×1000 mm　1/16
印　　张：	25
字　　数：	330 000
版　　次：	2023年5月第1版
印　　次：	2023年5月第1次印刷
标准书号：	ISBN 978-7-5722-3402-6
定　　价：	68.00元

版权所有　翻印必究
如发现印、装质量问题，影响阅读，请与承印厂联系调换，电话：0571-85164359。

序

2500多年前，中国人第一次提出了"小康"这个社会理想。如今，这个古老概念被赋予新的内涵，进入中国现代化坐标体系。2020年，中国在决胜全面建成小康社会进程中取得决定性成就，实现了"经济持续健康发展""人民民主不断扩大""文化软实力显著增强""人民生活水平全面提高""资源节约型、环境友好型社会建设取得重大进展"的"五位一体"战略部署目标。

2021年，习近平总书记在庆祝中国共产党成立100周年大会上庄严宣告："……我们实现了第一个百年奋斗目标，在中华大地上全面建成了小康社会……"

"全面小康"的实现，创造了神州奇迹、世界奇迹。

全面深化改革取得重大突破，全面依法治国取得重大进展，全面从严治党取得重大成果，国家治理体系和治理能力现代化加快推进，中国共产党领导和我国社会主义制度优势进一步彰显。经济实力、科技实力、综合国力跃上新的台阶，经济运行总体平稳，经济结构持续优化，截至2021年底，国内生产总值达到114万亿元。脱贫攻坚成果举世瞩目，现行标准下9899万农村贫困人口全部脱贫，832个贫困县全部摘帽，12.8万个贫困村全部出列，14个集中连片特困地区区域性贫困问题得到解决。

粮食年产量连续7年稳定在1.3万亿斤以上。污染防治力度加大，生态环境明显改善。对外开放持续扩大，共建"一带一路"成果丰硕。人民生活水平显著提高，高等教育进入普及化阶段；城镇新增就业超过6000万人，2021年在疫情影响下全年城镇新增就业1269万人，仍比上年增加83万人；建成世界上规模最大的社会保障体系，基本医疗保险覆盖超过13亿人，基本养老保险覆盖10亿人以上。文化事业和文化产业繁荣发展。国防和军队建设水平大幅提升，军队组织形态实现重大变革。国家安全全面加强，社会保持和谐稳定。

这个新时代，是承前启后、继往开来、在新的历史条件下继续夺取中国特色社会主义伟大胜利的时代，是全面建成小康社会进而全面建设社会主义现代化强国的时代，是全国各族人民团结奋斗、不断创造美好生活、逐步实现全体人民共同富裕的时代，是全体中华儿女勠力同心、奋力实现中华民族伟大复兴中国梦的时代。

值此伟大历史性时刻，本书以决胜全面建成小康社会取得的决定性成就为内容框架，以"历史＋当代""国家＋地方""宏观＋微观"的综合视角选取素材，以一系列富有时代特色、彰显时代风貌的人物和事例为核心内容，以一个个平凡个体的不平凡足迹为落脚点，不辞土石，不弃涓流，通过深度采撷和纪实性抒写，生动呈现、深刻反映我国在决胜全面建成小康社会历史进程中的创新实践和辉煌成果。

通过本书，我们将能够以更加细腻、真切的触角，去感受精准扶贫方略之伟大，全面深化改革成就之斐然，国家经济实力之跃升，人民生活条件之富足，生态环境底色之鲜亮，对外开放成果之丰硕，文化兴盛，国防稳固，物阜民丰，河清海晏；同时，在展览这煌煌画卷时，能够更全面地阐释、传递中华振兴和中国之治的成功密码。

目录

第一章
脱贫攻坚 迎小康

引子 / 003
第一节 大别山下古坊新颜 / 004
第二节 乌蒙之巅黔江花开 / 015
第三节 太行深处"愚公移山" / 029
第四节 八闽大地"山歌海经" / 040
第五节 丝路之驿"志智双扶" / 053

第二章
求变应变 助小康

引子 / 067
第一节 愿将一生献宏谋 / 068
第二节 基层治理的无声细流 / 078
第三节 长作雪松护天山 / 086

第三章
国力跃升 促小康

引子 / 101
第一节 逐梦万米深蓝 / 102
第二节 长路追风 中国速度 / 112
第三节 青春之花绚丽绽放 / 122

第四章 端牢饭碗 奔小康

引子 / 135

第一节 在北大荒端好中国饭碗 / 136

第二节 南繁北育 藏粮于技 / 150

第三节 中原粮仓 藏粮于地 / 161

第五章 绿水青山 绘小康

引子 / 173

第一节 "老人与海"的半世情缘 / 174

第二节 塞罕坝上的"三代接力" / 183

第三节 绿色逆袭毛乌素 / 196

第六章 "一带一路" 通小康

引子 / 207

第一节 追"风"人 / 208

第二节 爱在他乡 / 217

第三节 多瑙河畔复喧嚣 / 227

第七章 点亮生活 享小康

引子 / 241

第一节 迷茫下的突围 / 242

第二节 满掌飞翔点点星光 / 251

第三节 救护乡亲 不虚此生 / 262

第八章 文采飞扬 颂小康

引子 / 279

第一节 守正创新"看门人" / 280

第二节 为时代造像 / 295

第三节 山水田园两相知 / 308

第九章
强军强国　铸小康

引子 / 323

第一节　定海神针 / 324

第二节　铸"甲"为国 / 335

第三节　刀尖舞者 / 346

第十章
安全基石　佑小康

引子 / 361

第一节　家在玉麦守国门 / 362

第二节　兴安大地　绿色丰碑 / 372

第三节　漫漫航程　浩浩壮歌 / 381

后记 / 391

第一章 脱贫攻坚 迎小康

江山就是人民,人民就是江山。中华民族的千年梦想,中国共产党的百年夙愿,一个掷地有声的庄严承诺,一场脱贫攻坚的时代壮举,驰而不息,久久为功,终一朝梦圆。

引子

2020年11月23日,对于曾经的9899万贫困同胞来说是一个难以忘怀的日子,包括纳雍县在内的贵州省9个贫困县通过国家精准扶贫政策实现脱贫摘帽。它们是最后一批摘掉国家级贫困县帽子的深度贫困县,标志着贵州部分县市从此撕掉了千百年来绝对贫困的标签。

"十三五"以来,中国超过5575万农村贫困人口摆脱绝对贫困,人均纯收入年均增长30%,960多万贫困民众搬迁新居,农村贫困整体发生率下降至0.6%,832个贫困县全部脱贫摘帽,中国对全球减贫事业的贡献率超过70%。

在以习近平同志为核心的党中央坚强领导下,中国经过世界规模最大、力度最强的脱贫攻坚战,近1亿人摆脱绝对贫困,提前10年实现联合国可持续发展议程确定的减贫目标,14亿人即将迈入全面小康生活……这是绝对贫困在中国的历史性终结,这是人类减贫史上史诗般的奇迹。

2021年2月25日,全国脱贫攻坚总结表彰大会在北京人民大会堂隆重举行。习近平总书记在大会上庄严宣告,我国脱贫攻坚战取得了全面胜利,这是中华民族的伟大光荣!这是中国人民的伟大光荣！这是中国共产党的伟大光荣！

中国式减贫，从易地扶贫搬迁、产业脱贫到"借鸡生蛋"、电商扶贫，从金融扶贫、健康扶贫到就业扶贫、旅游扶贫、教育扶贫……在制度优势与民间智慧的相互激发、碰撞中，彰显了中国特色社会主义制度优越性，夯实了建设社会主义现代化国家根基。

江山就是人民，人民就是江山。中华民族的千年梦想，中国共产党的百年夙愿，一个掷地有声的庄严承诺，一场脱贫攻坚的时代壮举，驰而不息，久久为功，终一朝梦圆。

脱贫摘帽不是终点，而是新生活、新奋斗的起点。万众小康也不是终点，而是我们民族复兴梦的新坐标、新征程。

第一节　大别山下古坊新颜

迈开腿

2014年春节刚过，河南信阳光山县东岳村村支书杨长家又开始忙碌起来，他要重点走访村里的贫困户，了解他们的生产生活情况。东岳村位于河南省信阳市光山县西南部，这个大别山脚下的不大的村庄，2000多口人中还有近三分之一生活在贫困线上。

一天前，村里民主评议贫困户人选，40多岁的杨长太也入选了，这在有些人看来是一件好事，但对他来说却感觉是一种耻辱。

杨长太确实感到非常丢人，因为当时参加贫困户大会的大多数人都是六七十岁的老头、老太太,像他这样的青壮年并不多。

"你的苗木生意(失败),大家都知道是咋回事,有客观原因。你现在的状况可以说都是因为这个事。我相信你的能力,你难道要被这困一辈子,证明我当初看走了眼?"面对情绪低落的杨长太,杨长家也有些动火。

"村委会给你从镇上信用社申请到 5 万块贷款,给的是最高额度,村委会作担保。(贷款)要不要,想不想翻身,你要想清楚。"临走时,杨长家告诉他这个信息。

听到这,杨长太浑浊的目光中才终于闪现出光亮……

两年前的杨长太完全不是这个样子。那时他在北京打拼,搞过种养殖,做过建材装修,跑过贸易销售,在村民眼中是一个十足的能人。2012 年,正是受到杨长家等村干部的感召,他才决定回乡创业,承包了村里的 30 多亩土地,投入了全部积蓄,搞起了苗木花卉种植。

但因为不懂技术,他在苗木选种和种植上进行得并不顺利,苗木成熟后,又因为缺乏渠道和信息来源,销路一直低迷。结果老本折完不说,还欠了人家七八万元钱。

创业失败的打击还没结束,他又遭遇了一场车祸,为治病花了不少钱。就这样旧债未了又添新债,这个意气风发的一家之主很快被击倒了。

为了帮助灰心丧气的杨长太重新振作起来,杨长家以及几任驻村第一书记没少到他家去,给他鼓励,帮他解决实际困难,就是鼓励他再次燃起创业脱贫的希想。

2011 年 8 月,省里下派驻村第一书记、中原出版传媒集团出版处处长王霆炜走进东岳村。从那时起，中原出版传媒集团就和东岳村结下了不解之缘。

经历了一次次的疏导、鼓励，杨长太终于下定决心再试一试。他又借了几万元，凑了十多万元，开始了第二次创业。

之后，王霆炜、张煜、贾巍、潘瑛矗等四位驻村第一书记先后走进杨长太家，帮他找问题、想办法，请专业技术人员，还帮他对接市场、上网销售……

信阳农林学院教授范宏伟来村里，现场给杨长太开出两服"药方"：一是紧盯市场，改种销路好的品种；二是学习技术，科学种植管理。

"多买些小苗，这样风险小利润高，适合起步期探探路。"教授的话，杨长太一丝不苟地照做，当年就实现花卉苗木销售收入15万元，把欠的外债还清了。到2014年底，杨长太家就率先在村里脱了贫。

脱贫之后的杨长太不再蔫巴了，而且思想也发生了明显变化，他不仅充满自信，还想着怎么把产业做大，"做生态绿色的产业"。2015年8月，越干越有劲的杨长太成立了"四方景"家庭农场，并申请注册了"四方景庭"商标，长期聘请信阳农林学院教授做技术指导，经营范围也从种植苗木花卉，逐步发展到种植有机水稻、搞水产养殖，再到种植无公害蔬菜、有机茶叶，搞稻虾共作、林下养鸡，农场流转土地面积超过1300亩。

搞稻虾共作的时候，很多村民持怀疑的态度。有人说，这里祖祖辈辈都没养过虾，根本没那个环境，这是异想天开。也有人说，一没有技术，二不了解市场，风险太大，肯定要赔钱。更有老辈的人指着杨长太的鼻子骂他"瞎胡搞",早晚要祸害其他人。

一些人的质疑反而激起了杨长太的斗志。2018年初,他很快承包了100多亩水田,率先搞起了稻虾共作实验。稻虾共作,就是一水两用、一田双收,一块田里面的水既能养小龙虾,又能种水稻。

当年9月第一次面临收获小龙虾时,杨长太也很紧张,身后是一片绿油油的稻田,脚下是一条十几米宽的小河,这里就是他进行稻虾共作的基地。不少村民前来围观,网箱抛下去不久又收回来,活蹦乱跳的龙虾浮出水面。

"这个一亩能收多少虾?"有位好奇的老人过来问。

"一亩大概300斤吧,按现在6块钱一斤,能卖1800元,可以吧?"杨长太笑着答道。

得到答案的村民露出羡慕的眼神。

除了龙虾,这种种养模式下产出的稻米价格也比普通大米贵一倍。"养小龙虾的稻虾米是生态绿色的,能卖到将近5块钱一斤。"杨长太说。

稻虾共作的模式让村民们大感新鲜,也不再怀疑,陆续有一些大胆而活络的农户加入进来,在杨长太的指导下尝试这一新的种养模式。

把支部建在产业链上,建在重点项目上,建在帮扶网格里。按照上级精神,杨长太的"四方景"家庭农场也组建了党支部,这让杨长太从"杨场长"变成了"杨书记"。随后,东岳村先后成立了东岳村社区党支部、文殊寺油茶专业合作社党支部。

就这样,从最初的贫困户到脱贫户,再到如今的致富带头人、支部书记，短短几年，杨长太实现了"四级跳"。他也被老乡们亲切地称作东岳村的"乡土人才"。

成功后的杨长太越来越自信，也越来越敢折腾了。2018年，他又搞了一个自己一直想干的大事，那就是成立产业联盟。杨长太想把家乡有特色的农副产品都集中在"四方景庭"品牌下进行销售，进而把这些产业组成一个产业联盟。在驻村工作队的帮助下，原先不懂电商的杨长太成功"触网"。东岳村结对帮扶单位中原出版传媒集团为其打造了云书网，"四方景"家庭农场与云书网等电商平台合作，半年时间就有了30多万元的收入。

信阳光山县位于大别山集中连片特困地区，是中央办公厅定点扶贫县，于2019年5月脱贫摘帽。9月17日，习近平总书记在东岳村调研时作出重要指示，要积极发展农村电子商务和快递业务，拓宽农产品销售渠道，增加农民收入。

此前，东岳村引以为豪的"四色"资源并没有得到充分利用。这"四色"资源包括："绿色"，即东岳特有的山水树木；"红色"，这里曾有李先念等老一辈革命家生活战斗的身影，留有红四方面军、红二十五军、红二十八军的革命足迹；"古色"，是指这里保存了数百年的东岳寺和村中古民居；"粉色"，则是指这里的国家级非物质文化遗产项目——花鼓戏。

习近平总书记的考察调研，让东岳村有了名气，也打开了村干部的思路。村里制定了文化旅游强村富民战略，计划下大力气搞旅游产业，把糍粑制作、花鼓戏表演、革命旧址等文化遗产和自然风光串成"珍珠链"。现在，村里的外地游客每天都不间断，多的时候一天有五六千人。

"总书记说过,路子找对了,就要大胆去做。我觉得我现在的路子就找对了。"一次直播卖货,杨长太与一个东岳老乡交流时说,"不是我杨长太飘了,而是我迈开腿了,我向前迈了一大步子!"

要奋斗

党的十八大以来,中国政府为了让一些农村彻底摆脱贫困,开始向贫困村庄派驻有工作能力和经验的公务人员,担任第一书记的职务,与村民们一起推动乡村经济的发展。这同时也是以党建工作推动脱贫攻坚工作的一项创举。

贾巍就是这300多万扎根基层的驻村干部中的一员。他是中原出版传媒集团党委工作部主任、派驻东岳村第一书记,也是该村第三任驻村书记。

央视拍摄的系列纪录片《中国扶贫故事》,专门记录了东岳村以及贾巍驻村扶贫的一段故事。

2017年11月,贾巍到东岳村的时候,村里的面貌已经发生了明显的改变,特别是在饮用水、道路、供电等基础设施上,在前两任驻村书记以及村干部的共同努力下,取得了不错的成绩。

然而,接下来要走的路依然漫长,要啃的硬骨头也不在少数。其中,村里剩余的十几家老大难贫困户就是主要目标之一。他们是脱贫攻坚战役中"最顽固的堡垒",更是需要进行精准帮扶的主要对象。

村民匡祖成是村里近些年的建档立卡贫困户,由于村里易地搬迁,他们一家三口住进了新房。然而,乔迁新居不仅没有改变他的生活现状，反而因为缺乏稳定的收入以及生活成本的增加，让日子越过越不像样。

贾巍看在眼里，急在心里，正好村里有修路的工程，他就按照程序要求，帮助匡祖成夫妇争取到这个项目。

夫妻俩很珍惜这次机会，活干得格外认真。工地上，匡祖成搅拌混凝土、倒模，然后开拖拉机把混凝土碾平。妻子则负责操作"泥抹子"（一种手持汽油抹灰机），把碾子碾过的水泥路面再抹平整。他们每天一大早就开着三轮车赶到工地，一直干到天黑，午饭就在工地上简单解决。

就在这对夫妻为了生活起早贪黑的时候，他们的邻居肖怀贵却整天无所事事，靠政府补助过日子。

肖怀贵的女儿在县里上中学，只有周末才回家，他还有一个80多岁的老娘，常年卧床离不开他人的照顾。他因为生性懒散，媳妇后来离开了他去了外地。于是，这让本就对生活缺乏追求的肖怀贵更加感到生活无望。

贾巍常常来找肖怀贵聊天，也帮他介绍工作，但每当谈到工作，肖怀贵总是拿各种理由来搪塞。

"贾书记，你是知道的，我身体不好，精神也不好。我离不了家，得照顾我妈。"

这话贾巍都快听出老茧了，他拿匡祖成的例子来刺激肖怀贵，肖怀贵总能找到理由，油盐不进。即使贾巍告诉他，找份工作挣钱也不影响拿补助，肖怀贵还是不同意，从心底里拒绝自主劳动。

面对这个东岳村有名的懒汉，贾巍拿出了打持久战的耐心与劲头，在脱贫这件事上，他不想放弃任何人。

中国的脱贫攻坚战，决不允许放弃任何人。

一个周五的早晨，肖怀贵吃完饭在自家屋外的竹林小道转悠。他家在一排白墙黛瓦的平房里，这里每家每户都有一个小院，种着毛竹做篱笆。这些都是东岳村的搬迁安置房。

贾巍再次登门。明天肖怀贵的女儿就要从学校回家了，贾巍想借着这个理由再做做他的工作。"孩子难得回家一趟，你不得收拾精神点？"贾巍建议说。然后，贾巍开车拉着他去了乡里。

走在熙熙攘攘的大街上，贾巍发现肖怀贵总是躲躲闪闪的，看人也是低着头不敢直视的样子。"这得多自卑才会这样啊。"贾巍心里不禁感慨道。

而克服自卑，或者说建立自信最直接的办法，不就是从改变外观开始吗？所以，贾巍决定先帮肖怀贵改变一下形象，让他有一点精气神。

于是，贾巍带他去商场里挑了一件外套，然后又带他去理发馆剪了个发，把他好好拾掇了一番。还别说，换了衣服、理了发的肖怀贵自我感觉变好了，和贾巍说的话也多了起来。当贾巍想替他付买衣服的钱时，他还硬气地让店员把钱退回去，直到贾巍让他以后请吃饭才作罢。

回村的路上，贾巍边开车边和肖怀贵闲聊。肖怀贵说他睡眠不好，贾巍就劝他找份工作，白天工作累了晚上就睡得好了。肖怀贵抱怨说工作时不好请假，贾巍就批评他说任何工作都不能随意请假。

那段时间，贾巍经常带肖怀贵进城活动活动，他想让肖怀贵熟悉这种感觉，把他当作兄弟，同时也让肖怀贵能够保持和外界接触的状态,而不是把自己封闭起来。

晚上,贾巍让肖怀贵买了点菜,然后到邻居匡祖成家去吃涮火锅。酒过三巡,贾巍话锋一转,又聊到了肖怀贵的工作上来。

"你们两个(肖怀贵和匡成祖)的经济条件是一样的,但你看现在的差距……"

"不是,他身体没毛病。"肖怀贵皱着眉头回答。

"怀贵,你知道啥叫志气吗?人得有志气。"贾巍没有理他的借口继续说,"你得奋斗!你懂奋斗是什么意思吧?"

肖怀贵似乎脸上挂不住了,说自己想过要买一辆三轮车干点活,但没钱。

贾巍立即抓住这个话题,帮他算账,一辆三轮车正常来说一个月就能挣回来了。匡祖成在旁边也帮着鼓劲头并现身说法。

"有人可能看不起你,有人可怜你。为啥,你知道吗?"放下酒杯,贾巍略顿了一下语调接着说,"因为你该干的事没干!"

这时的肖怀贵已经不再辩解,他意识到这顿饭并不仅仅是吃饭而已,似乎还有其他的特殊意义。贾书记和匡祖成的话进入他的脑海里,终于产生了贾书记期待已久的化学反应。

他被深深地触动了,仿佛灵魂深处发出了一声呐喊:脱贫奔小康!

为了尊严

像大别山下的其他许多村庄一样,东岳村不仅古老厚重,而且有过耀眼的光芒。然而,改革开放已经几十年,东岳村的大多数人口还挣扎在贫困线上。

"要让东岳村变得美如画,要让乡亲们活得更有尊严。"20多年前,刚刚接任东岳村党支部书记的杨长家在心里默默发誓。

那之前,杨长家在县城开办了光山县第一家防盗门窗厂,由于胆子大、脑袋灵光,他的生意做得风生水起,很快成了远近闻名的"富人"。

这时候,村里的老支书病重,已经无法胜任工作,乡领导反复合计,最后看中了杨长家,觉得这个年轻人方方面面条件都具备,有很大的发展潜力。

杨长家知道这个消息后,虽然有些心动,但回去"接班"的愿望并不强烈。放着好好的生意不做,回去当一个操心受累的村干部,图个啥?论挣钱,死工资能有多少钱;论光耀门楣,一个"村官"能有多大斤两。而且他也回不了,他一离开,厂子就得黄,辛辛苦苦创下的事业就付诸东流了。

乡领导找他说:"你是党员,现在组织需要你。再说你就是东岳人,真忍心东岳一直这样穷下去?"

老父亲也跟他说:"长家,你该挑起这副担子,现在的东岳比任何时候都需要你……"

杨长家心软,扛不住这样的反复动员,一咬牙答应了。他把厂子折价抵给别人,义无反顾地走向了一条新的人生之路。

2011年8月,中原出版传媒集团王霆炜的到来,开启了东岳村"村支书+驻村第一书记"两位书记共同领导的历史。

王霆炜来后没多久,杨长太正好遭遇了第一次创业失败,生活跌落到低谷。被定为贫困户后,杨长太觉得太丢人,把自己关在家里不愿见人。于是，王霆炜也成了他家的常客之一。

2015年，张煜从王霆炜手中接过棒，成为杨长太口中的第二位"第一书记"。得知杨长太"生财有道"且还是党员后，张煜主动登门造访，建议他扩大规模，带动更多群众致富。"当时省里、市里都支持发展家庭农场，张书记提议我也建一个，这跟我当时的想法一致。"杨长太回忆说。当年，他的"四方景"家庭农场就成立了。

当贾巍任驻村第一书记时，东岳村的发展已经颇有成效，村办企业、专业合作社、特色产业纷纷崭露头角、渐成规模。集体经济从无到有，收入超过30万元，而且全部用于贫困群众，带动了村里60多户贫困户实现稳步增收。到2018年，东岳村就实现了高质量脱贫摘帽。2019年，全村农民人均纯收入达到12700元，比5年前翻了一番多，农民生产生活条件得到明显改善。

"农村确实很需要有人来引导、帮助，特别是对贫困人口，这种指导和帮助对他们整个人生来讲，是一种前进的方向和目标。"在帮扶了如肖怀贵这样的贫困户后，贾巍对于驻村工作发出了这样的感慨。

也正是在一任又一任村支部书记的带领下，东岳村逐渐走出贫困与落后，站起来、富起来并迈向强起来的新时代。在这些乡村振兴奋斗者的引领下，全体党员和群众心往一块想、劲往一处使，不断做大做强产业链，为建设更加富裕的东岳村，共赴更加富裕的小康梦。

东岳村所在的光山县，自党的十八大以来，全县25000多户建档立卡的贫困户共10万多人全部实现脱贫，106个贫困村全部脱贫出列。2019年,全县全年地区生产总值增长6.4%,规模工业增加值增长9.3%,居民人均可支配收入达到19560元,同比增长9.2%。乡村面貌特别是贫困村面貌变化明显,所有行政村通客车率、安全饮水率、乡村电视接收率、光纤覆盖率均达100%。

多彩田园产业发展模式、电商扶贫模式、扶贫先扶志激发内生动力模式、以高质量党建保障高质量脱贫模式……因为在脱贫攻坚工作机制方面进行的一系列创新探索,2020年,光山县荣获全国脱贫攻坚组织创新奖。

在这里,"大别山精神"代代传承,脱贫攻坚成为新时代的注解。

举目整个河南省,在这场脱贫攻坚的重大战役中也交出了一份合格答卷。这个拥有1亿人口、4000多万农村人口、3000多万外出务工人员的人口大省,不仅让718.6万建档立卡贫困人口全部脱贫,53个贫困县全部摘帽,9536个贫困村全部出列,"两不愁三保障"全面实现,与全国同步实现全面小康,还走出了具有河南特色的脱贫致富路子,为乡村全面振兴奠定了坚实基础。

第二节　乌蒙之巅黔江花开

韭菜坪之旅

隆冬时节,走进贵州省毕节市赫章县铁匠苗族乡中井村,放眼望去，依然是满目青葱、绿意盎然。在一座座青山的环抱下，一个个白色塑料大棚在暖洋洋的日头下散发出柔和的光芒。

进入大棚，花香沁人。几位女工正蹲在一片迷迭香中间忙碌着。她们中，一个姑娘，正拿着剪刀和枝条做讲解和演示。

"大家记住，一定要从顶端向下 10 到 15 厘米的地方开始剪，这样插穗才能成功，然后还要把下面的叶子剪一剪，大概剪掉三分之一吧。"姑娘说完，用袖口擦了下额头的汗珠。原来，她正在给大家讲解花卉扦插繁殖技术。

这个身材修长、皮肤白皙的姑娘，显得那么与众不同，一方面是她文雅的气质，另一方面是她的普通话中时不时夹杂着粤语和英语的词汇。这个乍一看有点像某知名影星的姑娘，为什么会出现在这里？那成排的花卉大棚又是怎么回事？这一切还得从几年前的一次旅行说起。

这个特别的姑娘名叫梁安莉，是一名来自香港特区土生土长的"90 后"女孩。15 岁那年，她独自到美国求学。那段时间，她结识了许多来自内地的青年，在与他们的交往过程中，梁安莉了解到了内地日新月异的变化。这一切，使这个原来对国家和民族概念比较模糊的年轻人，产生了强烈的冲击，也激发了她的强烈兴趣。于是，毕业之后，梁安莉毅然选择回国到内地发展。

到内地做什么呢？学工商管理的她，貌似可以选择的领域相当宽泛。梁安莉决定先多走走、多看看，兴许就会产生一些想法、发现一些机会呢。

梁安莉的母亲陈洁是一位爱国企业家，她很支持女儿希望在内地发展的想法。一个偶然的机会，她结识了在贵州毕节挂职的广东省第一扶贫协作工作组组长杨伟强。杨伟强听说这位爱国企业家有意来内地投资发展时，便毫无保留地向她介绍起了他们正在做的一件大事——对口帮扶贵州毕节。

这的确是一件大事，包括组建多层次全覆盖的帮扶体系、进行软硬件投入、吸引人才以及技术……每项举措后面都千头万绪，需要仔细谋划，更需要大胆实践。

贵州脱贫看毕节。毕节，是全国脱贫攻坚的主战场之一。2016年，广州从深圳手中接过对口扶贫毕节的接力棒。广东援黔，以及广州对口支援毕节，是东西部扶贫协作大战局中的一个缩影。

在扶贫协作工作组的牵线搭桥下，部分在穗港资企业前往西部山区支援建设。建设中的产业园、待开工的项目、引进的企业以及招商引资的种种政策，让陈洁以及跟随学习的梁安莉在感到新鲜之余，也学到了许多新的认识。

2017年5月，梁安莉陪母亲到毕节市考察，来到乌蒙山腹地的国家级贫困县赫章。她们立即被山高谷深的高原美景深深吸引。登上"贵州屋脊"大韭菜坪，漫山遍野的野生韭菜花、绵延不断的山脉，让人感觉进入了一个童话世界。

韭菜坪位于贵州境内，属于赫章县阿西里西风景区。大韭菜坪主峰韭菜坪海拔2900米，有着"贵州屋脊"之称，是世界上面积最大的野韭菜花带，也是全国仅有的野生韭菜花保护区。

醉人的花香，淳朴的民风，以及贫穷落后的面貌，都给她们留下了深深的印记。这么美的风景、这么好的自然景观，却无法养育这里的人民，难怪这里被调侃为"苦甲天下"之地呢。那时候的梁安莉，想得最多的就是应该给当地百姓提供一些帮助。"扶贫"在她脑中还只是简单的捐钱、捐物资的概念,和她曾经参与过的公益慈善活动差不多。

陈洁也有和女儿一样的感触,面对这里宜人的美景和人们贫困的生活带来的强烈反差,内心久久无法平静。

"安莉,你可以捐出你的积蓄,甚至我也可以和你一起捐,但这解决不了他们的长远问题啊。授人以鱼,不如授人以渔,这个道理你要明白。"陈洁鼓励女儿再考察一下,看有没有适合当地的项目。

第一次赫章之行,就是一次考察之旅,也是梁安莉的创业之旅。貌似什么都没有发生,但兴趣的种子已经在心底萌发。

几个月后,母女俩重返赫章县,这次她们做了更深入的考察。

赫章县地处滇东高原及乌蒙山区,是贵州省内海拔最高的地区,除了拥有大片的野生韭菜花带,还有历史上夜郎古国的遗址。这里山高坡陡,农业产业化程度低,产业链条不完整,但也因为温差大、无污染的环境条件,非常适宜于各类花卉生长——韭菜坪数十万亩野生韭菜、松林坡乡千年杜鹃和其他乡镇一片片长势喜人的万寿菊、薰衣草,让梁安莉嗅到了商机。"有了花香就有了希望,也许可以把发展花卉产业作为突破点。"

在与当地扶贫干部接触沟通后,梁安莉听到了一个以前从没听过的词语——脱贫攻坚。

一切都在酝酿着,时机渐渐成熟了。在时任毕节市副市长杨伟强的邀请下,梁安莉和母亲决定,共同出资创建广州港华农业科技有限公司(以下简称"港华公司")和港华(广州)文化旅游有限公司。陈洁任港华公司董事长,梁安莉任公司总经理,开始对赫章县进行对口帮扶。

随后近一年时间，为找到合适的种植场地，梁安莉组织一个植物学专家团队，走遍了赫章县大大小小的十几个乡镇，最终将基地选定在铁匠乡中井村。铁匠乡是赫章县的极贫乡之一和唯一的苗族乡。

2018年5月，港华公司与赫章县签订合作协议，港华将依托中科院昆明植物所、中山大学等机构的专家资源，投资建设"云海花田"田园综合体和花卉育种育苗种植基地，带动当地贫困户脱贫致富。

这是一个"龙头企业＋合作社＋贫困户＋基地"的运营模式。恒大集团出资建设大棚、育苗中心及基础设施，政府负责土地流转及"三通一平"，港华负责统一育苗、技术指导、采收，并按订单及市场价格进行收购。村委牵头成立互助合作社，合作社带领贫困户种植，并负责基地的日常经营管理。贫困户的收益构成包含盈利分红收益和基地务工收益，当地贫困户在完成就业的情况下不仅可以领到一份可观的收入，更能学到先进的种植技术，通过勤劳的双手走上脱贫致富路。

就这样，这对母女在云贵高原贵州屋脊上的"美丽"事业正式开启了。

"美丽"创业

当这个"美丽与芳香并举"的扶贫项目，落地于大山深处的小村子时，自然激起了不小的动静。有欣喜与期待，也有不解与质疑。

一些村民不理解,这里祖祖辈辈种的都是粮食,突然改种鲜花,是不是城里人在异想天开?当不止一个人问这类问题时,梁安莉意识到,不仅要给大家普及基本的花卉知识,也有必要让更多人看到产业发展和市场前景。

于是,无论在温室大棚还是在会场,梁安莉都不断地给农户讲解花卉种植的市场情况:薰衣草可以用来提炼精油、制成香包,高原雪菊可以用来制作菊花茶,除了这些,它们还可以移栽到韭菜坪上,让这个4A级景区的"花时"延长,促进旅游业的发展。"这里将来会成为一个以高山花卉芳香元素为主题的康体旅游度假胜地。"

在专家团队的帮助下,他们先试种了白扇菊、橄榄绿等30多个菊花品种,然而问题接踵而至。先是技术门槛,很多农户虽然会种地,但对于种花这门精细活,还是有隔行如隔山的感觉。中科院昆明植物研究所工程技术中心副主任鲁元学,就手把手教农户从施肥、剪插到移植等每个环节的技术。种花要求使用夹镊子,不少人有抵触情绪,认为影响效率,还没啥作用。梁安莉就和鲁元学一同向他们做认真解释:用夹镊子是为了提高花苗的成活率,要相信科学、依托科学。

鲁元学和港华结缘是因为一种神奇的植物——北海道薰衣草。他早年在日本留学时,他的日本导师将经过改良的薰衣草种子送给他,希望他能在中国将这一品种发扬光大。因为这个原因,他一直很谨慎,不希望这个品种用于纯商业开发。

陈洁偶然得知鲁元学有这么一个好品种,就主动登门拜访,并向他介绍了自己正在做的扶贫项目，最终打动了这位技术专家，遂邀其成为公司的科技顾问。

有了鲁元学的技术培训和辅导，农户们终于能够胜任花卉基地的日常工作了。然而，天有不测风云，赫章居然遇到了少见的极端天气，连续3个月几乎不见太阳。对于菊花这种喜阳植物来说，这无疑是一场灾难。

面对考验，梁安莉没有气馁，她一方面找专家想办法，另一方面和农户一起加强"田间管理"，用更多耐心和精力去照顾这些初次遭受厄运的生命。

种花短时间内看不到经济效益，有农户想放弃。梁安莉发挥自己的管理学专业特长，通过计件工资、及时发放务工费用等手段，提高了大家的积极性。

她的努力没有白费，通过采取一系列技术手段和管理措施，花卉基地终于躲过了各种"天灾人祸"，不仅试种成功了30多个菊花品种，还摸清了市场情况。他们的鲜花非常受欢迎，在粤港澳大湾区、昆明鲜花交易市场都供不应求，还远销到日本等国家。

2018年底，梁安莉就和团队开始研究用北海道薰衣草提炼精油的技术。北海道薰衣草的桉叶素含量相对较低，香气温和，比较符合亚洲人对于香味的喜好。彼时，他们已经示范种植了500亩薰衣草。

有一次，一批作为永生花花材的6万多朵绣球花被订购一空，梁安莉立即嗅到了这单生意背后的信息。永生花也叫保鲜花，是把鲜切花加工成干花的花卉深加工产品，是近年来颇受市场追捧的一种新产品。她马上做出调整，让技术人员多次实验，从基地100多种花卉试种品种中选取了 20 多种"接地气"、市场前景好的品种进行推广种植。

2019 年，他们引进了芝樱、针叶天蓝绣球、安娜贝拉绣球等在内的数十种种苗，一方面使鲜花基地由原来的 100 个大棚增加到 400 个，新增花卉种植面积 950 亩，联结贫困户 600 多户近 3000 人；另一方面还新建了鲜花加工车间。

这些新品种的引进和试种成功，极大丰富了他们的鲜花制品种类，并相继打开了日本、韩国和澳大利亚等国际市场的大门。同时，他们的车用、居家用香薰产品也研发成功，并随着鲜花制品进入粤港澳大湾区市场。2020 年，基地大规模种植了美女樱等高附加值花卉，种植芝樱超过 500 万株。

下一步，他们计划将种植规模扩大到 5000 亩，形成一个集农业种植加工、花海旅游观光、休闲康养度假、科普教育培训、农耕研学于一体的现代化田园综合体。

一直以来，基地采取"公司＋农户＋村集体"的利益联结机制，发展鲜花产业，让农村妇女在家门口就业，不仅工资收入在当地非常可观，再加上其他分红、大棚流转租金等，对当地贫困户如期脱贫产生了明显作用。截至 2020 年 11 月，中井村已建设花卉大棚 517 个，鲜花种植基地 400 个，累计为当地群众创收 700 多万元。

"刚到基地务工时，大家基本是靠走路，现在他们人手一辆电瓶车骑着上下班！"在梁安莉看来，如今中井村老百姓发自内心的笑容比鲜花还要美丽。

周巧的"翻身仗"

在花卉大棚内,北海道薰衣草、美女樱、安娜贝拉绣球等悉数绽放,让人仿佛置身花的海洋。管理员周巧正带着村民采收花苗,姑娘们一边劳作一边说笑,成为花丛中一道靓丽的风景。

周巧是铁匠乡中井村共同社区的村民,几年前成为村里的建档立卡贫困户。这个早早育儿养家的姑娘,之前过的是"手握锄头把,种着苞谷、洋芋,一年到头只够勉强维持"的生活。人活得很苦、很累。

周巧也是梁安莉在铁匠乡遇到的令她印象最为深刻的贫困户。梁安莉还记得初到她家时的景象:家里连一件像样的家具都没有,吃的刚煮熟的土豆也是黑乎乎的,而且这个和她年纪不相上下的姑娘已经是三个孩子的妈妈了。

迫于生计,周巧和丈夫把三个孩子留给公婆照顾,夫妻俩常年在外地打工挣钱。这些年来,他们去过浙江、广东、上海,做过家政,在建筑工地和贸易工厂也干过,挣了钱就按月寄回家里,勉强养活一家七口。他们像大多数的打工人一样,常年奔波劳苦于各大城市,到头来不仅无法摆脱贫困的束缚,还饱尝了家人分离的煎熬。

"有时候,孩子的尿不湿用完了,家里又没有钱,公公婆婆打电话过来,我只能让老人先想办法借点。"性格要强的周巧,曾经为这样的事情羞愧自责了很久。

2018年春节前夕,周巧夫妇回家过年。在进村的路边,她发现矗立起一排排崭新的大棚。回到村里后才知道,那是广州恒大集团援建村里的标准大棚,大概有500,由广州港华农业科技有限公司负责承接。村里人还告诉她,这些大棚要发展花卉种植,并且正在招工。

听到基地招工的信息后,周巧动心了,她跑去大棚附近观察了一番。那个基地离她家不远,在一片山坳里。春节一过,她就抱着试一试的心态来到基地应聘。或许是因为她的年轻以及经历,或许是因为她的诚恳与渴望,这个腼腆又坚毅的姑娘被录用了。

"我要当种花工人了,终于不用离开家、离开孩子了!"走出基地的周巧,抑制不住激动,对着大山呼喊着。

走上新岗位的周巧很快发现,干农活和种花差着十万八千里呢。什么石竹、芝樱、迷迭香等这些花她见都没见过,更不要说它们的栽培技术了。工人用夹镊子种花这个看似简单的操作,她也不会。

"这么难得的机会,还有什么可害怕的!"她想,勤能补拙,就从最基础的开始学呗。为了拔掉穷根,任何困难都可以克服!她对自己发了狠,像个学生一样,每天带着一个笔记本跟在专家后面学习记录,请熟练工人手把手地教她使用夹镊子种花。

鲁元学注意到这个心灵手巧、勤奋好学的姑娘,于是耐心指导她相关知识和技术要领。比如,长到什么程度要控根,什么时候控肥、浇水,什么时候升温、降温,还有矮化技术等。

用笨办法一遍遍练,花心思反反复复摸索,功夫不负有心人,没过多久,周巧就熟练掌握了鲜花种植从种到收的全部技术要领。因为懂技术、责任心强,她很快从季节性临时工转为固定岗位管理人员,工资由每天70元提高到了每月4000元,一家人在当年就脱了贫!

"回来一起种花吧,在家门口就能挣钱。"周巧劝说在外打工的丈夫回来,成为基地的一名工程人员,又说动公婆在基地打零工。这下子,一家人都有了相对稳定的收入,全家月收入过万元,苦日子终于熬出了头。

"是安莉和鲜花基地让我的人生获得了新生!"提起梁安莉,周巧的话语里充满感激。

"我们周巧上进、懂感恩,基地出了什么问题,她比我们都还着急!"梁安莉说。从初次相识的生疏到如今的无话不谈,她们已经把彼此都当成了自己人。

随着工作上的不断进步,周巧很快有了一个新的目标,那就是发展自己的种植事业。她打算承包100个大棚来种花,"有公司给我们保底收购,我也不愁卖"。从锄头把到夹镊子,这个摘掉了贫困户帽子的三个孩子的妈,找到了属于自己的自信。

周巧的想法让梁安莉感到很是欣慰,"这说明员工对公司有了足够的信任,也说明大家谋求发展的志气上来了!"这成了梁安莉坚持下去的更大动力。

扶贫既要扶智,也要扶志——这是梁安莉非常在意的一件事。脱贫不同于捐钱捐物地做慈善,而是一项不能松劲的长期事业,需要久久为功的坚持,归根到底还在于那些因各种原因深陷命运泥淖的人发自内心的对于脱贫的渴望和意志。

从基地建立之初,梁安莉就参照公司化的管理制度来要求这些农户,比如让他们打卡上下班,遵守相关规则制度,按技术流程和标准操作,等等;相应地,农户们每个月准时获得劳动报酬。虽然实际运作并没有那么多繁文缛节，但这样做的目的就是要让他们把自己当成产业工人而不是农民，让他们有劳动的自觉以及用双手创造幸福的尊严，在扶志的过程中重塑他们的精神与志气。

"花仙子"的梦想

在赫章县这几年，梁安莉全身心地投入扶贫事业，也收获了更多对于地方、国家以及同胞的更丰富的认识和更深厚的情感。她亲眼看到了从中央到地方是如何层层接力帮助贫困户，以及这里纯朴、热情、勤劳的干部和群众是如何为自己的幸福、家乡的未来奋力打拼的。

"只有走进贫困，才能了解国家精准扶贫事业的伟大，这是贫困山区看得见、摸得着的巨大变化。"她发自内心地说道。

打造可持续的扶贫产业一直是梁安莉坚守的扶贫初心。为此，基地一直不遗余力地培养本地技术管理员，通过这些技术人员影响、吸引更多的村民参与进来，变扶贫"输血"为脱贫"造血"。如今，基地里不少花卉品种逐渐走出温室大棚，走到当地村民家里，零散的土地上也开始有村民主动种植鲜花。

为了吸引更多港澳青年与内地人民同心同向同行，感受全国上下的凝心聚力，梁安莉以基地为载体创建了粤港澳青年援黔创业基地，通过这个基地，越来越多的年轻人参与了进来。梁安莉想做一个"桥梁"，吸引更多的同龄人，特别是香港青年，通过"打拼""奋斗"来创造美好未来。

2019年，港华公司、中山大学岭南学院MBA团队与赫章县阿西里西旅游公司签订了为期10年的战略合作协议,以赫章为首站,举办"为爱奔跑"全国商学院公益越野赛,让精英群体与赫章贫困大学生结成一对一的帮扶关系,助力赫章打赢脱贫攻坚战。

梁安莉的故事被很多人知道,"只有国家发展得越好,我们发展的机会才会越多!"这位被老乡亲切地称为"花仙子"的香港姑娘,正在用自己的辛劳与智慧装点那曾经看起来暗淡贫瘠的土地……

她的故事,也成为"广黔同心,携手同行"的生动注脚。近年来,广州在参与东西部扶贫协作进程中,围绕"黔货出山""粤资投黔""粤客游黔"扶贫协作模式,聚力把毕节和黔南打造成为珠三角乃至粤港澳大湾区的"三大基地",辐射带动大批贫困户脱贫增收。

2019年12月16日,成贵高铁全线贯通,乌蒙山集中连片特殊困难地区的川滇黔千年交通困局被打破。"花海毕节"由此迈入"高铁时代",广州—毕节的"花样扶贫"再次提速升级,迎来新的飞跃。

2020年,广州还通过组建消费扶贫联盟、出台扶持政策的方式,通过线上电商、线下平台、直播带货三大渠道,强力助推"黔货出山"。广州市场采购和消费来自毕节、黔南的农特产品超过39亿多元,比去年全年销售额增加近22亿元。广州市国庆期间摆放街头的花卉品种,就有一部分来自梁安莉的基地。

如今,每到春回大地之时,贵州就开启了色彩交替、分时赏花的季节。2月,漫山遍野的山花;4月,蓝色薰衣草的花海;9月,韭菜坪的紫色花海。越来越多围绕"花事"的景观成为新晋的网红景点……经过广州对口帮扶毕节、黔南的实践探索，已经形成了一个能够有效带动地方特色产业、促进产业融合的"赏花经济"模式。

"这几年，安莉已经很久没在凌晨 1 点前睡过觉了。"说起女儿的拼劲，母亲陈洁的言语里满是心疼。从花卉基地管护到产品策划、对接市场、研发新产品……梁安莉奔波在广州、赫章和昆明三地。即使是在低头种花的时候，她也不忘思考市场需求、调整花卉种植模式，每天从早到晚忙碌不停。然而在梁安莉的心底，她感到能够在新时代里为祖国的发展添砖加瓦，虽然忙忙碌碌，但内心却异常踏实。

"我不能保证事事成功，但我还在很坚定地走着。"面对未来，现在的梁安莉变得更加坚定与从容，将个人事业融入国家发展，她在努力实现自己人生价值的同时，也感受着时代和祖国跳动的脉搏，不负青春，一览芳华。

从 2016 年至 2020 年，各级政府从广州引荐到毕节去考察的企业超过千家，实现落地的企业有 152 家，实际投资额达到 73.45 亿元，共带动超过 57 万贫困人口增收。广州累计财政援助毕节 13.25 亿元，估计带动 22.63 万名贫困人口脱贫，惠及贫困群众 30 万人以上。2020 年 11 月，毕节、黔南所有贫困县退出贫困县序列，实现脱贫摘帽。

2021 年 6 月 11 日，以毕节市乡村振兴局挂牌成立为标志，完成脱贫攻坚历史使命的毕节市，正式进入全面推进乡村振兴的新阶段，穗毕牵手、广黔协作将开启新的篇章。

第三节　太行深处"愚公移山"

艰苦不奋斗，只能落后

河北涉县地处太行深处，钟灵毓秀、人杰地灵，历史文化源远流长。县域内层峦叠嶂、峭壁陡立、沟谷纵横，"崇山峻岭居其过半"，有"露天博物馆"之称。新生代的喜马拉雅运动，不仅造就了高山环绕盆地的独特地貌，漳河呈Y字形流过，也形成了复杂多样的区域小气候，养育着这里的一方水土。

虽是一方水土，但气候风情也各不相同，后牧牛池村就是如此。这个位于涉县关防乡北部13千米处的山坳里的村庄，总面积15平方千米，耕地1358亩，人口1100人，是该乡最偏远的村。

传说此地曾经草木茂盛，适宜养牧，于是村民修池蓄水开始发展牧业，遂有"后牧牛池"的村名。有"后牧牛池"就有"前牧牛池"。前牧牛池村在关防乡偏北的位置，和后牧牛池村相隔不到1千米。当地人为了方便，干脆将其简称为"前池村""后池村"。这里以农业为主，盛产小麦和杂粮，因为缺水，靠天吃饭，老百姓只能解决温饱问题。

其实这里的自然环境并不算十分恶劣，反而拥有一定的旅游资源。比如后池村北的桃花山，山顶建有玉皇庙，是一处小有名气的景观。但真正名声在外的是这里特有的旱作梯田——不同于云南哈尼梯田、广西龙脊梯田那样的温润氤氲的水田，这里的梯田是由一块块山石修成围堰，层层叠叠直上山巅的"石梯田"。

涉县旱作梯田是太行山区最大的梯田群，总面积达21万亩，其中核心区也是最具代表性的王金庄梯田，有8万余块，1.2万亩。它们是当地山民在艰苦的自然条件下，通过水土资源的合理配置，与自然生态条件和谐共生、协同进化的产物，被联合国世界粮食计划署专家称为"世界一大奇迹""中国第二长城"。

后池村的千亩"石梯田"，也曾经郁郁葱葱，但更多情况下是荒芜不堪。为什么？因为这里地势北高南低，南边的漳河距离这里有20千米，远水解不了近渴。后来县里组织开展水渠、水窖、蓄水塘坝等水利基础设施建设，才使梯田缺水的问题得到缓解，初步实现了"地种百样不靠天"。

对后池村来说，虽然水的问题解决了，但交通、通信落后，经济发展滞后的问题依然存在，山地雨养农业的限制，让生活在这片土地上的人们始终挣扎在贫困边缘。

贫穷是生活的枷锁，只有思变求变方能挣脱；好日子等不来，只有艰苦奋斗才能获得。后池村的老百姓受够了困顿窘迫的日子，也在苦苦寻找改变命运、拔掉穷根的路径。

求变脱贫的契机终于在2015年出现了。

时光回溯到那一年的夏天。村党支部书记刘留根听说了一个消息：省里要修太行山高速公路，而且很快就要开工了。太行山高速公路全长651千米，北起北京门头沟，南到河南林州，途经河北境内的张家口、保定、石家庄、邢台、邯郸5市及19县，辐射太行山区30个县。

"这可是条致富大通道啊！"刘留根心想，高速公路在邯郸境内，距离后池村仅半小时的路程。他把消息带回村里，村民们闻听后议论纷纷，热情高涨。也难怪，山里人对这封闭艰苦的环境憋屈了太久，对于交通建设方面的信息尤其敏感，更何况是有可能改变村子面貌的一项大工程。

可是，虽然有了国家高速公路的"东风"，对于未来要如何发展、下一步具体要怎么做，大家依然感到迷茫。

正巧，县乡统一组织各村支书到邢台前南峪村学习取经，刘留根也参加了。几天考察下来，老刘书记感到既兴奋又震惊。兴奋的是前南峪村的自然环境、资源条件和他们村很相似，借鉴经验似乎没什么障碍；震惊的是前南峪村的发展日新月异，那里曾经也是一片荒山秃岭，老百姓吃饭都是问题，后来通过治理荒山、植树造林，特别是种植经济林以及发展林下经济，终于让群众的腰包鼓了起来，实现了脱贫致富。

回来后，刘留根立即召集村委会和党员、村民代表召开了一次座谈会，向大家介绍了去前南峪村学习取经的见闻和感受，特别是那里发展绿色经济、绿色产业的先进经验和取得的成效。"咱村和前南峪村同处太行山区，自然条件也差不多，人家特色种植、乡村旅游搞得有声有色的，咱凭啥不行？"

"艰苦不奋斗，只能落后！"刘留根说。老书记富有感染力的话点燃了大家压抑已久的热情，与会代表纷纷发言，建言献策。

"先把上山的路打通，原来的路太难走了。"

"山上的野黄连树能嫁接出新品种，还可以引种其他中药材。"

"在山上修水窖，建垃圾填埋场。"

……

脱贫，不仅仅需要别人的帮助，更需要自己自力更生。后池村人的思路被打开了，改变命运、追求美好生活的愿望也被再次点燃。他们正在酝酿一场全村脱贫的攻坚战：要想富，先修路；绿化荒山，打造"绿色银行"；发展绿色产业，壮大集体经济，最终让全体村民富起来。

确保到2020年农村贫困人口实现脱贫，是全面建成小康社会最艰巨的任务。就在后池村村民准备走出大山、为拔掉穷根大干一场时，党和国家早已在谋划扶贫开发进入冲刺期阶段后的进一步战略举措。

为打赢这场脱贫攻坚战，2015年11月29日，中共中央、国务院审议通过《关于打赢脱贫攻坚战的决定》（以下简称《决定》）。《决定》提出，到2020年，稳定实现农村贫困人口不愁吃、不愁穿，义务教育、基本医疗和住房安全有保障。实现贫困地区农民人均可支配收入增长幅度高于全国平均水平，基本公共服务主要领域指标接近全国平均水平。确保我国现行标准下农村贫困人口实现脱贫，贫困县全部摘帽，解决区域性整体贫困。

这一决定，释放出中国共产党人举全党全社会之力，坚决打赢脱贫攻坚战的强大信心和雄心。在坚持党的领导、政府主导、精准扶贫、保护生态、群众主体、因地制宜的原则指导下，脱贫奔小康，成为全国人民共同努力奋斗的新使命、新征程。

石头得一块块垒起来

对后池村村民来说，最令他们牵肠挂肚、爱恨交加的，就是桃花山上的那千亩梯田了。

桃花山海拔 1000 米，在它的南怀峧、北怀峧两条沟里，分布着祖祖辈辈开垦出来的"活命田"。这里缺土少水，自然条件艰苦，而人和梯田之间却形成了奇妙的相互依存关系。也正是这些巧夺天工的旱作梯田，养育着"地在半空中，路无半步平"的村庄。

上山的小道只有一条，仅有一米多宽，坡陡路险、崎岖不平，运东西只能靠毛驴、骡子。后来，牲口不养了，运送农具和山货全靠人肩挑背扛。眼看着撂荒的梯田越来越多，村干部和老人们看在眼里，痛在心里。

"咱们就不能修修路？"2015 年 12 月初的一天，几个老哥们在村医疗所前的"议事小广场"晒太阳，不知是谁突然冒出了这么一句话。没想到一句话戳到了大家的痛处，后池村最大的困难不就是山高路险，有东西也出不去吗？修路是好事，不能再等了。

不过，马上问题就来了：村里穷，修路的钱要从哪里出呢？占地怎么补偿？青年都出去打工了，谁来干呢……这时，老党员刘虎全忽地站起来说："就这么定了，全部出义务工，我这就去向村支书汇报，明天就上山。"

贫困像大山一样，压得村民们喘不过气来。终于，生活在这里的人们决定向命运开战，开拓门路、不等不靠，哪怕用双手挖，也要在这石山里挖凿出一条"通山路"来。这群被戏称为"老年等死队"的老人，甘愿为了子孙后代做一回新时代的"愚公"。

其实，这个想法大伙早就有了。刘留根曾找施工队估算过，10 千米的羊肠小径，拓宽到 3 米半，光土石方工程就至少需要 100 万元。当时，村集体一分钱也拿不出来。就这样，由于条件限制，大伙也只能心里想想、望山兴叹而已。

但是现在不一样了,全党、全国上下一盘棋,打响脱贫攻坚的决定性战役,这是对每一名共产党人的使命召唤,是发起一场伟大战役的集结号。

2015年12月8日早上7点,薄雾笼罩着寂静的山村,炊烟袅袅,早起的人已经开始忙碌了。这时,村里的大喇叭响了起来:"通知!通知!经村委会决定,从今天开始,村里打算修整山上梯田的路,从原来的1米多点拓宽到3米多,能让车开进来。这是全村的大事,脱贫致富先修路。希望大家伙积极参与。有人出人,有力出力,有钱出钱,有点子出点子。凿出一条通山路、致富路。""建设美丽乡村,是大家伙共同的职责。上山修路,是义务劳动,自愿参加,谁有空儿现在就去啊!"

伴随着大喇叭的广而告之,三名"愚公"已经自带干粮和水,扛着铁锹、铁锤等工具,顶着寒风走向桃花山。他们分别是67岁的老党员刘虎全、64岁的刘土贵、69岁的刘乃分。

就在前一天晚上,刘留根让老伴炖了只土鸡,打来二斤白酒,把三位老人请到家里,谋划修路事宜。听说这件造福后代的事情后,三人二话没说就答应了下来。

于是,三人来到山脚下的梯田,选定了一个起点,开始抡镐、挖土、清理碎石,然后挑出合适的石块用于垒堰……累了就歇一会,抽支烟、喝口水,然后接着干。第一天,他们只修了3米长。

第二天清晨,伴着村里的大喇叭声,他们又全副武装地进山了。修路这样的新鲜事,借着村广播的高调宣传,以及三个老汉不顾年迈体弱、冒着严寒为子孙修路的"壮举",刺激到了其他村民,也形成了强有力的号召……

到了第六天,村里自发上山修路的人已经超过130人。

此后的近两个月,不用挨门挨户叫,不用催促,全村男女老少,都会自觉从暖被窝里爬起来,冒着冷飕飕的山风去修路,每天都有五六十人,没有一个人叫苦叫累。

党员带头,广大群众积极响应,在其他村干绿化的老党员闻讯回来参加劳动,在外地打工的青壮年也加入义务修路的队伍,春节返乡的大学生更是不甘示弱,立志要为打通"天梯"贡献一份力量。

全村群众还自发捐款2万余元,用于修路。为了不窝工,村民修路小组自发进行了详细分工。

有了群众基础,再大的困难也不怕。在这个后池村的集体行动中,大家表现出前所未有的无私奉献与众志成城。

路面拓宽侵占了部分人家的耕地。"咱不走路啦?占了就占了,将来多收些山果就补回来了。"

家里有车的村民,每天轮流到工地上拉石头、拉土,车坏了自己修,没油了自己加。"修路是为了大家,不能光想着自己。"

垒石堰是个技术活,要求石头与石头之间得咬紧,有的地方还要垒二道石堰,防止路面塌方。刘乃分是垒堰好手,用眼一瞄,放块石头就找平了。年轻人干活毛糙,垒的石块缝隙太大,老刘就把石块拆下来,教他们如何打磨石块然后再填进去。

冬日的太行山,寒风刺骨,但在热火朝天的碎石搬山的工程面前,每个人都不畏严寒、满怀激情。

刘虎全患有高血压,却一直坚持在工地上,一干就是一个多月,终因过度劳累而病倒了。为了赶工期,他不顾老伴的劝说,继续白天上工地,晚上去诊所输液,直到有一天下工回家途中突然晕倒,突发脑溢血,好在发现及时,捡回来一条命。

"这不是拿嘴吹的,石头得一块块垒起来。"

"好日子是干出来的,后池村一辈辈传下来的就是吃苦奉献。"

就这样,一条由褐土、山石铺设的山道,蜿蜒而上,直达山头。山上是田,山下是村。山村人民用自己的双手铺就了一条致富路、幸福路。

后池村人叫它愚公路。

后池村新时代"愚公"的壮举,很快传到了古城邯郸。2016年春节后上班第一天,邯郸市委召开动员大会,要求全市干部学习后池村不等不靠、主动作为的奋斗精神,凝聚合力,狠抓落实,在改革发展中闯出一片新天地。

市县相关部门积极为后池村提供帮助。县交通部门负责路面硬化,县林业局组织技术人员对后池村土壤土质条件进行勘察,指导村民科学种植。多方支持下,更多的机械设备进来了,施工速度明显加快,5000多米通山路到4月就全面竣工了。

金山银山靠山

在全村的努力下,计划三年修通的路三个月就成形了。当地政府提供支持,对道路进行了硬化。原来一个多小时的上山路,现在开农用车10多分钟就能到。

蜿蜒的山路上,凿掉的是挡路顽石,刻下的是后池人不畏艰难、坚忍不拔的雄心壮志。

路修通了，村民自主脱贫的思路也连带打通了，有了方向和奔头的村民们提着锄头再次上山，复垦荒废多年的梯田。一年多的时间，修复完的3000多亩梯田全部完成绿化。春夏时节，芍药、金花葵等兼具观赏价值的中草药和桃树、山楂、樱桃竞相开放，经济作物种植给村民们带来了实实在在的收入，也打响了生态旅游的名气。

如今，当驱车沿着山路一点点开进后池村，路两边绵延不断的大山上，成片的梯田出现在人们眼前。虽然是冬闲时节，仍能见到村民们在忙着整修梯田。而这些复垦出来的梯田将全部种上桃树，桃花山成了名副其实的桃花山。

近两年，桃花山的花团锦簇和宜人风景渐渐吸引不少周边游人前来踏青休憩、观光采摘。特别是国庆期间，村子里车来车往，游人如织。

村支书刘留根也比以前更加忙碌了，除了节假日组织村民发展家庭农业、旅游业，农闲时继续带领大家开垦山地、美化家园，还时不时地要迎接外地前来参观取经的考察团队，分享后池村自力更生、不等不靠、自发脱贫的故事。后池村从梯田整修，延伸到利用生态景观打造、发展集体产业，带动百姓脱贫致富的经验，怎能不让太行山里的其他村子眼热？怎能不让大山外面的村庄羡慕？

每当带着外地考察团经过后池村村民服务中心时，刘留根总要多停留一会，指着墙壁上的一行字多说上几句。"一个家，一个梦；一起拼，一定赢。"墙上的这句话，道出了后池人的心声，也代表着后池人的豪迈。"自强不息、敢为人先的后池精神，与改革开放的精神高度契合，这就是新时代的'愚公精神'！"他说。

现在，后池村的村民们不出远门就能挣到三份收入：一份是把土地流转给村集体后的收益，一份是给村集体出工的工钱，一份是经济作物收成的分红。一年下来人均收入10000元，而就在几年前，村里的人均年收入还不到2000元。

有经济头脑的村民也开始从村里的发展变化中找到了新商机。一家家农家乐开了起来，每逢周末或长假，这里成为村里最聚拢人气的地方。返乡创业的人也多起来，由50多户村民合伙成立的养鸡合作社，主营大山散养的鸡和土鸡蛋，市场销售情况出乎意料地好。

以前，地里种玉米、谷子，每亩收入仅为三四百元，改种药材、水果后，每亩收入能达到5000元。2019年，后池村扩大了金花葵的种植规模，并尝试把金花葵加工成凉茶，增加附加值。近两年，核桃、山桃和连翘相继进入收采期，后池村村民的收入再次获得大幅提高。

如今，后池村的经济结构正由传统农业提升为新经济业态，由原来的旱作农业经济为主，向高效农业、休闲农业、文化旅游经济转变。

在后池精神的引领下，关防乡16个村也比学赶超，抓紧建设中国北方旱作梯田示范区。

太行山，真正成为当地群众脱贫致富奔小康的金山银山和靠山。

打基井、修公路、种果树、养土鸡，生态环境好了，经济发展有了奔头，后池人开始聚焦教育问题。

以前，村里孩子上学，要到15千米外的乡中心学校寄宿。为此，村里筹资兴建了新愚公希望小学，并聘用了十几个本科学历的专任教师。学校软硬件设施也按照最好的标准配备，篮球场、多媒体教室、图书室、电脑室一应俱全。随着在外打工的村民陆续返乡就业，许多在外地上学的孩子也回来了，就近享受优质教育，全校学生人数由70多人增加到近200人。

在学校陈列室里陈列着一篇孩子笔下的关于家乡的作文。文中写道："古有愚公移山，今有后池修路。自力更生，修一条通往美好明天的平坦大道；艰苦奋斗，唱一曲感人肺腑的精神赞歌。"后池人不会想到，他们与环境斗争、与命运斗争的事迹，已经深深印刻在下一代的心中，也将成为他们人生道路上的精神指引。

2017年，涉县人民大干100余天，一条从涉县东南到西北，穿越10个乡镇158个村，总长1300多千米的"千里乡村振兴路"建成通车。2018年，桃花山旁，太行山高速公路横空出世，将这里的"千里画廊"连在一起。2019年，全县58个贫困村全部脱贫，剩余未脱贫户仅有48户84人。2020年，剩余未脱贫户如期实现高质量脱贫。

燕赵大地，见证了脱贫攻坚的伟大胜利。

2020年，河北"两不愁三保障"目标全面实现，232.3万建档立卡贫困人口全部稳定脱贫，62个贫困县全部摘帽，7746个贫困村全部出列，历史上首次消除绝对贫困和区域性整体贫困。

第四节　八闽大地"山歌海经"

"空壳村"重生

福建省南平市光泽县中坊村，曾经是省级贫困县里最贫困的乡村，后依托当地民营企业，仅用了几年时间就彻底摆脱贫困，还成为全县脱贫致富的领头羊。光泽县也因此像甘肃临夏东乡一样，成为发展民营经济、实施产业带动的扶贫典型。

中坊村原有一些餐馆和超市，虽然算作村集体经济，但收入并不多。由于没有支撑产业，不仅村民日子过得紧巴巴，而且农村建设也停滞不前。

就是这样一个"贫上加贫"的八闽大地上的典型村子，要怎样摆脱贫困？中坊村村委经过一番谋划，找到了县里的龙头企业——圣农集团。

总部在南平市光泽县的圣农集团，由傅光明于1983年创立，主要从事白羽肉鸡种的养殖和食品深加工，横跨农牧产业、食品、冷链物流、投资、能源/环保等七大产业。2015年以来，傅光明带领圣农集团响应国家"精准扶贫"战略，将产业有机嵌入乡村，带动乡村振兴。

一直以来，地处武夷山偏僻山沟的光泽县，就在谋求通过产业兴旺来带动乡村振兴。圣农的快速发展，给了光泽因地制宜实施精准脱贫的天时地利人和。于是，一条非公企业党委携手村级党组织，通过龙头企业优势资源，以工业来反哺农业的可持续发展路径悄然而生。

傅光明心底一直牵挂着企业赖以生存的这片土地，牵挂着这里世代勤劳却依然贫困的乡亲。都说"吃水不忘打井人"，中坊村就是他的"打井人"。为了圣农的发展，该村光土地就被征了1000多亩。"光泽县域经济一天没有发展，光泽县农民一天没有脱贫，我就睡不好、吃不香。"有着"亚洲鸡王"之誉的傅光明说。

自2016年2月福建省启动"百企帮百村"精准扶贫行动以来，傅光明就制订了"圣农公司带动4县（光泽县、浦城县、政和县、资溪县）农户就业、拉动经济发展、推动城乡建设"的计划。当年，傅光明和县属国有企业投资30亿元在光泽县兴建圣农小镇，推动当地基础设施建设和经济发展。

对于中坊村来说，最缺的就是产业基础，特别是支柱型产业。经过多次调研后，圣农找到了针对中坊村精准施策的方向——输血为基、造血为本。这是一个涉及产业、就业、慈善、文化等多个方面一揽子的扶贫措施。

随后两年多时间，圣农先后在中坊村建设了5个宰杀厂、6个食品厂和1个物流公司等配套生产实体，在提高土地使用价值的同时增加了村民收入。这些配套产业使当地70%的村民转化为产业工人，还带动了20%的村民通过发展服务业增收致富。

村民有奔头了，村集体却依然很穷，财政上捉襟见肘。

"能不能为中坊村量身定制一个项目，既能满足集体经济长足发展的需要，又能夯实圣农的产业链？"傅光明心想。于是，他要求市场、研发等部门结合企业发展和精准扶贫规划要求，提交在中坊村建厂的方案。傅光明根据部门建议和市场调查，最终敲定以肉鸡的废弃物的开发利用为中坊村的开发项目。

于是，就有了圣农送"扶贫工厂"下乡行动，具体而言，就是在中坊村建一个鸡肠加工厂。这么做有利于把产业链深度嵌入村集体，也是进一步从输血式脱贫转变为造血式的可持续发展的必然选择。

生活中，鸡肠作为一种食材并不罕见，但因为加工工艺以及消费习惯等原因，并没有成为流行食品，一般仅被加工成饲料。然而近些年随着消费习惯的变化，鸡肠渐渐成为受欢迎的食物，特别是用于火锅食材，鸡肠比鸭肠更有营养，口感方面也很好。同时，作为湘菜等菜系中的常见食材，鸡肠的市场热度不断上升。

2018年，加工车间建好后，经过培训的50多名年长的中坊村村民立即上岗工作，运营几个月下来，大家伙每月收入低的也有3000多元，高的则超过6000元。每吨加工过的鸡肠市场上可以卖到6000元，扣除成本后，圣农也有1000多元利润。

村委这边一算账，也是大吃一惊。村里每天可加工鸡肠15吨，按照协议，每加工1吨村集体将增加收入400元，一天就是6000元，一年大概就是180万元。

"有产业来创收，这是一项长期稳定的收入，村民得利，村集体受益。"看着村财政账上一天天上涨的数字，村第一书记黄木林激动得不行。

有了中坊村的成功经验，在附近的十里铺村，另一个鸡肠加工车间也迅速建成开工。该村有了第一家自己的村办企业。同时，傅光明大笔一挥，圈定在另一个贫困村上屯村建设一个鸡嗉囊加工企业，"围绕鸡的产业链做文章，既培育产业，又实现政府脱贫攻坚计划，实现三方共赢"。情系桑梓、振兴乡村，傅光明对于通过产业帮助家乡脱贫的路径越来越清晰，动作也越来越大。

通过建设加工车间或者村办企业，让产业链有机嵌入乡村，昔日的"财政空壳村"一个个破壳重生，成为全县艳羡的"明星村""富裕村"。

2020年1月，因为疫情的影响，中坊村的加工车间也不得不停工。工厂停工，村民们等不了，村里等不了，傅光明更着急。他多方协调，积极与政府对接，加快企业复工复产。在制定了严格的防疫措施的基础上，春节后没多久，中坊村的鸡肠加工厂就正式复工。企业的生产压力得以缓解，村民的收入危机也迅速消失了。

近年来，为了结对帮扶中坊村，圣农先后投资40亿元打造产业集群，带动村民脱贫致富。傅光明还无偿捐赠8704万元、提供2700万元村企启动资金，帮助乡村兴建了村部大楼、农民俱乐部、休闲公园、学校、卫生院等，不断为乡村振兴添砖加瓦。

"私营企业并不姓私，私营只是一种经营形式，创造的是社会财富。"傅光明笃信这样的理念，也坚持贯彻这一理念。据不完全统计，近年来，傅光明为公益事业累计捐赠超过18亿元，是南平市向公益事业捐赠金额最多的企业家。

值得一提的是，作为山区、老区、苏区的南平市，在脱贫奔小康的道路上，走出了一条聚焦绿色产业、"点绿成金"的创新发展之路，一方面是得益于当地龙头企业做帮扶，另一方面则是在"青山"里做"文章"。

做企业帮扶，就是以圣农集团为代表的"民企带村"行动，依托企业优势将产业嵌入乡村，以工业反哺农业，带动村集体增财、村民增收。

做"青山"文章,就是打响"武夷山水"品牌,通过统一质量标准、检验检测、宣传营销等手段,让好山水既产出好产品,又卖出好价钱。在"武夷山水"品牌带动下,政和茶叶、浦城大米、建阳橘柚、顺昌芦柑、建瓯竹笋等农特产品,成了供不应求的"抢手货",价格大幅增长,农民普遍受益。

创新,擦亮了脱贫攻坚的底色,提高了全面小康的成色。目前,南平市所有建档立卡贫困人口全部实现稳定脱贫,贫困发生率下降至0,346个贫困村全面出列,5个省级扶贫开发工作重点县全面摘帽。2020年,全市建档立卡贫困户家庭人均收入达13579元,较2015年底(2953元)约增长360%,显著高于同时期全市农村居民人均可支配收入增长水平。

岸上小康

福建省福安市下白石镇下岐村,是闽东最大的连家船民集中安置点,也是闽东沿海船民上岸第一村。曾经依山傍海的渔村,现在楼房鳞次栉比,街道纵横交错,村民们在海上作业、在镇上生活,日子过得有滋有味。

1997年以前,这里还是一片荒芜破败的村落。船民祖祖辈辈以海为生,一条木船蜗居着一大家子、几代人,"家连着船,船连着家",由此被称为"连家船民"。连家船民"上无片瓦、下无寸土",漂泊生活、艰难度日。

郑月娥是一个地地道道的连家船民。那时候的苦日子,对于少不经事的她来说依然刻骨铭心。小时候，母亲在船上不慎摔倒磕破了头，血流不止。父亲拼命摇船上岸，送医抢救，总算保住了母亲的命，但也留下了头痛的后遗症。每每回忆起往事，郑月娥都感到心痛不已。童年的她，最大的愿望就是逃离那艘"上漏下漏"的破渔船。

1996年，郑月娥从学校毕业后在福州找到了工作，干了没多久，她就听说家乡要启动船民上岸工程，通过船民上岸实现生产生活方式的转变。这意味着下岐村要大变了，他们这些船民的后代，有了一个新选择。

郑月娥决定回到下岐村，她要见证父辈们上岸的历史时刻，她也想为家乡的发展做点什么。

1997年起，宁德先后实施了两轮"连家船民"上岸定居工程。三年内，下岐村建房339幢，全村511户2310名船民全部搬迁上岸。郑月娥有幸亲历了那段历史：渔民们投工投劳，手拉肩扛地在工地上建设家园；楼房建成后，男女老幼抱着锅碗瓢盆和各种家伙什，在乡亲邻里的围观下，美滋滋地搬进新居。

郑月娥终于过上了梦寐以求的岸上生活。生活的巨变，在少女的心中埋下了一粒炽热的种子——那是对党和政府淳朴而真挚的感激之情。她希望自己也能够为家乡的发展贡献绵薄之力，带领连家船民过上好日子。

2012年，郑月娥全票当选下岐村党支部书记。

上任之初的郑月娥就迎来了一个挑战——安居工程改扩建问题。随着生产生活以及人口增加，村里的安置房已经难以满足需求，同时，部分住宅地处低洼地带，经常会遭遇潮水侵入，安全隐患频现。郑月娥和村委开会研究后,把情况向上级部门做了汇报,并建议继续推动安居工程的后期工作。

村里的请示受到上级部门的重视,结合宁德地区整体工程部署,上级同意在下岐村再建一批安置房,并对此前楼房设计建设中存在的问题统一整改完善。同时,村里划出12亩滩涂地用于安居工程建设。

安居工程项目建设资金需求量大,但镇村两级资金困难。有人建议向村民集资,或者挪用村财政其他款项,更有人说等工程启动后再想办法。郑月娥觉得这些建议都不稳妥,特别是最后一条,这是惠及老乡的幸福工程,建设施工单位不辞辛苦地来帮忙,怎能对他们有所亏欠!她可不愿意这么干。

想不出更好的办法,她就带领村"两委"成员,连续拜访了各级主管部门,乡里不行就县里,县里不行就市里,找渠道、问政策、想办法。功夫不负有心人,经过一个月的奔波忙碌,他们最终争取到省住建厅、市扶贫办等部门共计670多万元的补助款,保证了工程的顺利开工。

安居工程项目竣工后,另一个用钱的问题来了。按要求,房子建好后,村民还需自筹购房和装修款20多万元,很多村民承担这部分费用比较吃力。于是,郑月娥又顶着烈日跑到信用社协调贷款。有村委背书,再加上上岸安居工程是省里实施的项目,贷款很快就争取下来,每户6万元的贷款额度,解决了村民乔迁新居的"最后一公里"问题。

在郑月娥他们的不断努力下,渔民塘船民安居工程项目建设资金、补助资金、村民自筹资金合计3000多万元,解决了120户

642名船民上岸定居问题。

船民上岸后的第一个夜晚，是一个喜悦、兴奋的不眠之夜！

整个村子灯火通明，很多人一时适应不了床的安逸，不敢相信住进了有水有电、遮风挡雨的房子。

连家船民搬上来了，怎样让他们住下来、富起来，下岐村的领头人一直在探索。船民文化水平低，谋生技能不足，上岸以后的生产生活面临重重困难，有些人甚至想返回渔船居住。

为了让村民更好适应上岸后的生活，郑月娥决定对症下药，多管齐下解决问题。身为党员的她，首先想到了结合党建工作，发挥基层党组织、党员的先锋模范作用。她创建了"网点收集、党员代办"的直接服务群众模式，由党建带动服务，帮助村民解决就医、就学等生活中遇到的困难。党员"多对一"结对帮扶，通过介绍务工、申请发展资金等方式，帮助贫困户就业脱贫。

她还完善了村"渔民夜校"的设施及职能，鼓励村民们学习生产生活技能。通过"村支书讲坛"等多种形式，给村民们送知识、送技术，让村民练就发家致富的本领。

下岐村海洋渔业资源优势虽较为突出，然而由于长期依赖传统的捕捞业，致产业结构单一，经济效益低下。郑月娥开始思考让"产业升级提效"的大问题。她多方求教专家，到外地学习取经，渐渐形成了振兴乡村经济、多种产业齐头并进的思路。概括来说，就是以水产养殖为体，以海洋捕捞、商贸服务为翼的"一体两翼"发展道路。

宁德是黄鱼之乡，下岐村的黄鱼也很出名，此外，还有鲈鱼、鲍鱼、虾蟹、龙须菜等特产。为此，郑月娥组织村民在北斗都、本斗坑、籁尾村2000多亩海域，发展"名特优"品种鱼类养殖，并对接市场监管、税务等部门，为上岸村民经营海产批发、销售等提供优惠政策，联系专家给养殖户提供技术指导。

在这些举措的推动下，村里逐渐形成了以弹涂鱼养殖、大黄鱼网箱养殖、海鲜批发、水产销售为主的渔业特色产业链。

脱贫奔小康，不仅要"村民富"，还要"村集体富"。村里改造了湾坞农场450亩养殖塘并对外承包出租，还牵头发展了养殖塘创收基地、海鲜集散中转站等村财政项目，建设了海鲜集散中转站冷冻仓库，并将旧渔民棚户区改建成了"海鲜一条街"。这些项目的有序运转使村集体收入逐年增加，在郑月娥等历届村委、村干部的带领下，下岐村村民的人均年纯收入从1997年的不足1000元，增长到2019年底的22814元。

随着基础设施的不断完善，村容村貌焕然一新，来下岐村观光休闲的游客越来越多，这也为下岐村探索"具有渔村特色"的美丽乡村建设新模式提供了契机。2019年，村子还被列为省级乡村振兴示范村，迎来了新的发展机遇。

2021年除夕夜，当身着粉装的郑月娥，与20多位"2020全国脱贫攻坚奖"获奖个人及组织代表登上央视春晚舞台时，这位"连家船民"的后代感到无比的激动与自豪。她参演的特别节目名为《向祖国报告》。

她向祖国深情告白："一定要唱好国家精准扶贫的'山歌''水经'，打造闽东沿海船民上岸第一村。"

赤溪茶客

三十出头的杜赢站在梯田里,看着沐浴着阳光的连片白茶,神情有些恍惚。十几名工人正在修剪枝叶,为即将到来的采摘做准备。

这些工人都是村里的建档立卡贫困户,几年前他们恐怕想象不到自己会从农民变身为产业工人,就像杜赢想象不到自己大学毕业后会回到家乡成为一名经营茶叶生意的茶客一样。

离这片有机茶园不远,就是杜赢家的白茶加工厂。这个投资300多万元建起的厂子安装了国内先进的制茶设备,制成的茶叶品质及加工能力在当地都是数一数二的。

对于现在的成绩,杜赢说不清楚是什么感觉,自豪?意气风发?满足?可能都有,也有焦虑、疲惫和顿挫感,但不再彷徨,反而很充实、期待未来……这些,可能就是所谓的"获得感""幸福感""安全感"吧。

福建省福鼎市赤溪村,是一个畲族行政村。这里曾经山高路远、经济落后,十几年的扶贫救助依然没有让当地人民跳出"贫困的陷阱"。自国家启动精准扶贫战略以来,从"大水漫灌"向"精准滴灌"转变,从偏重"输血"向注重"造血"转变,终于使这个少数民族山乡发生了天翻地覆的变化。

他们搬出山窝茅屋,迁入崭新的楼房;修建水电站,结束了无电历史;筑起内外连通的公路,打破了大山的封锁;发挥环境优势,旅游业、茶产业迅速崛起……赤溪村的发展迎来了新篇章。

精准扶贫,因地施策,让赤溪村找到了最适宜自身发展的道路，让之前被人视为发展阻碍的大山变成了摆脱贫困的依靠，让原来选择逃离家乡的年轻人找到了新方向，纷纷返乡创业。和杜赢一样的返乡创业青年，已经成为当下乡村振兴大潮中的一股新鲜血液。

杜赢是土生土长的赤溪人，2013年夏天从广西玉林师范学院毕业后返回老家创业。吸引他回乡创业的一个重要原因是，赤溪村经过多年的扶贫开发，底子慢慢厚了，人气渐渐旺了，机会也越来越多了。

杜赢的父亲杜承汉在村里经营一家小茶厂，他虽然也想过让儿子回来帮自己一起干，但终归希望他能找到更好的工作，毕竟好不容易离开，为什么要回来？

"那个时候年轻人是不敢回到村里的，更不要说大学生了。"杜赢回忆说。怀着满腔抱负，杜赢和女友一同回到赤溪，拿着家里给他结婚用的钱，开了一家白茶加工销售公司。

2013年，宁德市在全省第一个出台政策鼓励大学生返乡创业、助力扶贫。许许多多个"杜赢"乘着改革的东风，享受到政策红利。

杜赢回乡创业的事情，很快引起村里的注意。赤溪村支部书记杜家住和杜赢接触了几次，发现这个小伙子非常有经济头脑，不仅有想法，而且行动力也很强。这么努力上进的年轻人，怎能不让人刮目相看？在得知杜赢创业起步缺乏资金时，杜家住一口气帮他争取来福鼎市人社局和市农业银行两笔共20万元创业基金和低息贷款。

拿到贷款的杜赢，心头沉甸甸的，那是杜书记的热心，是家乡的温暖，更是党和政府对于年轻一代建设家乡、美化家园的期待。这期待更加坚定了他创业脱贫、带领乡亲们共同致富的信念。

通过亲戚介绍，他找到福鼎当地一位小有名气的制茶师讨教制茶技术。连续6次登门，制茶师傅终于被他的诚意打动，将白茶制茶的关键技术倾囊相授。

如何卖茶，对没有一点营销渠道的杜赢来说又是一道坎。每天，他带着茶样去茶业专业市场，一家家推销、商谈。凭着不怕吃苦的劲头和一点点天赋，生意越谈越顺，到当年年底，他制作的茶就销售掉80%，刨去本钱，净赚了10多万元。

手工工艺，自然晾晒，聘当地人为员工、生产管理标准化……杜赢有自己的坚持。他每天都在生产一线摸索制作工艺，监控茶叶生产的每个环节。现在，通过品尝、观察，他就能够知道手中的茶大概属于哪个年份。

2014年，他建起新厂房，并注册成立福鼎市磻溪镇香源茶厂，后升级为福建省福鼎市赤溪茶业有限公司。2016年初，杜赢再次扩大生产，除了添置自动烘干机等中高端设备，还在镇村支持下承包了400多平方米的土地，建起了标准化新厂房，产品也顺利通过QS质量认证。公司运营30多亩的生态茶园基地、600多平方米白茶体验园，带动了一批乡亲共同致富。

近几年，"福鼎白茶"的名声越来越响亮，白茶的市场也越来越广。杜赢的"赤溪白茶"厂房从100多平方米扩展到700多平方米。杜赢坚持"做小做精，只做当地"的原则。结合当地逐渐兴起的旅游产业，他还建立了一家白茶体验馆，让游客亲手体验标准化的白茶生产流程，大力弘扬家乡的白茶文化。

白茶产业为杜赢的生活带来不少变化。"房子装修了,车也买了,厂房也越建越大。"然而最令他自豪的还是"让当地茶农的收入翻了一番"。原来,当地一亩茶园月收入4000元左右,现在则多了一倍还不止。而且公司的茶叶收购范围不仅覆盖了全村所有茶园,还延伸到了周边乡镇。据赤溪村党支部统计,目前仅就白茶产业的收入,就占村民人均可支配收入的30%以上。

杜赢的成功也吸引了不少年轻人回村,以农家乐、农业种植园、采摘园、农业合作社等形式创业,更有茶叶相关企业和一些村民看到了商机,纷纷以入驻或自营的方式成为赤溪村白茶产业链中的一员,诞生出"白茶一条街"。

现在的杜赢已经习惯了乡村生活。相比城市,他更喜欢乡村的安静和舒缓。赤溪村有他的事业、家人、乡土,这也是很多人向往的惬意生活。这就是小康生活,基于物质,但不止于物质。

在宁德市大力推行金融扶贫、科技扶贫、龙头带动、能人引路等10种扶贫模式下,许许多多个杜赢的故事仍在上演。"十三五"期间,宁德的扶贫小额信贷覆盖率达到56%,平均每户落实信贷资金3万~5万元。400多家农业企业和合作社参与带动贫困户。2090名驻村第一书记、蹲点干部和1000多名科技特派员驻扎在脱贫攻坚一线,带着群众干、干给群众看。

……

在福建工作了17年的习近平总书记,对那里的人民充满了感情,离开后依然念兹在兹,牵挂关注。赤溪,是总书记最挂念的乡村之一。

2015年初,习近平总书记对赤溪脱贫工作做出重要批示;年底，中央扶贫开发工作会议吹响脱贫攻坚战冲锋号；2016年2月19日，习近平总书记通过人民网视频连线赤溪村，对大家脱贫致富的努力给予肯定，并祝愿乡亲们的日子越过越好。总书记的勉励，让赤溪干部和群众充满希望，更让年轻一代信心满满。

2020年，福建交出了一份高质量脱贫的答卷：现行标准下45.2万农村建档立卡贫困人口全部脱贫，2201个建档立卡贫困村全部出列，23个省级扶贫开发工作重点县全部摘帽。

这份答卷，是对我国推进精准扶贫的生动诠释，更是中华儿女逐梦小康、追求幸福、走向民族复兴道路的伟大足迹。

第五节　丝路之驿"志智双扶"

农民发明家

2021年1月下旬，眼见着开春在即，地处古丝绸之路的新疆喀什地区巴楚县依然是冰天雪地，凛冽异常。色力布亚镇拜什吐普村村民阿布都沙拉木·牙生，却隔三岔五地跑到田里，每次来都开着那台种哈密瓜的机器，在寒风中捣鼓个不停。

阿布都沙拉木看着个头不高、身材微胖，性格憨厚腼腆，却是村里年轻人中比较有想法的。

说起这台机器，可真是他的宝贝，他陪它的时间长得连他妻子都妒忌。这是他发明的农机具，还给它起了个专业的名字——"瓜开沟平地覆膜一体机",而且申请了国家实用新型专利。

这台机器的主体是一个包括了钢辊、滚筒、覆土轮等部件的机架,机架挂在一台约翰迪尔拖拉机后面。机器开动起来,就能够在种甜瓜、西瓜的过程中开沟、平地、播种、施肥、覆膜,简直是一个全能型种瓜机器人!

郑文新是新疆畜牧科学院副院长,也是驻巴楚县拜什吐普村"访惠聚"工作队队长、第一书记,驻村已有4年多。这天,阿布都沙拉木把郑文新请到地里,他想趁着郑书记离任前再请他帮忙看看,对机器做一次升级改造。当初,正是在这位汉族科学家的指导下,他才能发明出这台机器,成了一个农民发明家,甚至成了当地科技致富能手和脱贫带头人。

田间,郑文新让阿布都沙拉木操作机器,演示开沟、施肥、覆膜、覆土作业,然后根据作业情况对机器的不同结构提出改进建议。汉族师傅讲得细,维吾尔族徒弟听得认真,不时在笔记本上记录要点。

色力布亚镇是新疆喀什地区甜瓜、西瓜的主要种植区域,拜什吐普村也是闻名疆内外的"留香瓜"主产地之一。看着老人们为种瓜起早贪黑、费时费力,阿布都沙拉木就在心里琢磨,有没有一种种瓜机械,能够摆脱这种繁重的劳动?

2017年2月,新疆畜牧科学院"访惠聚"驻村工作队来到村里。访民情、惠民生、聚民心,是新疆维吾尔自治区开展的一项广泛联系地方、加强地方建设的长期性工作,并和脱贫攻坚工作有着紧密的联系。作为自治区农口的主导性科研单位,科技支撑、科技扶贫,自然成为工作队开展工作的主要抓手。

针对村里劳动力较多的情况，工作队首先开展了青年农民科技能人和致富带头人的培训工作。32岁的阿布都沙拉木第一批报名参加了青年科技兴趣小组，并与工作队队长郑文新结成对子。

"种瓜的每一步全靠手，费力气得很，慢得很。我想做一个机器出来，搞自动化种植，不知道行不行？"听了没几堂课，阿布都沙拉木就萌生了搞发明的想法，并把想法告诉了郑文新。

郑文新不研究农业机械，但凭着经验觉得这个想法可行。他们分工进行调研，收集资料，分析比较现有农机具的特点。在他的指导下，阿布都沙拉木很快就设计出一种新型甜瓜种植机械。

阿布都沙拉木召集了几个伙伴一起搞研发，购买设备，加工零部件，组装调试，并不断调整优化设计方案。功夫不负有心人，经过半年的努力，样机终于生产出来了。

经过测试，这台种瓜机械一天可以完成200亩地的种植任务，种瓜总体收益增加了30%至40%。而过去，种1亩瓜需要1个劳动力花4天时间才能完成。

阿布都沙拉木发明的新机具，让瓜农们竖起了大拇指，"亚克西"的赞美声像潮水般涌来。

阿布都沙拉木跑到村委驻村工作队的办公室，把样机的实验数据拿给郑文新看，郑文新也大吃一惊，没想到效果这么好。"下一步可以申请专利、卖机器，让更多地方用上，更多瓜农受益。"他敲着办公桌提醒徒弟。

于是，阿布都沙拉木作为专利第一发明人，和郑文新等几个主要参与者共同申请了国家专利。

新型种瓜机好用的消息不胫而走，周边几个县的瓜农也来观摩取经，有人现场就提出想要订货。这让阿布都沙拉木高兴坏了。他立即找帮手、买配件，在对技术和工艺进一步优化的基础上，开始小批量生产。

他的第一批用户都是本村或者周边村的瓜农。老乡们把设备买回去后试用了一季，果然很好用，虽然仍有一些小问题，但比过去纯手工劳动强多了。根据用户反馈，阿布都沙拉木不断优化机具的各项指标，并听从郑文新的建议，开始开拓市场，加大销售力度。

除了第一批用户的口碑，他想到了利用某音等互联网平台进行推销。一个新疆少数民族农民，通过学习技术，发明了种瓜机——这个颇具特色的成功故事吸引了不少网友，流量转化率喜人。一时间，来自天山南北甚至内蒙古、甘肃等地的客户都纷纷联系他，商谈合作或者购买事宜。就这样，短短两年时间，他们就销售了160台种瓜设备，带动近150人实现就业，仅这一项发明就盈利50余万元。

阿布都沙拉木的故事并没有就此结束。一次参加夜校培训，他在听老师讲解国家建设美丽乡村的政策时，突然来了灵感。"建设美丽乡村，肯定要改造厕所，因为农村很多地方还在用旱厕，即使有公厕，数量也不够……"他想，如果能开发出一种既耐用好看又便于清洁的厕所，让乡亲们少花钱还能更好地享受生活，那该有多好。

说干就干，凭借上一个发明的成功经验，他很快设计出一款"方钢＋彩钢"结构的易清洁厕所。厕所一生产出来，立即受到工作队和村民们的好评，一下子销售出去几百个。

一而再，再而三。就这样，依靠科学技术和大胆创新的头脑，阿布都沙拉木在发明创造的道路上越走越远，事业也越做越大。后来，他又宅在家里一个多月，捣鼓出一种新的核桃机械采摘设备。这种核桃采摘机可以方便地连接到小四轮拖拉机上，采摘效率很高，也很受农户的欢迎。

为了让自己的发明创造变成一个像模像样的产业，让这些技术惠及更多农户，他决定从村里走出来，并在色力布亚镇的巴扎上建起了一个面积达1700平方米的农业机械加工厂，聘用了十几个当地农民，带领更多人脱贫致富。

"作为南疆一个普通农民，是党的好政策给了我过去想都不敢想的好生活，感恩党、感恩祖国。"阿布都沙拉木说。为此，他和妻子一起写了入党申请书，郑重递交到村党支部。"我希望自己能够成为一名党员，为村民做更多的事情。"他说。

"志智"双扶

"科学不只是科学家的事，农民也可以当科学家。只要掌握好的技术，只要有好的方法，干什么事都会更容易。"这是身为畜牧专家的郑文新，驻村开展工作的一个理念。

拜什吐普村曾是全镇贫困户最多、特殊困难人员最多的村。村里人均耕地仅有1.85亩，农业生产落后，缺乏集体经济，农民收入普遍偏低。4年前，自治区畜牧科学院驻村工作队来到这里，看到的情况比想象中的还要令人沮丧：村里的高中毕业生寥寥无几，初中毕业生占了大多数，少部分村民只有小学文化。

面对这样的情况，郑文新觉得必须换个思路，先不急着找项目、要资金,应该发挥工作队的科技资源优势,在科技扶贫上做文章。"都说扶贫先扶志,可这个'志气'不是凭空来的,是有依托、有条件的,那就是得有'智慧''想法'或者'点子',而这些都和科学知识分不开。"郑文新说。他跟同事们商议后决定,"扶志"先从"扶智"开始。

要"扶智",那就从农业科技培训开始。这个方法也没什么新鲜的,一方面能够解决农民生产中遇到的问题,一方面能打开思路,调动大家的兴趣。但郑文新觉得,做培训不能搞成撒胡椒面,而应该采取重点培养的方式。

他把村里的年轻人召集起来,从中选出48个头脑灵活的青年成立一个科技兴趣小组,打算通过培训的方式帮助这些年轻人学习一些新知识、新技能,更关键的是,从中找到挣钱的路子。

兴趣小组成立后,郑文新马上着手准备培训工作。没想到第一堂课上,尴尬的事情就发生了:授课的"广告"发出去了,居然没有一个人来!

都说万事开头难,郑文新没想到是这么个"难"法。于是,他带领工作队挨家挨户地做工作。他们的"鼓动"慢慢起了作用,终于来了十几个人。老郑的"第一课"开讲了,他讲的是"如何捉老鼠"。

蝗灾和鼠害是新疆农牧业生产的两大自然灾害,发生范围几乎遍布各个农牧业区。新疆农牧区最常见的鼠类有小家鼠、小林姬鼠、红尾沙鼠、灰仓鼠等,食性广泛,危害极大。

正值冬季,储存的冬粮面临鼠害的侵扰,对于如何有效防治,村民们都很感兴趣。"首先要制订整体的灭鼠方案,包括确定重点区域、杀灭对象、灭鼠时间、灭杀方法……"郑文新娓娓道来，"具体有什么灭鼠办法呢？其实我们身边有很多可以利用的工具，都可以用来灭鼠……"

就这样，郑文新的第一堂课非常成功，不仅给村民们科普了鼠害的防治知识，更让他们认识到，用科学技术改变生产生活，也没有想象中那么难。

阿布都沙拉木就是第一批科技兴趣小组的成员，他也成了驻村工作队"科技扶贫"的第一位受益者。他从小就对电焊特别感兴趣，一直想象着有一天能亲手做出一副先进的农机具。在兴趣小组，他成为发明家的梦想有了实现的途径。尽管只是初中毕业，但在自己不断的努力和工作队的帮助下，他克服重重困难，终于开发了瓜开沟、平地、覆膜、播种、施肥多功能一体机。

他的成功不仅使自己彻底拔掉了穷根，还带动了身边不少农户脱贫奔小康，让封闭、落后的村民们意识到，只要下定决心，就没有什么梦想不能实现，幸福都是奋斗出来的。

渐渐地，村里参加夜校学习和各种培训的人越来越多。村民克力木·阿布都伟力搞起托牛所和酸奶加工，纳斯尔·吾术尔开了饭馆，艾海提·阿布都热依木办起了养蜂场，海热古丽开了小超市……有人利用简单的材料，发明了给羊羔建保暖房、给牛犊穿衣服等一系列提高牲畜存活率的方法。

有了"智力"支撑，工作队再接再厉，组织村民们有针对性地学习种植、养殖技术，不断激发大家脱贫的志气、追求幸福生活的勇气。

2020年，拜什吐普村的科技兴趣小组中已经有11个人实现了自主就业，成为村级致富带头人，带动了全村200多人就业。全村48人拿到了电焊工、泥瓦工等职业培训证书，50多人到工作队联合上海援疆建设的微创业园等创业就业，共1000多个劳动力通过培训实现稳定就业。

作为当地贫困户最多的村子之一，2016年，拜什吐普村的人均年收入只有2600元左右，而到2020年，全村人均年收入突破14000元，年收入10万元以上的有27户。

送别与期盼

2021年春节前夕，郑文新为村里的酸奶和蜂蜜加工厂购买的检测设备终于到货了。这些设备并不复杂，都是食品生产的基础检测设备，但却是村里农产品加工所急需的。

"因为大家一提到农产品全都是非标品，我们希望通过技术手段升级，让这些非标品的农产品成为标品，成为品牌农产品。"郑文新说。

刚驻村时，拜什吐普村种植业和养殖业等都是小家小户地分散生产，难以形成产业效应。一次偶然的机会，郑文新尝到了村民克力木·阿布都伟力手工制作的美味老酸奶，他发现村里有这种技术的还有5户，这让郑文新有了想法。

酸奶这种大众快消品市场需求大，新疆本身就是全国优质奶源的重要产地，而当地的奶制品更是具有独特的地域、环境优势，零散的奶制品如果能够形成一定规模，应该不愁市场，远的不说，即使只看疆内的市场就有很大的空间。

于是，他先和村"两委"商量好，然后向畜牧院进行了汇报，并通过院里协调资源，很快筹集到23万元资金，在村里建起了一家酸奶加工厂。在引进酸奶发酵机、巴氏消毒罐、制冷奶罐等关键设备时，他亲力亲为，指导克力木挑选厂家、订购设备、设计标准化生产工艺，同时帮助开展工人培训工作。

就这样，一个名为"色力布亚老酸奶"的品牌创立了，郑文新订购的那套检测设备就是用于检验酸奶加工水平和质量的。"色力布亚老酸奶"没有辜负大家的努力与期待，很快畅销当地。

在专家团队的指导下，克力木牵头成立了托牛所，奶牛单产从5公斤增加到17～22公斤，每月酸奶销售收入有2万～3万元，让家庭人均年收入4000多元的贫困户克力木彻底脱贫致富。

托牛所是一种新型经营主体，通过"村集体＋合作社＋致富带头人＋贫困户"的模式，促进了奶牛养殖业由分散生产向分工发展转变。这一创新形式的探索，让没有任何项目帮扶的拜什吐普村的奶牛数量从几十头发展到411头，户均年增收5000余元，并带动色力布亚镇7个村、阿拉格尔乡2个村、琼库尔恰克乡1个村相关产业的发展。

色力布亚酸奶、蜂蜜、玉米是拜什吐普村的"三件宝"。郑文新的目标是，以"三宝"为切入点，打造"色力布亚"品牌，不断开发优质农产品，培育产业增收的长效机制，带动更多的村民增收致富。

国家的脱贫攻坚战略，以一股无形的强大力量，把追求幸福生活的"活水"浇在扶贫的"根"上。拜什吐普村的科技实训基地、扶贫巴扎，承载了这脱贫攻坚的活水，巴楚县千万干部群众享受着这脱贫攻坚的活水,"三区三州"深度贫困地区更浸润着这脱贫攻坚的活水……

2019年4月,农业农村部组织现代农业产业技术体系专家,集中优势科研力量,成立6个"三区三州"科技服务团,有38个体系参与,依托133个单位、267位体系专家,针对165个贫困县产业发展需求,以产业为单元,共建立544个产业扶贫技术专家组,全力为"三区三州"脱贫攻坚提供科技支撑。

郑文新和他的驻村队,就是这科技服务团中的一支。作为非常具有代表性的畜牧领域,仅2019年上半年,科技服务团就在新疆南部22个县市开展了62期培训班,部分县市采用"带教代养"的形式给贫困户传授技术,并进行为期6个月的跟班实习。

科技服务团以致富带头人培养为突破口扶志扶智,激发村民勤劳致富的内生动力;依托科技优势和企业资源优势,广泛开展科技成果示范、技术培训指导、检测化验服务等,将科技力量转化为农业经营主体的生产力和经济效益,从而带动区域产业发展和农民增收,达到集中发力、以点带面的效果。

马上就要离村了,考虑到疫情防控的要求,郑文新跟村干部打好招呼,不让村民们来送行。他舍不得大家,怕到时候控制不好情绪会失态。其实,他的驻村工作在两年前就到期了,但村民们再三挽留,他自己也感觉许多事没有完成,就又多留了两年。

临行那天一大早,当他拎着行李走出宿舍时,还是看到了一张张熟悉的面孔。那里面都是他熟悉的老乡,还有他的徒弟甚至"战友"。郑文新和他们每个人问候、道别,他看到人群中红着眼睛的阿布都沙拉木,就走过去和他握手,两双手紧紧握着,然后又紧紧拥抱在一起……

依旧不舍，但终究要离别。这离别不是结束，而是新的开始，就像脱贫摘帽不是终点，而是新生活、新奋斗的起点。

全疆每年从各级机关选派干部开展驻村工作，迄今已有8年，累计派驻近50万人次。他们短则一年，长则四五年，就像冲锋的战士，默默奉献于脱贫攻坚的战场上，他们见证着人民的顽强奋斗，见证着乡村的沧桑巨变。

党的十八大以来，新疆坚持精准扶贫、精准脱贫基本方略，万众一心，不懈奋斗，脱贫攻坚取得决定性成就。2020年10个贫困县摘帽，标志着新疆308.9万现行标准下贫困人口全部脱贫，3666个贫困村全部出列，32个贫困县全部摘帽。

每一份事业的成功都需要无数人的辛苦付出，正是因为秉承全体人民共同富裕的伟大梦想，我们党带领全国各族人民同风雨、共进退，历经千难万险，终于实现了期待千年的小康梦想，在世界发展大潮中永葆前进的姿态。

第二章 求变应变　助小康

深化改革是一场长跑，不可能一蹴而就、一劳永逸，需要兼顾当前与长远，咬定青山不放松，一张蓝图绘到底，更要把握好节奏，控制好风险，做到积极稳妥、规范有序。

引子

改革开放是全面建成小康社会的必由之路。改革开放以来，中国共产党全部理论和实践的主题就是坚持和发展中国特色社会主义。党的十八大以来，新一届中央领导集体把全面深化改革工作摆在突出重要位置，成立了全面深化改革领导小组，加强改革顶层设计，在经济、政治、文化、社会、生态文明、党的建设等主要领域持续发力，深入"深水区"，敢啃"硬骨头"，全面深化改革取得重大突破。

2400多项改革举措的推出，在重要领域和关键环节取得决定性成果，在若干领域实现了历史性变革、系统性重塑、整体性重构。大胆尝试与实事求是结合，"摸着石头过河"和顶层设计相结合，问题导向和目标导向相结合，实现了改革、发展、稳定的有机统一，使小康社会建设积极向前推进。

习近平总书记指出："发展环境越是严峻复杂，越要坚定不移深化改革"，"既善于积势蓄势谋势，又善于识变求变应变"。深化改革是一场长跑，不可能一蹴而就、一劳永逸，需要兼顾当前与长远，咬定青山不放松，一张蓝图绘到底，更要把握好节奏，控制好风险，做到积极稳妥、规范有序。进入"十四五"，面向新发展，改革又到了一个紧要关头，只有不忘初心、牢记使命、面向未来、务实奋进，才能继续传唱深化改革之歌，让深化改革之果开遍神州大地。

第一节　愿将一生献宏谋

匹夫有责

"一个人的名字，早晚是要没有的，能把微薄的力量融进祖国的强盛之中，便足以自我慰藉了。""两弹一星"功勋奖章得主、国家最高科学技术奖获得者、"共和国勋章"获得者、改革先锋称号获得者于敏，享有崇高荣誉，却始终保持着一颗忠诚、谦虚的初心。

他隐姓埋名二十八载，不仅为中国原子核理论的从无到有、氢弹的研发突破做出卓越贡献，更推动了国防科技事业的改革发展。

1961年1月，于敏迎来人生中一次重大转折。一天，著名物理学家钱三强把于敏叫到办公室，直言不讳地对他说："经所里研究，报请上级批准，决定让你参加热核武器原理的预先研究，你看怎样？"

对于二机部党组的这个决定，于敏感到很突然。他只是一个刚崭露头角的青年科学家，而且研究的是基础物理，根本没接触过氢弹技术。

看着心事重重的于敏，钱三强其实非常能够理解。他鼓励于敏，新中国需要自己的核力量，这不仅是为了应对西方反华势力的战争威胁，更是为了让国家真正屹立于世界之林。

"国家兴亡，匹夫有责。"于敏明白这个任务意味着什么以及自己可能做出何种牺牲，但他同时感到责无旁贷，和国家、民族的生存发展相比，个人的兴趣、志向和荣辱又算得了什么？经过一番短暂的思想斗争后，他下定决心，一定要将这项任务完成好。况且，等氢弹突破后再回去搞基础科学研究也是可以的。

氢弹是真正意义上的战略核武器，因此其研究被核大国列为涉及国家安全的最高机密，没有任何经验可以借鉴。于敏虽然基础理论扎实、知识面宽，但对系统复杂的氢弹仍然感到陌生。然而这些并没有阻止他攻坚克难、攀登核科学巅峰的坚定步伐。在研究信息受到重重封锁的情况下，他竭尽全力收集相关信息，结合所学艰难探索。

一次，国外报道了热核聚变中一个重要元素的新的截面数据，数据过于理想，让人不敢相信。大家担心，这个数据可能不准确，更可能存在故意误导大家的嫌疑。证明数据真伪的最好方法无疑是做同样的实验，对数据进行验证。但是这样的话，不仅要耗两三年的时间，而且所需经费也不是个小数目。

于敏对这个数据的真伪性也很感兴趣。"不能做实验，能不能通过计算分析来验证呢？"他想试一试。于是那段时间，他每天揣着笔记本和笔，利用一切时间写写算算，发誓要算出一个结果来。一天深夜，妻子孙玉芹已经睡下，于敏还在伏案工作。妻子半夜醒来，发现书房的灯还亮着。于敏甚至没有发觉妻子已经来到身后。

在妻子的催促下，于敏不得不放下纸笔回房休息。

躺在床上的于敏，满脑子都是公式和数字运算，怎么也睡不踏实。迷迷糊糊睡了一阵子后，他突然坐起身来，"搞清楚了！钱和时间都可以省下来了！"

妻子被吵醒，埋怨地望着丈夫。于敏不好意思地跟妻子道歉："对不起，对不起！把你吵醒了。我搞清楚了一个重要问题，我今天要早点去单位。"

折腾了一宿的于敏，一大早就赶到单位，兴奋地把自己推导和计算的结果给同事们做了演示。他的分析脉络清晰、逻辑严密，让大家豁然开朗。外国报道的实验数据不一定是对的，那就没必要再去重复验证了。于敏一锤定音！

后来，国外同行再次做了那个实验，证明原来报道的数据确实不对。这让同事们对这个年轻科学家的专业能力大为佩服。

经过4年左右时间的共同努力，于敏带领科技人员解决了一系列有关热核材料燃烧的基础问题。当发现了热核材料自持燃烧的关键问题，解决了氢弹原理方案的重要课题时，于敏当即给北京的邓稼先打了一个"耐人寻味"的电话。

为了保密，于敏使用的是只有他们才能听懂的隐语，暗指氢弹理论研究有了突破。"我们几个人去打了一次猎……打上了一只松鼠。"邓稼先听出是好消息："你们美美地吃了一餐野味？""不，现在还不能把它煮熟……要留作标本……但我们有新奇的发现，它身体结构特别，需要做进一步的解剖研究，可是……我们人手不够。""好，我立即赶到你那里去。"

最终，于敏和团队挑出了3个用不同核材料设计的模型，并且抽丝剥茧，使氢弹构型方向越来越清晰，形成了从原理、材料到构型完整的氢弹物理设计方案。

1966年12月28日，我国进行首次氢弹原理试验，地点是西北核武器研制基地。北京时间12时，引爆氢弹原理试验核装置的电钮被准时按下。很快，试验场各项速报数据反馈回来，通过数据分析后断定，于敏他们的理论设计完全正确。随后的综合分析显示，氢弹的爆炸威力为12.2万吨TNT当量。

试验取得圆满成功，并获得了大量测试数据。这次试验成功意味着中国已经掌握了氢弹原理，掌握了氢弹制造中的关键技术。它是我国核武器发展史上继原子弹之后的又一个里程碑。

于敏从事的是武器理论设计，但他对实验相当重视。为了研制第一代核武器，于敏八上高原，六到戈壁，拖着疲弱的身子来回奔波。

1967年6月17日，罗布泊沙漠腹地，"轰六"战机飞抵上空，稳稳投下我国第一颗氢弹装置，随即，330万吨TNT当量的巨大爆炸产生的蘑菇云和强烈的冲击波席卷而来。我国第一颗氢弹爆炸成功了。

那一刻，于敏并没有在现场，而是在2500多千米外的北京。一直守在电话机旁的他，得知爆炸的威力和自己计算的结果完全一致时，长长地舒了口气。

从第一颗原子弹爆炸成功到氢弹爆炸成功，我国仅用时26个月，创下了全世界最短的研究周期纪录，完成了对其他超级大国的核讹诈、核威胁的一记漂亮的反击。

高屋建瓴

1926年，于敏出身于天津一个小职员家庭，从小聪颖过人、勤奋好学。自幼爱读古典文学作品，仰慕诸葛亮、岳飞、文天祥、林则徐等历史人物，杜甫、苏东坡、辛弃疾等诗人沉郁、豪放的诗句能脱口而出。

于敏的青少年时代，是在兵荒马乱中度过的，经历了军阀混战和日寇入侵两段屈辱的时期。生活在天津、北平沦陷区的他，目睹日寇的烧杀掳掠，痛感家国沦丧、百姓流离之苦，立志要学好科学，报效祖国。

进入北京大学理学院后，他的成绩常常名列榜首，被大家公认为"北大多年未见过的好学生"。

自小培养起来的"国家兴亡，匹夫有责"的襟怀，成了他日后把一生奉献给祖国国防科研事业的精神基础。他曾说过："童年亡国奴的屈辱生活给我留下惨痛的记忆，中华民族不欺负旁人，也不能受旁人欺负，核武器是一种保障手段，这种民族情感是我的精神动力。"

中华人民共和国成立两年后，于敏在钱三强任所长的近代物理所开始了科研生涯。他与合作者提出了原子核相干结构模型，填补了中国原子核理论的空白。

正当于敏在原子核理论研究中可能取得重大成果时，他接到组织上交给他的进行氢弹理论探索的任务。于敏毫不犹豫地服从分配、转行转专业，从此开始了长期隐姓埋名的生涯。连妻子都说：

"没想到老于是搞这么高级的秘密工作的。"

1967年，第一颗氢弹虽然爆炸成功了，但那只是试验装置，尺寸和重量较大，还不能用作导弹运载的核弹头，属于第一代核武器。要与运载装置导弹适配，核装置还必须提高威力并小型化，而发展第二代核武器，难度无疑更大了。

20世纪70年代中期，国防科工委和二机部下达第二代核武器研制任务，由于敏负责的理论部进行预先研究。基于对研制任务的深刻理解，于敏认识到有必要进一步发展热测试和诊断理论。

与周光召商量后，他立即组织成立了中子物理研究室，室内专设一个小组，专门研究核武器诊断理论。热测试理论研究的开启以及系统化，为我国成功研制第二代核武器发挥了关键作用。

1980年，于敏被任命为核武器研究院副院长兼核武器理论研究所所长。从第二代核武器预研开始到80年代中后期，于敏一直是我国核武器物理设计的主要业务领导和把关人。他全身心地投入到第二代核武器的研制中，领导和组织大家实现了一次又一次的突破，完成了高比当量、小型化核武器和中子弹的研制，使我国核武器技术发展迈上了一个新台阶，对我国科技自主创新能力的提升和国防实力的增强做出了开创性贡献。

在中子弹的研制过程中，课题挑战大，压力大，"臣鞠躬尽瘁，死而后已。至于成败利钝，非臣之明所能逆睹也"。当于敏一气呵成把《后出师表》背诵到底时，在场者无不感佩激愤，眼含热泪。

干着第一代，看着第二代，想着第三代甚至第四代，于敏对核武器发展有着独到的眼光和敏锐的判断。

特别是在20世纪80年代中期，当完成初级小型化原理试验和中子弹原理试验,我国核武器事业向世界先进水平迅速逼近的时候,于敏不仅没有盲目乐观,反而敏锐地发现了其中隐含的危机。

我国的二代核武器原理试验虽然进展很快,但与西方大国仍有差距,而且尚未完成武器化。当时美国频繁进行地下核试验,在理论验证上已接近极限,很可能会因为政治需要而提出全面禁止核试验的要求。一旦如此,我们该做的热试验没做,该掌握的数据没有掌握,岂不是"功亏一篑"?

于是,他与邓稼先、胡思得等科学家多次商议,以邓稼先和他的名义给中央写报告,提出加快核试验的建议,并很快获得了中央的批准。

1996年,《全面禁止核武器试验条约》在联合国大会获得通过。经过不懈努力,我国终于赶在该条约签订前全部完成了必须做的热试验。而相比美苏上千次、法国200多次的核试验次数,我国的核试验次数仅为45次,不及美国的二十五分之一。

此后,他把主要精力都放在惯性约束聚变(ICF)这一核武器物理研究方面,即利用惯性约束聚变技术,在实验室开展有关核武器物理和效应的研究。

早在70年代,在肩负核武器研制任务的时候,于敏就开始关注惯性约束聚变研究。1973年,他开始讲授等离子体动力学,组织人员进行ICF研究,倾注了极大的心血。

1997年,为了推动该研究,王淦昌建议结合核武器研究院和上海光学精密机械研究所的力量,协同开展科研攻关。于敏很赞成这个建议,于是和王淦昌常驻上海,就双方联合以及合作研究做了大量工作。

"合则成，分则败。"他们把协同攻关的思想相互灌输给双方，确立了以物理需求带动驱动器研究的原则，并决定成立上海激光等离子体物理联合实验室。

虽然科学家认识到ICF研究的重要性，可由于该领域的超前性，在国家层面并未引起足够的重视，最明显的例子就是该研究一开始未被列入国家"863"计划。

王淦昌为此四处奔走呼吁，于敏也觉得此研究事关重大。他们再度联手，共同给中央写信，陈述利害。王淦昌和其他4位科学家还应邀到中南海，向总理汇报了惯性约束聚变的有关物理问题。1993年，"惯性约束聚变"作为独立主题被列入"863"计划。

原子弹、氢弹、中子弹、核武器小型化……这是于敏和他的同事们用热血铸就的一座座振奋民族精神的历史丰碑！

在国庆50周年群众游行的观礼台上，刚刚被授予"两弹一星"功勋奖章的于敏，看着空前壮大的科技方队通过广场时感慨万分："这是历史赋予我们每个科学家义不容辞的使命。"

2015年1月9日，于敏荣获2014年度国家最高科学技术奖。

宁静致远

"两弹一星"功勋奖章获得者、国家最高科学技术奖获得者、我国国防科技事业改革发展的重要推动者、改革先锋……诸多荣誉纷至沓来，于敏仍一如既往地低调。于家客厅高悬一幅字：淡泊以明志，宁静以致远。

自从决定加入氢弹研制的那一刻起，于敏就意识到了这条道路将面临的挑战、付出、牺牲。可即便如此，他也没有想到自己会隐姓埋名这么久，在个人以及家庭层面需要舍弃的东西有那么多，以及这些付出和奉献对于国家、民族有多么重大的意义。

在那段时间中，于敏和家人朋友很少交流，一方面是因为他在不停地思考和忙碌，另一方面也是因为工作内容需要高度保密，不容有失。大家都不知道他是干什么的，甚至连妻子也不知道丈夫从事的是什么样的工作。

于敏曾以大学教授身份去美国访问，所到之处，他几乎一言不发。不方便问的坚决不问，不该说的坚决不说。这近乎一种折磨，但他却安之若素，难怪被邓稼先称为"是很有骨气的人"。

子女童年记忆中的父亲的形象并不清晰，父亲对于他们成长上的帮助也少之又少。普通人家的天伦之乐，对于那个年代的很多人来说的确是一种奢侈。

于敏后来在回首往事时说，自己一辈子有两个遗憾，一是没有机会到国外学习深造，二是因为工作太忙对孩子们关心不够。尤其是对家庭的思念和愧疚，一直深埋心底。但职责所在、使命所系，他只能把这些情感都寄托在氢弹科研中，寄托在国防科技事业中。

为了国家利益、民族前途，他丝毫不后悔自己的选择。

诺贝尔奖得主、核物理学家玻尔在访华时，称赞于敏是"一个出类拔萃的人"。著名科学家周光召称他"毕生奉献、学界楷模"。当别人称呼他"中国氢弹之父"的时候，他则明确指出这是集体的功劳，非个人所能居其功。其实，这个称谓是玻尔提的。作为科研同行，他当然清楚于敏在理论研究上的贡献到底有多大。

2015年1月9日，于敏获得国家最高科学技术奖时，没有发表任何获奖感言,因为他一直坚信"这些成就是每个人的,我只能代表大家来拿奖"。因此,他坚持不做获奖致辞,甚至最初都不同意自己去参评这个奖,他认为要把机会留给年轻人。

"学术如山,性情如水。"于敏不仅以其学术贡献令后辈们高山仰止,更以平和善良的性格赢得了身边所有人的爱戴。和于敏一起工作的人都很喜欢他,特别是年轻人都喜欢向他请教问题,而他总是悉心指导,由此诞生了一个"三不"的说法,即于敏对于解答问题是有求必应的,"不论时间,不论范围,不论问题大小难易"。

退休后的于敏保持着规律的作息。打太极拳、做健身操、阅读书籍。虽然是一位物理学家,但他最大的爱好却是中国历史、古典文学和京剧。他最爱的书籍包括《史记》《汉书》《三国志》《资治通鉴》等。古诗词也是他多年来睡前的必读物。岳飞的《满江红》是他最爱的词,也是他教给孙子的第一首词。

于敏的妻子去世后,学生蓝可为了缓解老师的愁绪,常常打电话念诗给他听。经常是才起了个头,他就能接着背下去。

"亲历新旧两时代,愿将一生献宏谋。"73岁那年,于敏写下《抒怀》一诗,用来总结自己的一生。其中这句,恰可看作他默默无闻却又轰轰烈烈的一生的贴切写照。

第二节　基层治理的无声细流

未竟的事业

2020年3月22日下午4点左右,武汉市公安局硚口区分局利济派出所内显得有些安静。新冠肺炎疫情期间,很多民警都下社区执勤或者参与防疫任务去了,因此所里并没有多少人。

民警刘晓旭刚从社区回来,路过三楼宿舍时,发现对着楼梯口的那间门半掩着。"老吴的房间。"他心里想着,往里瞟了一眼,看到吴涌躺在床上,被子却拖在地上。50多岁的吴涌是所里公认的"劳模"民警,工作兢兢业业,业务能力突出,待人真诚热情。

刘晓旭感到一丝诧异,午休的时间已经过了,到下午4点还没起似乎有点不对劲。推门进去,老吴没有反应,床尾的呕吐物却映入眼帘。刘晓旭心里咯噔一下,试着摸了一下老吴,发现他手脚冰冷,连脉搏似乎也没了。

"所长、所长,老吴病了!"刘晓旭冲下二楼。

"快,打120叫救护车!"

不一会儿,医生赶到现场,然而仔细检查后,不得不宣布了一个噩耗——就在武汉正从新冠肺炎疫情的肆虐中苏醒过来、大家能够稍作喘息之时,这位一直战斗在疫情防控一线的优秀民警却撒手离开人世。

噩耗传来,战友们一时无法接受,沉痛万分……

按计划,下午吴涌还要与共和社区党委书记熊恒超一起带队,为辖区 641 户居民上门发放政府下发的米面等生活用品。吴涌还兼任共和社区党委副书记。

当时上级下发的物资有 180 份，主要是为了帮助困难群众、特殊群体的。熊恒超和吴涌一商量，不如动员辖区企业献爱心，多配备一些物资，让每户居民都能领一份。于是，他们联系企业说明情况，很快找到愿意支持的企业，补了 461 份物资。未承想，事情进行了一半，吴涌却永远倒在了工作岗位上。

那段时间，除了一线医务工作者，最辛苦的就数社区工作人员和干警了。登记、测体温、发放物资、处置各种突发情况，作为年轻人的熊恒超都感到有些扛不住、吃不消了，更何况是吴涌。他们几乎天天见面，熊恒超还对吴涌开玩笑说："咱没被疫情干倒，别被工作累倒了！"而吴涌总是笑呵呵地回应："肯定累咯，但累趴下是没可能的。"

吴涌把社区群干、网格员、协管员召集起来，依托分局大数据平台，收集掌握感染患者原始信息，实施点对点动态管理，做到数据及时更新，有效提高了社区疫情防控工作的精细化水平。

辖区有位 60 岁的阿姨有咳嗽、发热症状，按规定，必须送到指定地点隔离治疗。但老人担心交叉感染加重病情，有抵触情绪，不愿去。社区干部多次上门劝说都没劝动。吴涌主动请战，先后 7 次登门耐心劝解，同样没效果。"是不是能想的办法都想到了？"他问自己，然后摇摇头。后来，他想办法找到老人在老家的村支书，请其帮忙劝说，终于消除了老人的疑虑，同意进隔离点接受治疗。

有党和国家做坚强后盾，全国上下众志成城，这场抗击新冠肺炎疫情的阻击战不断取得重大战果，这让身在一线的吴涌感到十分振奋。吴涌本来就是一个乐观积极的人，30多年的警龄和丰富的工作经验，让他有着面对任何问题都能够从容应对的心态。他固然知道辛苦，可是特殊时期的基层工作更加繁忙，容不得他有一丝一毫的懈怠。

"不能歇！不能歇！"吴涌的情绪也感染着周围的人。社区干部、志愿者、所里的同事，每个人都马不停蹄，舍小家为大家，希望尽快取得这场抗疫战斗的最终胜利。自疫情发生以来，他就从周一至周日，夜晚连着白天，循环不断地工作。

离汉通道关闭后，在转移病人的战场上，在拉网式大排查的战斗中，在社区封闭管理的现场，在保障社区供应的一线……吴涌和许许多多其他工作人员一样，冲锋在前、奋不顾身。

"我是党员民警。有危险，我先上！"这句话，吴涌并不常挂在嘴边，但是每每在关键时刻，特别是要承担急难险重的任务时，总会从他嘴里脱口而出。熊恒超至今还记得吴涌说这句话时的场景，那是吴涌以一名老党员的身份勇挑抗疫重担的时候，恰恰是这样平实、简短的话语，总能带给人以无穷的力量。

熊恒超还记得，当他再次到派出所办事时，曾去二楼吴涌的办公室外驻足缅怀。那个和他一直奔波于社区和群众中间的人，那个年纪大他一轮多却和他像兄弟一样的人，已经离他而去。老吴的办公室依然保留着，办公桌干净整齐，电脑、台历、文件摆放有序，这里是他们最后并肩战斗的地方，如今斯人已去。熊恒超内心翻滚，再次抑制不住泪流满面。

牺牲在抗疫一线的吴涌年仅51岁。一个月后，他被湖北省人民政府认定为烈士。2020年9月8日，他被追授"全国抗击新冠肺炎疫情先进个人"称号。他还被评为"全国公安楷模"，成为中国法治改革进程中基层干警的优秀代表。

共和社区的福星

1989年，吴涌从武汉市人民警察学校毕业后，如愿加入公安队伍，成为硚口区公安分局中的一员。其实在高考前，他就已经通过了招飞考试的体检，但当那张令人羡慕的招飞通知书送到家里时，他却犹豫了。

他的弟弟不理解，问他，当飞行员多好啊，既刺激，又有面子，有什么可想的？可吴涌却实在无法割舍——翱翔蓝天固然是许多人梦寐以求的职业，但他更想成为一名英勇无畏、雷霆出击的人民警察。最后关头，他还是把通知书锁进书柜里，背起行囊，跨进了警校的大门，圆了童年的梦想。

从特警到巡警再到片警，在公安干警的道路上，吴涌一步一个脚印，稳健而坚毅，平凡而充实。

1998年入夏，中国境内全流域发生大洪水，全国29个省市受灾。长江流域洪峰频现，武汉也降下创纪录的暴雨，长江大堤外水位高涨。面对百年不遇的特大洪灾，武汉公安机关全力投入抗洪战斗。

年轻的吴涌主动请战，担负起守护环卫码头闸口的重任。一个用竹竿、塑料布支起的小棚，就是吴涌的驻勤点。江水就在头顶，马路上时不时会有管涌发生。吴涌必须时刻注意水位变化，保护大堤安全和防汛物资安全。尽管白天太阳烤，晚上蒸桑拿，还有蚊虫咬，但他毫无怨言，一直坚持到抗洪胜利。

1990年5月，在一次驻卡执勤时，一辆停靠检查的长途车引起了他的注意。车上分散坐着的几个人神情紧张，面对盘查言辞含糊。吴涌立即联想到前不久接到的发生在车上的诈骗警情。他立即将几个人分开仔细盘查，很快发现了线索。在他的穷追不舍下，几个骗子现出原形，承认了违法事实，并交出了1000元赃款。吴涌一举打掉一个外地流窜至武汉的诈骗团伙。

被选调至汉正街利济派出所时，吴涌正赶上江汉交易大楼和小商品中心市场建成营业，昔日的"天下第一街"告别了以街为市、以地为摊的历史。数千个体户虽然迁入设有展销厅、电梯、电子监控系统的现代化交易大楼，但管理方面的挑战也接踵而来。

2004年夏天，汉正街连续发生拎包扒窃案件，商户们主动当起了治安信息员，为吴涌提供破案线索。接到线索后，吴涌立即展开调查，他和同事身着便衣，在人流高峰时段持续蹲守了好几天，终于锁定并抓获了两名犯罪嫌疑人，由此破获12起系列扒窃案。

海富商城是文体用品集散地，前来打货的客户不少。然而商城外的停车场，却因为收费问题多次发生商家与大楼物业冲突的事件。吴涌觉得这是一个不小的隐患，如果不及时根除，说不准哪天就会酿成刑事案件。于是，他深入调查，发现原来停车场采取外包管理后，停车费超过了物价局核定的价格。

调查清楚后，他把业主方、停车场管理方叫到一起。业主意见很大，认为停车管理存在乱收费问题，并且严重干扰了商城正常的经营活动。停车场管理方则觉得很冤，认为一方面这里人流、物流量大，管理成本高；另一方面这里是黄金地块，停车费就应该随行就市。

吴涌早有准备，他拿出整理得清清楚楚的法律法规，不偏不倚地与双方沟通。"好的治安和营商不境来之不易，是一天天积累起来的，但破坏起来却很快……正因为这里是寸土寸金的汉正街，所以咱们更应该遵规守法、规范管理、诚信经营。"他的劝导有理有据，让当事双方都很快冷静下来，共同商量解决的办法。最终，双方达成一致，按照有关规定规范停车收费，共同维护良好经营环境。

15年的巡警工作，吴涌接处各类报警求助1.8万余起，抓获各类违法犯罪嫌疑人1300余名，没有一起被投诉，展现了过硬的业务能力和执法水平。

利济派出所对6个社区、11个责任区实行分片分组考核，吴涌负责的警区每月考核都是小组第一。他负责的共和社区连续12年无命案、无大案、无火灾。他是"枫桥经验"坚定的践行者，更是社区百姓的大福星。

谈起吴涌，社区百姓打心眼里认可，这里一年到头，他帮助化解了多少矛盾纠纷、解决了多少实际困难，"大家心里都有杆秤"！

彰显正义的力量

吴涌去世后，妻子刘晓林在整理丈夫的遗物时，在他办公室最下层的抽屉里发现了一个秘密。

"怎么有这么多证书?"刘晓林被眼前的一幕惊呆了。那是一摞荣誉证书,包括吴涌连续6年获得优秀公务员等多项荣誉。

她一张张仔细翻看,不一会就泪眼婆娑。这么多的荣誉,吴涌居然很少跟她提及。但她又怎能不明白丈夫这么做的理由。从警以来,吴涌很少和家人谈工作压力或困难,也不计较个人荣誉。这背后,更有一份"怕家人担心"的考虑在里面。

想到这,刘晓林更加无法释怀,往事历历在目——有多少个深夜,丈夫接到电话就匆匆出门赶往派出所或者社区;在多少个案件中,丈夫与犯罪分子周旋、搏斗,不顾对方手中的利器、环境的凶险;每当任务结束丈夫回到家中,她又是如何担心地询问,丈夫又是如何轻描淡写地回答。

"不拿回去给家人看看?"当吴涌的同事看到吴涌把那些证书收到抽屉里时,也曾问过他类似的问题。而吴涌还是一贯的答案,"职责所在,没什么好说的"。

在同事眼中,吴涌就是这样一个"低调、淡薄"的人,荣誉面前常常先人后己,做事的时候一贯兢兢业业。从警31年来,他两次荣立个人三等功,7次受到嘉奖。在副所长易永刚眼里,吴涌是一个工作不讲条件的人。

吴涌出身在一个普通工人家庭,家风淳朴,家教很严。当他"放弃"飞行员梦想而选择成为一名人民警察时,母亲就告诫他:"穿了这身制服,就要行得正、走得直,不能贪便宜。"

新冠肺炎疫情期间,母亲突然觉得浑身乏力、发烧,于是就给吴涌打了个电话。当听说儿子正在社区忙工作时,老人没敢麻烦他,而是自己坐了40分钟的公交车到了医院。直到当晚医院确诊老人得了新冠肺炎后，吴涌才知道情况。

母亲感染了新冠肺炎，而且是重症，随时都有生命危险，吴涌心急如焚，但因为在社区执勤实在走不开，同时因为国家对疫情防控、救治有严格统一的要求，他只能继续坚守岗位，时不时通过手机和母亲了解情况。好在吴涌的弟弟也是医院的医生，于是他叮嘱弟弟一定要照顾好母亲，保证母亲顺利康复。

母亲出院后，他依然抽不出时间去看她，因为疫情而耽误的年夜饭，也凑不出时间来补上。虽然很难见面，但吴涌坚持每天给母亲打两个电话报平安，而母亲总是反复叮嘱，让吴涌注意防护，安心工作，不用担心自己。谁能想到，这样的问候与叮嘱，竟然成了母子之间最后的道别。

在另一个世界的吴涌，对于自己的家庭向来是愧疚的，因为他没有扮演好一个儿子、丈夫和父亲的角色。但他也应该感到欣慰，因为对于许许多多他帮助过的人来说，他不仅是一名有责任心、业务能力过硬的好警察，更是一名没有豪言壮语、却把群众利益视为生命的人民公仆。

他为人民无私奉献，他就是人民心中的英雄。

熊恒超至今还记得，疫情中的一天，他和吴涌为居民送鱼等食品，因为不断地上下楼，吴涌的腰椎病又犯了，疼得冷汗直冒。

"老吴你怎么这么热，流那么多汗？"望着在楼道里喘息的吴涌，熊恒超关心地问道。

"没事，老毛病了，缓缓就好。"

熊恒超于是没当回事。直到把鱼送完，他才知道吴涌是因为上下楼的剧烈运动，诱发了已得了十几年的腰椎病，却仍强忍着把物资送完。后来每每想起这个细节，熊恒超都感到非常懊恼，"如果当时能劝他及时休息一下就好了"。

吴涌牺牲后，所里每年都会组织青年民警到他的墓前祭扫缅怀，重温入党誓词。为了告慰英灵，所里还组织成立了"吴涌执法为民工作队"，以烈士为榜样，执法为民，化解矛盾，持续彰显正义的力量。

2021年清明节时，参加祭扫活动的人群中站着一名特殊的警员，他就是吴涌的儿子吴博明。刚刚入警的他成为刑侦队的一名见习队员，每次出警都不自觉地想起父亲。站在父亲的墓前，他默默地诉说着、呼唤着。曾经，父亲的制服在他眼中那么神圣，现在他自己也穿上了，他立志一定要像父亲那样穿好它！

第三节　长作雪松护天山

牺牲在反分裂反腐败的战场上

2020年3月下旬的一个傍晚，新疆维吾尔自治区纪委监委审查调查中心大院里灯火通明。附近的水塔山松柏耸立，雪花从枝头随风飘洒。正是晚饭的时间，但已有用过餐的人们三三两两地在院里散步聊天。

自治区纪委副书记、监委副主任加思来提·麻合苏提，紧锁着眉头，边走边思索着。最近纪委正在督办几项专案，案情复杂且牵涉面广,他不得不思虑周全,寻求案件突破的办法。这段时间,和他一样加班的人不在少数。

这个时节,祖国多数地方已经春暖花开,但在西部重镇乌鲁木齐,依然是北风带雪、一派寒冬景象。连日来的几场雪,让大地银装素裹,衬着夜幕下的点点星光和闪耀的灯火,显得静谧迷人。

作为一名纪检干部,加思来提几乎没有停顿、放松的时候,要么是在办案,要么是在为了办案而做准备,任何时候神经都是紧绷的。冰凉的空气让他清醒了许多,他抬手看看表,快8点半了,还能再干几个小时。他心里想着,步履不停地返回了办公大楼。

审查中心的办公大楼这时候依然灯火通明,加思来提来到第八审查调查室,这里是负责最近几个重大疑难案件的专案组之一。"线索分析得怎么样了,有新突破吗?""证据一定要准确,而且要保证证据链完整。"他一进门,就问起了工作进度。同事们也都熟悉加书记的风格,并向他一一汇报。加思来提和大家简单交流了几句,然后走向另一间办公室。

这样的对话其实并不像想象中那么严肃,甚至还比较轻松。加思来提习惯了在休息的空当到各个办公室转转,边走边看,有时候和大家一起讨论案情,有时候也聊聊生活话题,给大家释放一下压力。

他待的时间最长的地方,就是各专案组的分控室和办案区。有时候一待就待到后半夜。白天与被审查调查对象谈话,晚上回放视频,研究谈话方案,研判案情,调整审查、调查策略。这些,就是纪委监委工作人员的常态。

表面淡定的加思来提,其实内心里非常焦灼。攻破大案、要案的背后，是常人难以想象的高压力、高强度、快节奏。审查中心负责的那些专案，必须尽快在审查调查上取得突破，查明违法违纪事实，并按要求移送相关部门。

所以他一个个转下来，一方面及时了解案情、解决疑难问题，另一方面也给大家打打气、鼓鼓劲。那段时间，因为案件进度的要求，又加上疫情的影响，办案点实行封闭管理，大家基本上都不能正常回家，很多人选择在单位值班。加思来提也是一样，吃住在单位，已经很长时间没有回家了。

当时，他的身体已经出现不适，同事们也发觉了问题，几次催他去检查，他总是嘴上说着"等有空了就去"，可却一直没有实际行动。这对他来说并不是什么借口，而是他确实没有闲的时候。于是，他只能靠各种药物来缓解症状。

当他回到自己的宿舍时，已经快9点了。宿舍里支着一张简易单人床，办公桌上放着几本经常阅读的图书期刊，包括几本《求是》杂志、一套《中国共产党的九十年》，还有一些待批阅的文件。这里既是他的办公点，也是他的休息室。

他给茶杯续满水，然后坐回办公桌旁，继续研究卷宗。夜越来越深，宿舍里寂静无声，偶尔有清嗓子的咳嗽声传出。灯光顽强地照亮着，直到凌晨一两点才不舍地熄灭，让整幢楼沉入夜色。

自从到纪检监察机关工作，加思来提的每一天几乎都是这样度过的。同事眼中的他似乎永远不知道疲倦，时时刻刻都在思考案情、忙着工作。这种执着忘我的态度，如果没有对党的忠诚、对事业的挚爱、对信仰的追求，是不可能做到的。

然而，令人担心的事还是发生了。3月26日，正在工作岗位上忙碌的加思来提突发疾病，不幸因公殉职。大家难以置信，更不愿意接受，纪检战线上痛失了一名坚强的战友，人民失去了一位忠诚的共产主义战士。满怀对党的无限忠诚，始终战斗在新疆反分裂反腐败斗争一线，加思来提的生命定格在了57岁。

同事们眼含热泪，惋惜又不舍："年纪不小了，工作干吗那么拼命！关心他人那么多，为什么不留一点给自己！"

32年里，这名一直奋战在纪检监察审查调查一线的"老兵"，刚正不阿、攻坚克难，查办了一批又一批严重违纪违法案件，挖掉了一个又一个影响新疆社会稳定和长治久安的毒瘤隐患，为夺取维护反分裂斗争重要阶段性成果和反腐败斗争压倒性胜利做出了突出贡献。

2020年12月3日，中共中央追授加思来提·麻合苏提同志为"全国优秀共产党员"。

监察改革之势雷霆万钧

新疆是反分裂斗争的前沿阵地和主战场之一，特殊的形势赋予新疆纪检监察机关特殊的使命——既要同反分裂做坚决斗争，又要将反腐败进行到底。

作为纪检监察系统的一名"老兵"，忠诚干净担当、敢于善于斗争，刻在了加思来提每一天的追求中。

2018年6月，自治区纪委监委对一名厅级干部进行审查调查。不到一个月时间，专案组就基本查实了该对象收受他人财物、违规释放犯罪嫌疑人等问题。

当负责此案的第七审查调查室调研员周自民高兴地去向加思来提汇报结果时，加思来提并没有像大家那样兴奋，而是反问他，你觉得还有什么疑点，或者还有什么遗憾的？

"有一个违反反分裂斗争纪律方面的线索，我们查了，但是找不到证据。"周自民一愣，然后回答说。其实他不是没想过其他可能，但一方面确实没有调查出结果，另一方面也存在顾忌及侥幸心理，毕竟这个审查对象曾经获得过不少荣誉，给外界的印象似乎不太可能与分裂活动有关。

"到底是纯粹'收钱办事'的经济问题，还是以此为掩盖，另有所谋？我们一定要看到表象背后的实质问题。"加思来提敏锐地提醒道，"不到最后一刻，决不能放过任何一个疑点。"

加思来提毕业于新疆政法干校，曾在兵团公安部门工作3年多，有着丰富的办案经验。

周自民接受了加书记的"批评"，回去后立即和专案组成员重新调整了审查策略，制订了进一步深挖细查的行动方案。"不到最后一刻决不放弃"的话，让专案组在工作思路和方法上进一步清晰起来。

沿着新的方向，大家全力攻关，终于在移送审理的前一天，掌握了该对象从事分裂活动的新线索，挖出了这个隐藏多年的"两面人"。

对于加书记的精准预判，专案组感到既惊讶又佩服。周自民后来才知道，加思来提的判断依据来自哪里。原来，加思来提在听案件办理进展汇报、调看谈话视频时，从被审查对象所表露出的一些生活细节中发现了疑点。

维护新疆安宁，就必须彻底根除分裂思想和分裂势力。"我们的职责就是把这些深埋地底随时可能爆炸的'地雷'，一个一个挖出来。"加思来提常常告诫同事们。

2019年，又一个"硬骨头"案件摆在加思来提的案头。自治区某副厅级干部涉嫌严重违纪违法，正在接受组织调查。该审查对象平日里为人狂妄，被留置后，自恃做事隐匿、有一定关系网络，因此采取了抵制对抗调查的态度。不仅不积极配合调查、主动交代问题，还多次挑衅办案人员。

"我要把问题带进棺材里。""问题我都能说清楚，但我就是不跟你们讲。"面对被审查人的激烈对抗，案件审查一度陷入僵局。

"只要其他证据全面充分，'零口供'一样可以定案。"一直关注案件进展的加思来提分析该案后强调。他一面鼓励打气，一面让大家继续研判线索，要"沉下心来，不要浮躁"。

加思来提同时让办案人员尽快安排与被审查调查人家属谈话，希望以此作为突破口。直觉或者经验告诉他，通过涉案人寻找突破口，往往是办理棘手案件的有效途径。

他亲自和被审查人家属进行了一次例行谈话。果然，简短的对话让他敏锐捕捉到其家属有配合的意愿。

"立即把调查重点放在他家属身上，尽快拿到关键证据。"加思来提告诉专案组负责人。

办案人员接到命令后，马上正式约谈被调查人家属，从法律、政策等方面做家属的思想工作，很快获得了突破性进展。被审查人家属交代了放置赃款赃物的一个储藏室。

获得关键线索后，专案组人员终于松了一口气，兴奋地向加书记汇报案情。加思来提听到这个消息也很高兴,但随后又想了想,便提醒那名办案人员:"下一步马上展开搜查,搜查的时候注意提取物证上的指纹和DNA样本。"

此前,通过调查取证,专案组已经查清了该审查对象存在贪污、受贿、巨额财产来源不明、滥用职权等违法犯罪事实,并起获了一批产权证等文件资料物证。如果能证明这些物证和这次发现的藏匿款物同属于审查对象,则能够进一步固定证据,将案件办成铁案。这也是加思来提特别提醒专案组在搜查藏匿赃款赃物时,要注意提取物品上的指纹、DNA样本进行鉴定比对的原因。

果然,在后续的搜查中,专案组成功地在储藏室一个赃款箱上提取到被调查人的DNA样本,进一步证实了其涉嫌贪污、受贿等严重违纪违法的事实。

当专案组把物证照片一张张摊开放在该审查对象面前时,一直狂妄的审查对象一下子瘫在椅子上,终于开始交代自己的问题。此案也成为监察体制改革后,自治区纪委监委成功办理的首例被审查调查人"零口供"案件。

党的十九大提出构建集中统一、权威高效的国家监察体系,组建国家监察委员会,形成以党内监督为主、其他监督相贯通的监察合力。经过不断实践,国家监察体制同向发力、同增质效的效能很快显现,在纪律监督、监察监督、派驻监督、巡视监督等方面释放出雷霆万钧之力。

新疆是党的十九大后首个全面完成监委组建工作的省区。改革使得新疆纪检监察系统不仅一扫对公权力监督的"盲区"和"死角",强化了日常监督的严管厚爱,还进一步规范了案件查办程序，在疫情防控、落实决策、脱贫攻坚等重点领域，通过开展清单式、常态化监督检查，不断提升案件质量，不断增强监督力度。

仅2020年，全区即查处民生领域损害群众利益问题1985件，处分1846人；查处涉黑涉恶腐败和"保护伞"问题198件，处分141人。自治区纪委监委立案审查调查145件，在高压震慑和政策感召下，全区有1590人主动投案和交代问题。

经过此次案件调查，让大家伙对加思来提的严谨与认真更为叹服。参与办案的周自民感慨道："加书记始终强调依规依纪依法的审查调查原则，注重事实和证据，确保经办的每一起案件都成为经得起历史和实践检验的铁案。"

32年来，加思来提带领专案组查办大量案件，每到关键时刻和攻坚阶段，他都啃最硬的"骨头"，攻最难的"山头"。即使在生命的最后几天，他仍然坚持完成和两个地州纪委监委有关同志的谈话，嘱咐他们不仅要钻研业务，还要加强对党的政策理论的学习，尤其要用习近平新时代中国特色社会主义思想武装头脑、指导实践、推动工作。

红星照我去战斗

32年来，不管岗位和职务如何变化，加思来提始终坚守在反分裂反腐败一线。他也成为自治区纪检监察机关驻守办案点时间最长、资历最老的一名纪检干部。

在同事眼中，加思来提是一个和蔼沉稳却又爱憎分明的人。他常说："我对党和人民有多么热爱，就对分裂分子和腐败分子有多么憎恨！"憎，是对待分裂分子、腐败分子，他执法如山、毫不手软；爱，是对待战友群众，他嘘寒问暖、有情有义。

"做好纪检监察工作，要有菩萨心肠，处理人不是目的，关键是要唤醒违纪违法者的党性良知。"他说。

"心里要装着群众，要多帮群众办实事、解难题。"在加思来提心底，珍藏着他对群众的深深的爱。

2016年2月，根据自治区党委统一安排，时任自治区监察厅副厅长的加思来提作为总领队，前往克孜勒苏柯尔克孜自治州阿克陶县巴仁乡开展"访民情，惠民生，聚民心"驻村工作。当时他的父亲正重病卧床，可是他没对组织和任何人说，扛起背包义无反顾地奔赴基层一线。

巴仁乡自然条件恶劣，底子薄，基础设施差。工作队驻村之初，那里的党群干群关系不密切，有的老百姓对工作队心存顾虑，敬而远之。

这对所有工作队成员来说都是一个巨大的挑战。然而加思来提却保持了一贯的乐观精神，自己平时都是在办案点办案，很少有下基层开展工作的机会。基层固然艰苦，但能接触到更多的群众，了解到真实的地方发展现状，是难得的转换工作思路和工作作风的机会，更是施展才能、大有作为的另一个战场。

他不像有些人一样叫苦连天，反而很珍惜这次重回基层的机会。"天天和腐败分子打交道，没有机会和各族老百姓面对面交流，一定要珍惜难得的机会，好好为老百姓服务。"面对组织的任命，加思来提如是回答。

就这样，怀着满腔热情，他走村入户，拉家常、干农活，一边帮助群众排忧解难,一边想方设法引导群众脱贫致富。这名"老纪检"依然停不下脚步,只不过是从案牍劳形转换成了乡村治理。

"结对子交朋友"活动,就是以少数民族、汉族互结对子交朋友的形式,互学互助,向结交对子送观念入脑,送政策上门,送科技下田,送法律进家,送信息到户,促进双方经常互动,加深理解,增进感情。

加思来提的工作方法就是先从交朋友开始。交友要交心,待人贵在诚。加思来提想和群众拉近距离,更想成为老百姓的真心朋友。于是,在村民简陋的房舍,在毫不起眼的土炕毯子上,在牲口自由跑动、苍蝇起落的餐桌边,他总是毫无拘束地融入其中,和他们聊天说笑,一起劳动。

"你不真心和群众交朋友,谁会把你当朋友?"在加思来提的带动下,工作队的其他同志也跟群众打成一片,拉家常、干农活、宣传政策,解难题、做好事、办实事,逐渐赢得了群众信任。

放下顾虑的群众开始接纳工作队,更对这个带队的"卡德尔"(维吾尔语"干部")印象深刻,亲近有加。

村民安尼瓦尔·图尔迪就是在这个时候认识了他的"阿卡"(维吾尔语"大哥")加思来提。加思来提初次下基层走访时,就发现了这个"令人头痛"的年轻人。安尼瓦尔年纪轻轻却不爱劳动,思想上惰性强,生活过得一直没什么起色。

加思来提却看到了这个年轻人的潜力——精力旺盛,头脑灵活,最关键的是,他不想一直这么穷下去。加思来提决定先帮他拔掉"穷根"。于是,只要一有空,加思来提就去安尼瓦尔家里开导他。

"阿卡，你说我们干点什么能让日子过得更好呢？"慢慢地，安尼瓦尔把加思来提当成了亲人，事事都愿意和他商量。

看到这个"懒汉"终于开窍了，加思来提非常高兴："现在村里人多了，但买菜很不方便，是不是可以做卖菜的生意？"

稍一琢磨，安尼瓦尔也觉得这个事可以做。村里有不少人种菜，但做蔬菜生意的人好像并不多。再加上工作队等人员进驻农村，对于蔬菜的需求量远远超过以前，正好可以做做蔬菜买卖的生意。

"阿卡，我们听你的！"于是，在加思来提的帮助下，安尼瓦尔联系货源，购买运输工具，选摊位，找客户，很快做起了蔬菜生意。有天时地利，再加上有阿卡的帮忙，安尼瓦尔的生意做了起来，而且越做越大。在驻村工作队的支持下，他还成立了蔬菜合作社，逐渐发展成为全乡闻名的蔬菜买卖大户，过上了从前想都不敢想的好日子。

现在，巴仁乡各村的合作社越来越多，带动当地村民口袋越来越鼓，餐桌上的饭菜越来越丰盛，衣柜里的衣服越来越多，日子越来越有奔头。2020年11月，阿克陶县和新疆其他9个未脱贫县退出贫困县序列。

安尼瓦尔想把这个好消息告诉帮助他致富的阿卡，可是却成了一个永远的遗憾。"阿卡，你在哪里？"他在心里不止一次地呼喊着。

在追忆加思来提生前的点点滴滴时，许多人不约而同地想到了他最喜欢的那首歌——《红星照我去战斗》。"红星闪闪亮，照我去战斗，革命代代如潮涌，前赴后继跟党走……"同事们哼起这首歌，仿佛看到加思来提坚毅挺拔的身影。

加思来提牺牲后的几个月，他生前工作的办公室一直保持原样，每到夜晚，温暖的灯光就会亮起来。那深夜中四楼西侧的两扇灯火，承载着他数十年工作的点点滴滴，也为他的每一位战友、同事送去慰藉、勇气与激励。

在北京市朝阳区北辰东路的中国共产党历史展览馆，三楼的一处展柜里陈列着一极朴素的棕色皮带。皮带因为磨损而破旧不堪，令参观者好奇地驻足观看。它的主人就是"全国优秀共产党员"加思来提·麻合苏提。

破旧的皮带仿佛在诉说他的一生，更让人联想到一名普通共产党员对党的忠诚、对信仰的坚定、对人民和事业的热爱。

第三章 国力跃升 促小康

　　站在新时代的今天，站在这个比历史上任何时期都更接近中华民族伟大复兴目标的今天，每个中国人都会为祖国的当下而喝彩，为未来而加油。回望过去，中国经济创造奇迹、不断跃升；展望未来，中国经济仍将破浪前行、行稳致远。

引子

1949—2021年，72个春秋。中国从封闭落后走向开放进步，从温饱不足走向全面小康，从积贫积弱迈向繁荣富强，创造了人类发展史上的伟大奇迹。

中国经济总量从中华人民共和国成立之初的600多亿元到2021年突破110万亿元大关，稳居世界第二大经济体，成为世界第一大工业国、第一大货物贸易国、第一大外汇储备国，是世界经济当之无愧的增长引擎。

2021年，面对复杂严峻的国内外环境，我国经济总量和人均水平依然实现新突破，主要工农业产品产量持续增长，综合国力、社会生产力和国际影响力进一步增强。其中，国内生产总值（GDP）比上年增长8.1%，在全球主要经济体中名列前茅。经济总量突破110万亿元，稳居世界第二，占全球经济的比重超过18%。社会生产力稳步提高，粮食总产量稳定在1.3万亿斤以上，谷物、籽棉、花生、肉类、茶叶、水果以及粗钢、发电、化肥、布、汽车、微型计算机、手机等产量均为世界第一。人均GDP突破1.2万美元，接近世界银行划设的高收入经济体人均水平门槛。北京冬奥会成功举办，中国队位列金牌榜第三，不仅创造了中国冬奥历史上的最佳战绩和首次大项目全部参赛的纪录，更彰显了中国综合国力的不断增强。

中国人民站起来、富起来、强起来了，一个个数字背后彰显出中国经济和社会发展的强劲动力。

站在新时代的今天，站在这个比历史上任何时期都更接近中华民族伟大复兴目标的今天，每个中国人都会为祖国的当下而喝彩，为未来而加油。回望过去，中国经济创造奇迹、不断跃升；展望未来，中国经济仍将破浪前行、行稳致远。

第一节　逐梦万米深蓝

坐底10909米

2020年11月28日上午8点30分，海南省三亚市南山港码头。

随着一阵汽笛声响，"探索一号"科考船稳稳靠泊下锚。科考队员们陆续离船登岸，码头上人头攒动，都是前来迎接他们的家人、同事。鲜花、掌声、迎接仪式，大家拥抱问候、击掌庆贺，共祝凯旋。

"终于到陆地了，回家的感觉真好！"36岁的刘烨瑶在人群中和同事握手拥抱，大声感慨道。这次海试历时近2个月，对他来说时间不算太长，但他有些想家了。

他们身后,"探索一号"静静地停靠在码头,工作人员正忙碌着搬运仪器设备和采集的样品。这艘总长94.45米,型宽17.9米,排水量6250吨,续航能力大于1万海里的多功能科考船,搭载"奋斗者"号全海深载人潜水器,前不久勇闯地球最深极——太平洋马里亚纳海沟,完成了挑战万米载人深潜的试验。

这已经不是"探索一号"第一次挑战马里亚纳海沟了,这艘由"海洋石油299"多功能作业船改造升级而来的科考母船,于2016年8月23日的首航中,就首次获取了超过100升的万米海底水样。2018年10月16日,"探索一号"再赴马里亚纳海沟,完成一系列科考作业后顺利返回。而这一次,是它搭载"奋斗者"号首次进行万米海试,并如愿创造了中国载人深潜新纪录。

"怎么看不到'奋斗者'号?"人群中有人问。刘烨瑶循着声音望去,是一个七八岁样子的小姑娘,可能是哪个同事的孩子,正仰着脖子朝船上张望。

"你说的可是我们这次海试的最大功臣啊!它现在正躺在库房里'睡觉'呢,它需要休息。"刘烨瑶开着玩笑,然后指了指母船腹部的位置继续说道,"就在船肚子里。"小姑娘虽然有些失望,但还是紧张地看了过去。

刘烨瑶笑了笑。那绿白红色块拼接的舱体,此刻也浮现在他的脑海中。在已知地球海洋最深处的马里亚纳海沟,他和其他两名队员驾驶着"奋斗者"号,成功到达了一个新的深度,揭开了万米深海的神秘世界。

刘烨瑶是"奋斗者"号副总建造师、潜航员,中国科学院声学研究所高级工程师。从10月10日起,他和上百名科研试验人员一起，分两批乘坐科考船前往马里亚纳海沟。在那里，他们坐进"奋斗者"号潜水器，13次下潜大海深渊，其中8次突破1万米，创造了10909米的中国载人深潜新纪录。

"在逐梦深蓝的道路上，我国又'潜'进了一大步。"当完成这项创举之后，这位中国载人潜水器的主要设计者感慨道。

对于刘烨瑶而言，我国一系列载人深潜器的诞生都和他有关，它们就像是他的孩子。从"蛟龙"号、"深海勇士"号到"奋斗者"号，刘烨瑶均参与了设计研制工作，主要负责它们的声学系统设计，以实现潜水器的通信、定位、探测功能。

他曾担任"蛟龙"号副主任设计师，并承担了下潜工作；任"深海勇士"号主任设计师、声学系统海试课题负责人，承担了多个深度的首次下潜。

此次担任"奋斗者"号副总建造师、主任设计师、潜航员，在万米海底，承受着相当于2000头大象踩踏的压力，刘烨瑶和他的潜水器再次经受住了考验，而且声学系统表现优异。

那一刻，令刘烨瑶终生难忘。

当母船的吊臂将"奋斗者"号放入海中，刘烨瑶和其他两名潜航员立即投入到紧张的工作中。他和另外一位科学家负责科学仪器设备的调试，另一名专职潜航员负责驾驶潜水器，他们缓缓地潜入深海。

舷窗外，鱼群划过、海草摇曳，在探灯的照射下，神秘的海洋生物不时地出现在潜水器前方，不一会又迅速地消失在深邃的寂静之中。

在狭小密闭的载人舱内，他们紧张地忙碌着，几乎无暇顾及外面的环境。作为一位声学科学家，刘烨瑶的目光就没有离开过声波探测仪器。他要时刻关注声学系统及相关设备的状态，每隔一段时间或到达一个新的深度就要检查设备的运作情况。

随着时间一点点消逝，海水开始从碧蓝过渡到深蓝，然后是一片漆黑。两三个小时后，他们到达了海底。

第一次坐底万米深渊，3名潜航员没有欢呼雀跃，甚至都没有过多的紧张或兴奋。刘烨瑶虽然对"奋斗者"号的状态非常自信，但一点也不敢放松警惕。他不希望把"没把握"的状态传递给屏幕前的人们。

基于此次海试的科学价值和重大意义，海试全程都在进行直播，基本上，他们看到的一切，全国观众也都能够看到。

他及时确认了那一刻的信息——时间：2020年11月10日8时12分。坐底10909米。

这个新坐标是自然状态下获得的，但也有一些其他方面的考虑。此前，国外同行曾创造了万米深潜的纪录，因此，中国科学家希望能打破这个纪录。无需超过太多，超出一点就好。于是，中国这次载人深潜的纪录被定格为10909米。

"亲爱的观众们，万米的海底妙不可言，希望我们能够通过'奋斗者'号的画面向大家展示万米的海底。"3名潜航员第一时间通过水声通信系统向外界展示了万米海底世界的神奇景观。

水声通信是"奋斗者"号与母船"探索一号"之间沟通的唯一桥梁，可以实现潜水器从万米海底至海面母船的文字、语音及图像的实时传输。对于载人潜水器而言，声学系统不仅用于通信，还要实现潜水器的定位和对海底地貌地形的探测等工作。

也正是从"奋斗者"号开始，我国全海深载人潜水器的声学系统实现了完全国产化，该系统由中科院声学所牵头研制。

"（10909米这个数字）不仅仅是从4位数到5位数的一个突破，更是'奋斗者'号载人潜水器声学系统突破全海深难关，性能指标更高，为我们后续载人潜水器的科学应用提供了技术保障。"刘烨瑶事后在接受央视新闻频道采访时说。

正如"奋斗者"号总设计师、海试总指挥叶聪所说："目前全世界有40多人到达过海底万米的深度，其中20多位都是中国人。"这位20年研制了4个潜水器的"奋斗者"，见证了中国载人深潜事业从无到有、由浅入深，一步步跻身国际领先水平的全过程。

国产化率96.5%

第一次坐底万米成功后，刘烨瑶他们又进行了几次下潜作业。一般来说，只要天气良好，潜水器状况没问题，他们就会抓紧机会下潜，因为水下作业的窗口期是有限的。

在几天后的一次下潜作业中，借助组合导航系统和声呐设备，他们仅用了半个小时便成功取回了此前布放在万米海底的3个水下取样器，实现了"海底捞针"，并通过水声通信机将取样画面回传至母船。

在数次万米深潜中，"奋斗者"号的声学系统经历了各种环境状况的考验，各项技术指标得到验证，为全海深范围内的持续巡航作业提供了有力的技术保障。

提起水声通信系统，刘烨瑶不禁感慨万千，因为该系统的研发过程几乎与我国载人潜水器的研发同步而行，是我国深海探测方面装备科技发展的典型代表。

众所周知，可见光在海水中衰减得非常快，一般能见度只有十几米，深海则是一片漆黑，要实现远距离通信和定位必须依靠声学技术。因此，水声通信成为潜水器和母船之间沟通信息的唯一桥梁。

大学毕业后，刘烨瑶就来到中科院声学研究所工作。那时，声学所正为"蛟龙"号载人潜水器研制水声通信系统。当时，国外主流技术是模拟通信，需要下潜人员查看相关参数，用语音向母船汇报，信息的准确度、完整度、效率等都很难保障。

面对相关资料欠缺以及国外技术封锁，初生牛犊的刘烨瑶勇挑重担，承担起"蛟龙"号的声学系统硬件设计工作。在他和同事们的共同努力下，最终研制出用于载人潜水器的"高速数字水上通信系统"。

该系统包括水声通信机、高分辨率测深侧扫声呐、避碰声呐、成像声呐、声学多普勒测速仪、定位应答器、声呐主控器以及配套传感器等。它可以将生命支持、电池状态、速度位置、地形地貌等关键数据转化成数字信号，定时传输到母船上去，还可以传输水下拍摄的照片。这样，潜航员就不用再时时口头汇报情况，而可以把主要精力放在海底观测、采样等工作上。

随后，他们通过一次次海试不断摸索经验，完善技术、设备，确保了"蛟龙"号能够在数千米的深海之下、12000米的范围内，持续稳定地向母船汇报状态。

从2002年立项，到2012年完成7000米海试（最大深度7062

米，为当时世界纪录），"蛟龙"号去过太平洋、印度洋，进行过矿区、资源的勘探，还有地质、生物等方面的科学研究，为我国深海科考做出了重要贡献。

而到了"深海勇士"号，刘烨瑶已成为主任设计师，负责声学系统硬件设计以及母船声学系统改造工作。他开发了一套新的船载水声通信系统，放在母船"肚子"下面，有效解决了吊放方式干扰母船航行的难题。

虽然"深海勇士"号的下潜深度减少了，只有4500米，但国产化率达到95%，特别是载人球壳、推进器、机械手等关键核心部件的国产化，意味着我们已经把载人深潜的关键技术掌握在自己手里。

提高大国重器的国产化率，对科技创新有多重要？刘烨瑶曾在一次论坛演讲中分享过一个故事。

2010年的一次科考中，一个国外的设备出了故障。他们急忙联系到厂家，厂家回复工程师去度假了，在此期间无法工作。等联系到工程师，他又要求必须到现场来解决。于是，全船100多人干等了半个月的时间，不仅耽误了科考进度，还要支付工程师往来的差旅费，花了冤枉钱，还受了一肚子气。这件事让刘烨瑶深受刺激，更加意识到把核心技术掌握在自己手里是多么重要。

正因为有了"老大""老二"的技术积累和快速迭代，"奋斗者"号顺利完成了全海深水声通信机、地形地貌探测声呐、多波束前视声呐、多普勒测速仪、避碰声呐的自主研发，以及定位声呐和惯性导航设备的系统集成，实现了核心技术的全面国产化——声学系统的100%国产化。

作为我国"十三五"重点研发计划"深海关键技术与装备"专项支持项目,"奋斗者"号涉及19个子项目,其中中国船舶集团702所牵头全海深载人潜水器总体设计集成与海试项目,中科院沈阳自动化所承担控制系统的研制,金属所承担载人球壳的研制,理化所承担浮力材料的研制,声学所承担声学系统的研制,深海所承担海试子课题,并作为业主单位参与了"奋斗者"号的海试。全国百余家科研院所、高校和企业的上千名科研人员参与研制。最终,"奋斗者"号的国产化率到达了96.5%。

是否拥有先进的深潜科考技术,是衡量一国科研力量的重要指标。深海寻幽,不仅有着科学研究的需要,同时对资源勘探和开采也具有深远的意义。早在20世纪60年代,国外就开始了载人深潜。而短短数十年,我国载人深潜技术已经跃居国际一流水平。

正如刘烨瑶所说,突破万米不仅仅是深度从4位数到5位数的突破,更是证明了中国载人深潜有实力挑战深渊,对全球最深的海洋具备探索和科考的能力。

奋斗是值得的

在海洋科考中,行于海上或潜入深海并不像想象中那样顺利、安逸,风吹日晒、起居饮食不便都是常态,瞬息万变的天气更会带来无法预料的危险。

2020年11月,在乘坐"探索一号"去马里亚纳海沟的途中,刘烨瑶他们遭遇了台风。当时,科考船压着浪头踉跄前行,一边躲着台风,一边寻找可行的作业地点。舱室里不时传来有人呕吐的声音，到食堂吃饭的人比平时少了一半。就在这样的状态下，大家仍然主动坚持朝五晚九的工作。

刘烨瑶躺在床上，紧握着把手，一阵阵眩晕、恶心袭来。书籍、水杯等物品也掉落在地上。他对于晃动或者跌倒其实没有太多感觉，无论是台风的干扰还是装备故障，以前也会经常碰到，只要处理得当，基本不会造成什么问题。

真正的挑战——无论对于他还是对于其他人，还是晕船。特别是海况不好，遇到突发的极端天气，大家没有适应的过程，就很容易出现状况，连老船员也不例外。这情形很像坐过山车，不同的是晕的感觉来得更猛烈，而且还伴随着暴风、海浪的呼啸以及机器的轰鸣声。

晕船，对科考队员来说像家常便饭，虽然见怪不怪，但碰上了还是不好受！

一开始，刘烨瑶也晕船，他不只晕船，还晕潜水器。2009年，他为"蛟龙"号研制通信系统时，作为试航员第一次参加海试。在实际调试时，潜水器与母船间的水声通信总是不能建立，无法正常下潜，团队在潜水器里漂了整整一周。他也在母船与潜水器里轮换着晕了一周。

再晃再晕也得正常工作。刘烨瑶把日程排满，通过不停地做事来缓解恶心的感觉。从例行检查、下潜工作，到水面轮岗、数据记录……那段时间，他吃不好也睡不好。到了海试结束，他睡眠不足的问题没有解决，倒是晕船的问题基本消失了。

在大洋上，没有节假日和工作日之分，天气好就是工作日。这是科考队员们默认的一条作息规律。海上不确定因素太多，如果不充分利用有限的窗口期抓紧工作，大家都会觉得内心不安，仿佛亏欠了什么似的。

2017年"深海勇士"号进行海上试验时，刘烨瑶早已适应了这种工作生活状态。他发现，在潜水器里并不像船上那样颠簸。海面上波涛汹涌时，海底其实异常平静，在载人舱中反而更"舒适"，和在陆地上差不多。

但在潜水器里也存在高温、高湿度和比较憋屈的问题。所以他们尽量把一次作业的时间控制在10个小时内，集中精力完成预定任务，这样返回时不会太累，也不会因为昼夜不分对身体造成不良影响。

那次海试，他负责的水声通信最后被验收专家组评价为"表现超出预期"。

时隔3年，刘烨瑶再次搭乘"奋斗者"号入海，三次下潜到超过万米的深度，并刷新了中国载人深潜的新纪录。

对于刘烨瑶来说，在载人深潜领域奉献青春的15年，绝大多数时候都是这样的琐碎日常。一步一步地工作，一点一点地积累。风吹日晒、柔波巨浪，有时平淡无奇，有时惊心动魄。

2018年，"蛟龙"号载人潜水器获得国家科学技术进步奖一等奖时，刘烨瑶作为核心成员受邀到北京人民大会堂领奖。这是他少有的高光时刻。他很清楚这份巨大荣誉所承载的内容，那是多少科研人员的努力付出，那是祖国人民对广大科技工作者的殷殷期待。

"'奋斗者'号的名字与我们的工作以及工作精神都很贴切。在奋斗的过程中，有些事情非常困难，但后来回忆起来非常甜蜜，因为我们觉得我们的奋斗是值得的。"刘烨瑶说。

"奋斗者"号深潜突破 1 万米后，返航的路上科考队员们收到了习近平总书记的贺信，这让大家备受鼓舞、心潮澎湃。刘烨瑶觉得，通过载人深潜，为国家探索海洋奥秘、开发海洋资源、保护海洋安全做出自己的贡献，骄傲而且自豪。他愿意以此激励自己，为中国的载人深潜事业继续奋斗下去。

第二节　长路追风　中国速度

"工"字出头

　　如果不经人介绍，外界很难把张雪松跟"钳工""技师"这样的职业形象联系起来。戴着银色细框眼镜，斯斯文文，沉静少言，但只要谈到那个专业领域——高铁动车组数控机床装调维修，他就完全变了一个人，成为生龙活虎的健谈者、如数家珍的技术专家。

　　其实，这样一种"高铁工人"的形象，放在现在来说并不让人感到诧异，然而在 10 多年前中国高铁技术发展之初，却具有一定的指向意味。

　　高铁代表大国重器，亦是中国经济飞速发展的一张名片，是国家经济实力长足增长的象征。身为中国第一代高铁工人的张雪松，凭借在高铁技术上的奋勇登攀，成长为一名新时期知识型、技能型、创新型的产业工人，同时也演绎了中国高铁飞速发展的精彩故事。

而且，这新形象背后含金量十足，包含着全国道德模范、全国优秀共产党员、全国劳动模范、党的十九大代表等在内的崇高荣誉，正如"中国高铁"这张名片所包含的价值一样。

"70后"张雪松，是中国中车唐山机车车辆有限公司铝合金分厂的一名数控机床装调维修工、高级技师。多年来，技校毕业、钳工出身的他，积极学习数控维修、数控加工、可编程控制器、三维制图等技术，现已成长为一名高铁列车制造现场的复合型技术专家。

迄今，他完成技术革新109项，制作工装卡具66套，撰写工艺文件和操作指导书72项，改进进口工装设备技术缺陷20多项，创造经济效益300多万元。

出身于铁路工人之家的张雪松，从小就对铁路有着深厚的感情，因为"对'能动'的东西特别感兴趣"，所以立志要成为一名技术高手。

1992年，19岁的张雪松从技校毕业后进入唐山机车车辆厂工作，成为一名铁路技术工人。刚参加工作，穿着蓝色工服，整日里和机械打交道，张雪松兴奋极了。

一个周末，张雪松从厂里回到家。兴冲冲地进门，正巧被他母亲瞧见。张雪松觉得他母亲的表情怪怪的，有点掉脸。

他是故意穿着工服回家的，想告诉父母他终于工作了。这可是人生中的一件大事，哪个父母不会为此感到高兴呢？

当时家里正好来了亲戚串门，母亲也没多说什么。等亲戚走后，张雪松才搞清楚，原来母亲就是因为他这身蓝色工服而不高兴的。

一家人吃饭的时候，母亲对着父子俩抱怨起来，老头干了一辈子铁路工，穿了一辈子蓝制服，儿子还是这一身，有什么出息？"别忘了'工'字不出头！"

母亲的话怼得父亲直瞪眼，刺激得儿子哭笑不得。

"谁说'工'字不出头？我把'工'字变成'干'字，不就出头了吗？"张雪松答道。

这件事留给张雪松极深的印象，即使在很多年以后，他还能清晰记得那次对话的场景。从那以后，他暗暗发誓要改变母亲的旧观念，更要改变传统铁路工人的形象，要让"工"字出头，干出和父辈铁路工人不一样的成绩来。

刚参加工作第一年，他就凭着勤学苦练，在唐山市青工技能大赛上崭露头角，获得"唐山市技术能手"称号。

努力付出获得了认可，让他对于学习岗位技能有了更大的兴趣。打那时候起，他陆续从事了机械钳工、工具钳工、车辆钳工等岗位工作。凭借着踏实刻苦、专注好学的精神，他干一行爱一行，学一艺成一艺，迅速在工作岗位上脱颖而出，成为业务过硬、操作精湛的技术能手，先后获得省、市级"钳工状元"的荣誉。

这时候的张雪松，已经成了厂里的年轻技术骨干，在工人中小有名气，如果按部就班地发展下去，也会成为一名不错的技术型管理人员。然而他却不满足，又开始自学起铆工、焊工、电气、机械、计算机等业务知识，他想走出一条与众不同的路来。

他的爱人是电工，他就向她请教，学画电路图。他还进修了机电一体化专业的大专课程，学习了维修电工、PLC编程、CAD设计知识。

很多人不理解，说他"不务正业""变相地自我膨胀"，张雪松却不为流言所动，更不为成绩、荣誉所累。

不得不说，他是一个非常有想法的技术工人。"新一代技术工人，不能只有某一方面的能力，除了'一招鲜'，还要有多个专业的技术储备，成为复合型人才。"这既是他对于产业发展的判断，也是他对自己职业成长的要求。

2004年，中车唐山公司迎来高铁发展的新机遇。张雪松瞅准了机会，有备而来，顺利通过考试，从钳工转行数控机床装调维修工，专门负责大型进口设备的维修保养。

彼时，中国高铁经历了自我探索和技术积累，正开启跨越式发展的新阶段。张雪松恰逢其时，积极投身到中国高铁科技创新的大赛道中，也因此开启了新的人生篇章。

机器人管家

张雪松与高速动车组结缘，始于2005年中车唐山公司与德国西门子公司合作研发时速350千米动车组制造技术。

当时，中车唐山公司先后引进了价值3亿多元的几十台尖端设备，包括作为现代制造中心核心部件的大型数控设备。高速动车组铝合金车体生产的每一道关键工序都要由大型数控设备来完成，它们是制造现场的"机器人"。

面对这些高科技设备，从安装到调试都异常复杂，厂里几乎无人敢碰。张雪松看在眼里，急在心里，身为技术能手的他，怎能甘心自己的设备还要由外国人主导，他想要成为这些"机器人"的主人。

张雪松主动请缨,从铝合金车体铆钳班班长,"转行"成为一名数控机床装调维修工,在分厂设备科专门负责大型进口设备的维修和保养。

新岗位需要具备计算机、机械、电子、材料等多方面的知识,他就一边参加公司组织的专业培训,一边利用课余时间坚持学习研究。令人头痛的专业书籍,他却"啃"出了滋味。别人下班后都懒得动了,他却坚持自学,仅学习笔记就记了两大本、几万字。

加工中心现场安装那天,张雪松带领工友配合德国技术人员进行安装操作。这是一个难得的学习交流的机会,然而外国技术人员对中国工人非常不信任,涉及核心技术的工作都不让他们做。

张雪松早有准备,不让操作就偷偷站在旁边观察,不懂的地方就大胆问,必须搞清楚每一个步骤及流程。实在不明白的地方,再回家看书研究、反复琢磨。有时候,完成分配的工作之余,他就留在现场,一方面可以帮忙,另一方面可以观察、记录德方技术人员的每一步操作。

在拼接机床主床身时,张雪松发现地基打孔位置与机床安装位置不符,他仔细观察了一番,又回想看过的设备资料,坚定了自己的判断,于是马上通过翻译指出问题。

德方技术人员非常自信,而且认为这个小伙子没经验,根本不懂安装问题。在德方的坚持下,安装工作照计划进行,结果等地基安装好再装主机床的时候,才发现位置对不上,果然应验了张雪松的判断,不得不返工重来。

这件事让德国技术人员对中方技术人员的态度有了极大改变,

尤其是对张雪松这个年轻人，由不以为然变成主动邀请他参与机床的安装调试。张雪松更没有让外方人员失望，在60米导轨安装过程中，他对比图纸研究了好几遍，发现导轨的一处少了地脚配件，又避免了一次返工。

2006年在动车组的试制过程中，张雪松递交了入党申请书，他觉得"自己的思想认识提升到了一定阶段，有加入党组织的需求了"。

2008年4月11日，中车唐山公司第一台国产和谐号动车组成功下线。该型动车组为8辆编组，4动4拖，电力牵引交流传动，最大牵引功率8800千瓦，运营时速350千米，主要技术指标处于世界领先地位。首批下线的3列动车组被优先用于北京奥运会，驰骋在京津城际铁路上。

看着动车像游龙般穿梭腾挪在祖国的壮美山河间，张雪松和他的工友们激动极了，那是一种无法言喻的兴奋与自豪：真想立即乘坐这列时速达到350千米的动车，感受由自己参与创造的中国高铁的"中国速度"。

这是大国工匠书写的豪迈！中国用3年时间，走完了国外20多年的技术路程，成为世界上仅有的几个能制造时速350千米高速铁路移动装备的国家之一。

还记得3年前，为了解决铝合金车体制造这一核心技术难题，张雪松揭榜挂帅，带领铆钳班的16名精兵，没日没夜地实验、摸索各种条件下铝合金组焊工艺，终于在一个月的限期内造出试验车体。

他们总结出"调整装配法"和"夹具压紧点多点支撑"的系列铝

合金型材组合焊接工艺方法，保证了动车组车体的各项尺寸精度，很好地解决了焊接变形问题。这一系列技术攻关，为高速动车组批量生产找到了科学的工艺技术方法。

那些年，张雪松几乎没有闲暇的时候，除了忙于工作，他还一边攻读重庆大学机电工程与自动化专业本科学历，一边在唐山职业技术学院等3所学校当客座教授。不断学习充电，不断更新知识技能，成为他职业生涯的基本追求，并在这样的追求中实现了一次又一次的华丽转身。

张雪松用行动为新时代的产业工人做出了生动的注解：不仅只是付出体力劳动，更要勇于站在新技术的前沿，敢于向世界先进技术发起挑战。

"金蓝领"

坚持心无旁骛、锲而不舍的技术追求和精益求精、追求卓越的职业态度，造就了"高铁工匠"张雪松，也打磨出了中国制造所应坚持的"工匠精神"。

如今，张雪松已经成为机械钳工和数控装调维修工高级技师、中国中车首席技能操作专家、享誉全国的"金蓝领"工人。中车唐山公司在铝合金厂设立了第一个"金蓝领"工作室，张雪松作为负责人，以厂为家，又做起了"家教"。这是一个由他主导的新技术研发部门，同时也是一个传道、授业、解惑的地方。

有了"金蓝领"工作室，每当有新车型试制时，工作室的每名成员都会负责一个关键部位，并根据生产实际，向设计部门反馈改进优化意见。迄今，他们协助动车组车体制造质量"零缺陷"，为搭建中国中车谱系化、标准化动车组产品技术平台发挥了重要作用。

这其中，更令张雪松感到自豪的是，2012年，德国西门子公司找上中车唐山公司，希望中车能为其制造一批高速列车铝合金车体大部件。中车人听说后简直不敢相信，昔日的"师傅"居然向"徒弟"求助，这说明中车的某些技术产品已经达到甚至超过了国际水平，更证明中国高铁以匠心铸就的高质量品牌已经蜚声海外。

生产过程中，"平安"数控加工中心的机床安全联锁装置出了毛病，继续生产有可能导致安全事故，可一旦停下来就会影响西门子公司的订单进度。"可不能在这道工序上'卡壳'。"张雪松带着徒弟蹲在设备旁仔细检查，发现是门机联锁安全限位触碰头断了，需要全套换新的。但厂家配件至少要一周时间才能到位，停产将造成巨大损失。

张雪松仔细研究了触碰头的断裂部位，觉得把损坏的触碰头重新焊在一起似乎可行，而且他也想利用这次机会给徒弟们上一课——学会从理论到实践完成整个创新过程。但触碰头由两种金属材质组成，焊在一起需要技巧。张雪松指导徒弟用冷焊方法，边冷却边焊接，很快修复了触碰头。最终，故障隐患消除了，机床重新运转起来，公司避免了重大损失。

当时，张雪松正在中国劳动关系学院脱产学习，是一个正在放暑假的"大学生"，但待在家里闲不住的他，又回到厂里。回到车间、看到设备，尤其是发现了问题，他又找到了感觉。

为德国西门子生产高速动车组车体大部件，是中国高速动车组关键技术首次出口欧洲，必将经受严格、"挑剔"的考验，因此，这批产品必须保质保量、万无一失。张雪松放不下心，利用暑假时间召集设备操作者和维修班员工开了个碰头会，了解数控设备定检小修、润滑保养工作的完成情况，并嘱咐工友们要做好日常保养，把设备故障消灭在萌芽中。

在这次任务中，张雪松和他领导的"金蓝领"工作室，再次发挥了一锤定音的作用，与时俱进，不断创新，靠精湛过硬的技术征服了国际制造业巨头。

借着高铁技术输出这一重大转变的契机，张雪松他们决定在技术创新道路上乘胜追击，再下一城，积极开拓智能制造领域，引领中国制造向中国"智造"方向加速蝶变。

很快，他们就选定了技术攻坚的目标——焊缝。以往生产高速动车组铝合金车体时，无论采用数控焊接还是手工焊接，都会形成一道道焊缝，这些焊缝必须借助打磨工手工打磨掉，不仅费时费力，而且质量难以把控。

2017年，中车唐山公司提出智能制造方案，张雪松带领"金蓝领"工作室的技术团队，开始研究用机器人打磨代替人工的技术体系。他们围绕工业机器人领域展开技术攻关，一方面与院所高校专家资源进行对接，展开协同攻关；另一方面依托企业创新资源优势，结合生产实际和经营管理需求，不断优化技术路线和工艺。经过两年的不懈努力，机器人代替手工打磨车体的技术体系终于建立并完善，标准化、数字化、智能化的车体制造生产线在中车唐山公司投入使用。

在这股技术创新、产业升级的浪潮中，"金蓝领"工作室像灯塔，照亮了制造企业跨越发展的方向，它也像汪洋中领航的旗舰，引领其他航船劈波斩浪、不断前行。

张雪松深知，技术革新单靠个人的力量是有限的，只有让更多的青工掌握新知识、新技能，才能保证创新的源泉不枯竭，让企业的发展可持续。

在"金蓝领"工作室里，摆着一件和谐号动车组的模型。张雪松在埋头钻研之余，总会盯着它发一会呆，片刻的停留不仅是为了放松眼球，也是为了调整思绪。"企业就像一列动车，必须所有的车厢同时启动才能跑出最高速度。"张雪松经常拿这个比喻来告诫团队成员，鼓励大家齐心协力、不惧挑战、共同创新。

面对未来，张雪松号召工友们要努力掌握更多新技术、新本领，制造出速度更快、质量更好、乘坐更舒适、更加经济安全的高速动车组，"用中国高铁联结世界、造福人类"。

2022年1月，中宣部、中国国家铁路集团有限公司联合发布2021年"最美铁路人"先进事迹。张雪松等10人荣获"最美铁路人"称号。他们是铁路一线的一面面旗帜，更见证了中国高铁的"中国速度""中国奇迹"。

从2008年第一辆京津高铁，到现在遍地飞驰的"复兴号"，再到总长2.5万千米"四纵四横"的高铁网络；从运营速度最快的京沪高铁，到全球最长的京广高铁，再到穿越极限地域的哈大高铁、兰新高铁。每天开行4500多列高铁，累计发送60亿人次，走向世界、联结世界，中国高铁实现了大变天。

铁路密布，高铁飞驰，天堑变通途！

第三节 青春之花绚丽绽放

出征

2020年11月10日,"英雄的人民 人民的英雄"——全国抗击新冠肺炎疫情先进事迹报告团通过央视屏幕与公众见面。报告团由28名成员组成,涵盖了医务工作者、疾控工作人员、人民解放军指战员、党员干部、公安民警、社区工作人员、新闻工作者、志愿者、物资生产保障人员等各个群体。其中,"时代楷模——抗疫一线医务人员英雄群体"受到了特别关注。

2020年初,突如其来的新冠肺炎疫情在全球蔓延。为挽救生命,他们千里驰援,肩负使命,扛起了国家医疗队的大旗!在4.2万多名驰援武汉的医务工作人员中,有1.2万多名"90后",这些青年在新冠肺炎疫情期间工作战斗在湖北武汉主战场、抗疫第一线,为疫情防控做出了突出贡献。

北京大学人民医院创伤救治中心主治医师刘中砥,是28名报告人之一。电视中的他,语调平和地讲述着自己在武汉经历的分分秒秒。观众可能无法感受到他的情绪波动,只有他自己知道,那段"连呼吸都是奢侈而危险的"经历,是多么危急、纠结、震撼、难忘。

几个月前的4月6日,刘中砥随北大援鄂医疗队撤离武汉。9天后,最后一支支援武汉国家医疗队——北京协和医院医疗队返京。对刘中砥来说,距离在武汉抗疫已经过去7个多月,然而那

60天惊心动魄、争分夺秒的战斗场景却好像就发生在昨天，一切历历在目。

对这名"90后"年轻医生来说，那是人生最严峻的一次煎熬与考验。

刘中砥的专长是骨科，确切地说，主要负责处理严重多发复合伤等疾病，而不是呼吸系统疾病，因此他并不是驰援武汉的首选人员。但是他心里有一种难以抑制的冲动。

1月26日，大年初二。节日的氛围已经被愈演愈烈的疫情扫荡一空，伴随而来的是全国上下不断打响的抗击疫情的战斗。这天中午，刘中砥正在医院值班，突然听到了窗外传来的喧闹声。他大概猜到了那是什么情况，于是赶紧跑了出去。

来到医院门诊楼大门口，发现早已人头攒动。原来，北京大学人民医院首批驰援武汉的医疗队即将出征，同事和家人前来为他们送行。这是一支由20名医护专家组成的医疗队，具有丰富的呼吸系统疾病和急危重症治疗护理经验，其中不乏执行过抗击SARS、抗震救灾、援藏等重大医疗支援任务的同事。

其实，早上8点，医院就召开了院长办公会，传达中央防控疫情会议精神，研讨部署医院防控以及应急出征医疗队的工作内容。

11点，医院为出征队员开展了控感防护培训，包括针对新冠肺炎疫情的消毒与隔离措施、个人防护要求等。

送行的人群中有很多熟悉的面孔，他们互道珍重、互相鼓励，刘中砥也和出征队员相互拥抱、道别。"这种危急时刻，正是需要我们（医务人员）的时候。"这句话不断出现在人群中，让每个人热血沸腾。刘中砥多希望能和其他同事一起奔赴抗疫前线，并肩作战。他当时心想:"上战场,哪怕拿不到枪,帮忙抬担架也好。"

几天后的一个周末,刘中砥忽然收到了医院组建援鄂医疗队后备队的紧急通知。他没有犹豫,立即报了名。这样,原本轻松的假期生活一下子紧张起来。刘中砥一边安排家里的事情,一边交接工作,随时准备出发。

妻子知道了这个安排,虽然有些担心,但还是支持他的决定。她默默地帮他收拾行李,还帮他在网上订购了成人纸尿裤等或许能用得上的物品。

几天后,焦急等待中的刘中砥终于接到了准备出征的电话:"明天出发驰援武汉,早上7点在医院集合。"放下电话,刘中砥平静的心瞬间躁动起来,面对这场未知的战斗,他有一丝忐忑和焦虑,但想到有那么多英雄般的同事、同行正在争分夺秒地战斗着,兴奋的感觉完全压制了那一丝的恐惧。这不正是自己期待、追求的吗?

刘中砥边想边干,收拾完东西已是凌晨。临睡前,他习惯性地翻看微信,突然看到了李文亮医生去世的消息。这位年仅35岁的同行,对新冠肺炎疫情最先发出预警的人之一,经抢救无效而离世。

什么样的人会视职业操守、使命为信仰,为此甚至不惜舍弃性命?刘中砥年轻的心再次泛起波澜,他的内心被一种悲壮的情绪充斥着,久久无法入睡。那是一个沉重的属于李文亮的黑夜,也是许许多多和李文亮一样不停战斗的医务人员的不眠之夜。

刘中砥大概睡了三四个钟头,就再也睡不着了。时间还充裕,他起床开始洗漱、收拾,自己弄了点吃的,没有惊动家人。

2月7日,晴,风吹散了薄雾,清冷的太阳逐渐照亮东方,包括刘中砥在内的110名第三批医疗队队员已经集结完毕。

"奔赴武汉、决战武汉!我们要打好这场疫情阻击战,为人民作做贡献!"院长姜保国的战前动员简洁而富有感染力。队员们则用齐整而豪迈的回答回应了他的动员。

迎着寒风踏着积雪,在一声声"保重""平安"的祝福中,他们启程了。

在飞往武汉的万米高空,看着舷窗外的云海缓缓移动,刘中砥的思绪也随之飘向了远方。他的父亲生前也是一名医生,曾在抗击非典中战斗在第一线,而今他因为类似的情形也将奔赴前线,冥冥之中,父子俩仿佛搭起了一座跨越时空的桥梁。

四小时

下午3点,飞机顺利抵达武汉。这是刘中砥第一次来到这座城市,也是第一次感受到这般湿冷的寒气。从机场到酒店的路上,时间仿佛都停滞了,空荡而冷清,一切都暂停了,只有抗疫的逆行者们还在奔忙,处处透着紧张和怪异的气息。

当晚,他们在驻地宾馆接受了紧急培训,听先期到达的同事介绍即将接触的病房条件和患者状况。培训结束后,队员们早早回房休息,为明天的工作做准备。睡前,刘中砥专门打开窗户通了半小时的风,直到忍受不住寒冷才关窗上床。

2月8日,元宵节。刘中砥所在的团队迅速赶往华中科技大学同济医院中法新城院区,他们将改造并接管这里的重症病房。

下午 2 点，队员们顺利抵达。一下车，所有人立即按照指定任务，各自忙碌起来。有人调试医疗设备、信息系统，有人摸索医嘱和病历系统，有人检查仪器、点验药品，虽然是陌生的环境，但一切都紧张而有序地进行着。

这个团队包括了呼吸、外科等多个学科的医护人员在内，从到达武汉到病区转换运转仅仅用了 24 小时。这就是国家医疗队多学科会诊的特色，也对重症病例救治形成了有力的保证。

晚上 10 点左右，陆续有患者被送达病区，抗疫战斗即刻打响。

第一次进污染区，刘中砥感到既紧张又兴奋。在清洁区更衣室，他逐层穿上防护服、隔离衣、手套、鞋套、护目镜和防溅面屏。按照现场要求，手套要戴 5 层，刘中砥感到自己的手变得僵硬而笨重起来。随后，眼镜开始起雾，呼吸变得费力，浑身都像被禁锢住一般。同事帮他穿戴，他也帮其他人查漏补缺，必须确保防护合格，这是最基本也是最重要的安全要求。

然后，他们分批次进入缓冲区。缓冲区共有 4 个，是连接清洁区和污染区的部分，由 5 道门分隔开。队员们逐次穿过一道道门，听着自己的呼吸和心跳在防护服里回响。

到达污染区的他们，看到了一幅熟悉的画面：不断有患者送达，医护人员立即开始采集病历信息、倾听患者诉求，再将之安排至不同的病房。

首批接诊的患者病程较长，高龄者多，而且呼吸、循环系统遭到严重破坏，病情危重。一位老人被推了进来。刘中砥赶紧上前询问。老人情绪低落，声音也断断续续，再加上方言的原因，刘中砥没听明白。

他想靠近她，但又有些犹豫。防护培训的时候可是一再强调要尽可能与患者保持接触距离。老人很着急，比画着手势，支支吾吾地说个不停，脸都憋红了。这时候，刘中砥不再犹豫，马上靠近她的嘴边，终于搞清楚老人说的内容。

原来，这位60多岁的阿姨的老伴在这次新冠肺炎疫情中不幸去世，她和儿子也都是感染者，一起被送进来治疗。她担心儿子经受不住失去父亲的打击，不能积极面对治疗，所以想让医生帮她去看看她儿子的情况。

听着老人的诉说，刘中砥感到自己的心被捶了一下。他一边安慰老人，把她送到病床上，一边想着怎么帮她打听到儿子的情况。后来，他终于查到老人儿子的情况，老人的儿子病情比较稳定，已经进入病房等待治疗。他及时把消息告诉老人后，这才让她安了心。

其实，第一次进到污染区的时候，这些经验丰富的医务工作者依然会有短暂的慌乱，需要迅速经历一个心态上的转变。刘中砥也不例外，当他真正进入污染区跟患者接触上，很快就找回了工作的感觉，因为这些正是他最擅长的东西，防护穿戴造成的不适都被统统抛诸脑后。

刘中砥继续接待其他患者，听他们诉说着自己以及家人发病、隔离、收治甚至去世的情况。他努力克制自己的情绪，但依然阻挡不住鼻子的酸楚、眼球的酸胀。

那位阿姨表现得非常坚强，一直在积极配合治疗。有一次刘中砥去看她，刚一见面，她突然后退了两步："大夫，别离我太近，你们要做好防护，你们还这么年轻！"

老人的话一下戳中了刘中砥的泪点，他红着眼告诉阿姨："好的，好的，我们会照顾好自己。"

后来，老人病情好转要转到别的病房，她的儿子继续留下接受治疗。为了开解她儿子，医疗队决定为老人做一次视频连线。电话接通后，老人在视频中对儿子说："你爸爸已经走了，就别想太多，你还有自己的家庭，我们活着的要好好地活……妈妈为你加油！"

在回驻地的大巴车上，冷风透过车窗的缝隙吹在刘中砥的脸上，他却浑然不觉。那个阿姨和儿子对话的场景一直在他脑海中浮现。面对生离死别、生活骤变，有多少像那对母子一样不幸的人，不得不抚慰伤口，继续勇敢地活下去。

"我有责任、有能力去帮助他们，而且不光是帮他们战胜病毒疾病！"他默默发誓。

特别的日子

3月1日，北大援鄂医疗队在前线举行了党员重温入党誓词的活动。在党员干部的带领下，全体党员一起高举右手，面对鲜红的党旗，再次庄严宣誓。

"随时准备为党和人民牺牲一切。"队伍中的刘中砥，喊出这句誓言时，有了与以往完全不一样的感觉。这次的誓言更带着沉重、坚毅、忠诚和豪迈。

刘中砥还有一个小秘密，当天正好是他的30岁生日，他觉得30岁生日和重温入党誓词的活动撞到一块，或许代表了某种特殊意义吧。无论如何，这是他在抗疫前线度过的一个特殊生日，此生绝无仅有。

要不是妻子提前一天发微信向他祝贺,他恐怕就忘记了这个日子。为什么这么感慨,难道仅仅是因为到了而立之年了吗?刘中砥心想。或许是因为这场疫情,因为他为之战斗的患者,又或者是"为党和人民牺牲一切"这句话。

在和平年代,这样的誓言对大多数人来说是那么遥远,然而事实却是,这种精神以及承载它的人们,很可能就在我们的身边。不是有那么一句流行语吗:哪有什么岁月静好,只不过是有人为你负重前行。

在那一刻,刘中砥感到他们似乎也成为继承这种精神的人,不仅是他们这些医疗队的成员,还包括医疗队后面的家人、同事,还包括广大医务工作者、社区工作者、人民警察……包括所有在疫情中付出努力的人。

在这次抗击疫情的斗争中,以"90后"为代表的青年一代挺身而出、担当奉献,充分展现了新时代中国青年的别样风采。

"我年轻,让我冲在前面!"在重症病区,这是刘中砥最常挂在嘴边的一句话。因为他知道,自己不是一个人在战斗……

这样的战斗让他学到了很多,其中最重要的一条,就是在今后的工作中更加注重从患者的整体去关注他的疾病,而不仅仅是关注病情本身,这样才能够更有把握、更精准地去帮助患者治愈疾病。

3月10日,习近平总书记到武汉战疫一线考察,这给了广大医护人员极大的支持和鼓励。北大援鄂医疗队的成员商量着,趁这个机会给总书记写一封信,表达他们抗疫的决心和必胜的信念。第二天,这封代表北京大学3家附属医院援鄂医疗队,由34名"90

后"党员写给总书记的信寄了出去。

3月15日，习近平总书记给这支年轻的抗疫战队回信了！总书记在信中说："在新冠肺炎疫情防控斗争中，你们青年人同在一线英勇奋战的广大疫情防控人员一道，不畏艰险、冲锋在前、舍生忘死，彰显了青春的蓬勃力量，交出了合格答卷。广大青年用行动证明，新时代的中国青年是好样的，是堪当大任的！"

回信体现了以习近平同志为核心的党中央对医务人员工作的充分肯定。

收到总书记回信时，刘中砥刚下夜班准备休息。"在为人民服务中茁壮成长，在艰苦奋斗中砥砺意志品质，在实践中增长工作本领，继续在救死扶伤的岗位上拼搏奋战……"总书记的谆谆教导在心头回荡，刘中砥感到巨大的振奋和鼓舞，同时也激发了更高的奋斗目标。

"不断砥砺意志品质，增长工作本领。我们医务工作者不就应该这样吗？有了比较完备的知识储备，才能在患者需要的时候，给予他们更多的帮助和安慰。"刘中砥想。

经过60天的一线抗疫考验，刘中砥觉得自己又"长大了"。这个从小就以学医为梦想的青年，通过这次抗击疫情更加坚定了自己的初心，同时对于自己的日常工作也有了更加深刻的理解。

自新冠肺炎疫情发生后，全国有346支医疗队4.26万人驰援武汉和湖北，其中重症专业医务人员1.9万人。经过艰苦努力，湖北和武汉疫情防控取得阶段性重要成果。中国抗疫的每一步，都是对人民生命高度负责与科学精准防治的统一，展现出了中国制度的巨大力量。

在抗击疫情中,新时代中国青年吹响了爱国奋进、为国担当的集结号。在祖国最需要的时候,年轻的白衣天使逆向而行,与死神搏击;青年突击队奋战在抗疫第一线,筑起牢固的生命线;青年志愿者队伍穿梭在乡间街头,坚守在社区卡口。最美的年轻抗疫先锋,舍生忘死,勇挑重担,为打赢这场没有硝烟的战役贡献了青春力量!

如今,在武汉的那段时光和经历已经成为刘中砥人生中的一笔宝贵财富,不断地激励这名青年医务工作者积极作为,勇挑重担,为祖国的医疗卫生事业贡献力量,让青春之花在祖国和人民最需要的地方绽放得更加绚丽、灿烂。

第四章 端牢饭碗 奔小康

粮稳天下安。从东北黑土地到中原大地，再到江南鱼米之乡，粮食安全始终是国家发展大计，十几亿人口的吃饭问题，更是我国最大的国情。深入实施的"藏粮于地，藏粮于技"战略，不断推动粮食产业高质量发展，让我国由粮食生产大国阔步迈向粮食产业强国，让"中国粮食，中国饭碗"成色更足。

引子

2021年中国粮食总产量再创新高，全年粮食产量13657亿斤，比上年增加267亿斤，连续7年保持在1.3万亿斤以上。沉甸甸的饭碗代表着沉甸甸的幸福，对实现全面小康及中华民族伟大复兴的中国梦具有特殊和重要的意义。

农业根基稳，发展底气才足。人民吃饱吃好、吃得营养健康，小康才有质量。

全面建成小康社会有一个必须完成的硬任务——消除农村绝对贫困，"两不愁三保障"是贫困人口脱贫的核心指标，其中"不愁吃"最为关键。粮食和农业丰收巩固了脱贫攻坚成效，提升了全面小康成色。

"不愁吃"，是中国人千百年来梦寐以求的目标。新中国成立后特别是改革开放以来，在中国共产党的领导下，我国经过艰苦奋斗和不懈努力，在农业基础十分薄弱、资源条件极其有限的基础上，依靠自身力量，实现了由"吃不饱"向"吃得饱"，进而追求"吃得好"的历史性转变。以农村家庭联产承包制为突破口全面推动农村改革，极大地解放了农村生产力、调动了农民生产积极性。这是改革开放以来我国大幅提高粮食生产能力、粮食实现从长期紧缺到供需总量平衡根本转变的关键所在。保障粮食安全、牢牢端稳中国饭碗，既是中国对世界粮食安全做出的巨大成就，也是全球农业的历史奇迹。

党的十八大以来，以习近平同志为核心的党中央把粮食安全作为治国理政的头等大事，确立了"以我为主、立足国内、确保产能、适度进口、科技支撑"的国家粮食安全新战略，明确了"确保谷物基本自给、口粮绝对安全"的粮食安全新方针，要求"中国人的饭碗任何时候都要牢牢端在自己的手上，而且要装自己的粮食"。为此，我国与时俱进地推进农业供给侧结构性改革，着力提高农业供给质量，持续深化农村土地制度改革，严格落实耕地保护制度，进一步强化农田水利等农业基础设施建设，加强农业科技创新推广，完善农业支持保护制度，使粮食生产能力跃上并持续稳定在新的台阶。

粮稳天下安。从东北黑土地到中原大地，再到江南鱼米之乡，粮食安全始终是国家发展大计，十几亿人口的吃饭问题，更是我国最大的国情。深入实施的"藏粮于地，藏粮于技"战略，不断推动粮食产业高质量发展，让我国由粮食生产大国阔步迈向粮食产业强国，让"中国粮食，中国饭碗"成色更足。

第一节　在北大荒端好中国饭碗

当年，缘于一面指引方向的红旗、一个向荒原要粮的梦想，一群不畏艰难困苦为新中国勇于开拓的人，迎着凛冽的寒风，向荒无人烟的北大荒进军。从此，这里有了烟火人家，有了歌声和劳动号子，有了机器和麦浪，有了今日的北大仓。

70多年前的亘古荒原，成就了今天中国规模最大、现代化程度最高、综合生产能力最强的国有农场群。

无畏风浪、用尽勇气、不断淬炼、燃烧青春——托起了北大荒三代人薪火传承的北大荒精神：艰苦奋斗、勇于开拓、顾全大局、无私奉献。

如今，第三代北大荒人，正在用他们的实际行动、用他们的学识智慧和青春汗水，继续为"中国粮食，中国饭碗"而努力，在麦浪翻滚的金色的北大荒，在旗帜飘扬的红色的北大荒，描绘一幅农业现代化和乡村振兴的美丽画卷。

让农业插上科技的翅膀

"我要用专业知识的星星之火，点燃北大荒现代化大农业蓬勃发展的熊熊火炬。"当大多数年轻人争相到大城市工作时，毕业于中国农业大学农业工程专业的何培雄，却选择到祖国边疆种地。在距离省城哈尔滨近700千米的黑龙江省饶河县境西北部的红卫农场，这个来自甘肃张掖的农家子弟一待就是10年。而且，10年前的这句誓言，他始终在一步一步地践行着。

"以前，我在电视上看到农用飞机、联合收割机、大马力机车在田间作业，总是非常羡慕，梦想着有一天，自己也能够驾驶着大马力机车在一望无垠的田间驰骋。"小时候的梦想，深深萦绕在何培雄的心底,伴随着他的成长。于是,大学毕业后,他毅然选择了那个实践梦想的伟大圣地——北大荒。

得知他要到北大荒去工作,父母一时觉得难以接受,长途电话打过来一顿数落:"哪儿不能种地,你还不如回家种!"

何培雄没有生气,而是耐心地跟父母讲道理:"也不是单纯为了种地,我想搞现代化的大农业。农场就像是公司,有这样一个大公司让我搞科研、搞创新,这是千载难逢的机会!"

家人说不过何培雄,最终还是支持了他。未婚妻也非常理解他的选择,决定跟着他一起远行。

来到北大荒,这里的一切都让他惊喜:一望无际的田垄,两米多高的现代化农机具,无数生机勃勃、充满干劲的农垦人……都是他憧憬了无数次的样子。特别是每天清晨走向辽阔的田野,呼吸间闻着农作物散发在空气中的芳香,听虫鸣鸟叫,看林外天边的炊烟袅袅,简直是一天中最享受的时刻,那种陶醉感只有身在其中才能够体会。

何培雄甚至发现,自以为习惯了早起的他,和当地的农垦人比起来简直不值一提。"来到这儿以后我5点起床,却发现垦区的领导居然凌晨4点就到了地头,风雨无阻。这样肯吃苦,哪愁工作干不好!"

从北京到黑龙江,从大学生到农垦团场的一名技术员,落差不可谓不大,但何培雄并没有感到不适应,反而被北大荒宏伟壮阔的"现代化大农业独特的魅力"所折服。

在新时代北大仓的广阔天地,这名大学生走向了他别样的青春之路。

2011年4月的一个深夜，顶着皎洁的月光和初春的寒气，何培雄在自己分管的18户种植户区域内巡查，发现有一片稻田的地是干的，没有抽水泡田。他一查，是农户王立科家的地，于是赶紧给他打电话让他过来。

抽水泡田是春季水稻种植的重要环节，为了争取主动、不误农时，农场采取了电力错峰、昼夜抽水、人停井不停的方式，鼓励大家加快抽水泡田的进度。"场里不断宣传以水促化、提早泡田的好处，可还是有人不重视！"何培雄感到有些气恼。

50多岁的王立科赶到田里，委屈地解释，因为这两天下雨，他想着不急着抽水泡田……

"这是两码事，现在是低温冷害的时候，不充分泡田，土壤化不了冻，后面就没法弄了。"何培雄严肃地强调。

王立科听后不再犹豫，立即挽起裤脚，深一脚浅一脚地朝田垄中央跑去。控制农水的电井在田里，由于天黑、地滑，这短短的两三百米路走得磕磕绊绊。

看着王立科匆匆忙忙操作电井的狼狈样，何培雄突然感到一丝不忍和心酸。这么简单的操作，在机械化程度已经相当高的农场，老乡们却还不得不费心费力地靠人力去解决。

"为什么不搞成远程操控的？"灵光一闪的何培雄，像是抓到了什么，顿时有些激动起来。

这件事之后，何培雄开启了一段新的生活，查资料，做设计，开始研发，仿佛回到了大学时代的实验室，前后折腾了两个月，一款手机无线电井遥控装置终于问世了。

现场测试那天，水稻种植户梁发的地里已经泡满了水，下一步需要打开电机井的开关进行抽水作业。梁发在田边将信将疑地掏出手机，打开软件点了几下，远处电机井上的传感器接收到信号后立即开机运转，很快就听到机器的轰鸣声，开始抽水了。

站在一旁的何培雄，露出了满意的微笑。梁发瞪大了眼睛，也惊喜得合不拢嘴。

这款手机无线电井遥控装置，让农户用手机就能控制电机井出水或关闭，遇到停电或故障造成非人为关闭时，还能接收到提醒短信。一个小小的装置，不仅解决了水稻种植户的实际困难，也提高了农场的管理和工作效率。

研发成功后，何培雄免费为其他管理区的农场安装了几十套设备，邀请农户积极试用，试用效果十分理想，试用过的水稻种植户都夸这个设备省时省事，真是"好用的高科技设备"。

就这样，何培雄的这项技术发明在北大荒农垦集团建三江分公司（管理局）范围内的 54 万亩水田、1800 眼电机井上广泛推广使用。仅此一项，每年就节约劳动成本 270 万元，节电 16.5 万千瓦时，节水 300 万立方米。

农民的热烈反馈，农业生产上的明显效果，让牛刀小试的何培雄备感振奋，也让他的科技创新步伐越走越疾、越走越远。

调入农场农机科工作后，何培雄又发现管理区的育秧大棚管理智能化利用率不高，大棚育苗基地的浇水、通风等环节过度依赖人工管理。于是，举一反三，他又将大棚基地手动控制微喷和手动卷帘装置都改成自动的，实现了大棚育苗基地自动控温、控湿。

只要发现生产过程中费人工、不方便的地方，他都会想办法去改造，让它们变得机械化、智能化起来。奔波于"四点一线"，成了何培雄的全部生活内容。在办公室,他对着微喷、湿度传感器、电动机等反复实验;在田间,他顶着寒风和低温一遍遍操作、测试装置;在大棚,他蹲在田垄观察温度、记录数据;回到家,他经常熬夜翻阅资料、修改编程。为了攻克技术难题,他还常常拿出自己的积蓄贴补实验……

这个有着十几年党龄的年轻人,一直坚持在农业领域的科技创新,迄今已带领团队先后研发了田间智能运输轨道车及转弯系统、平推式育秧大棚药、水、肥一体化调控系统等5项技术,其中有3项已获国家专利,这些技术都已在建三江分公司(管理局)下辖农场得到推广应用。

如今,何培雄已是红卫农场农业科科长,从一个普通的大学生成长为一名优秀的中层干部,是北大荒培养了他,也是北大荒的广阔天地成就了他。

在科技创新的道路上,肩挑重担的何培雄劲头更足了。与东北农业大学的专家团队合作,在红卫农场打造了板结土壤改良、水稻种子五谷丰素处理、秸秆腐熟制肥还田等9个示范项目,经实收实测,平均亩增产10%以上,亩增收130元以上。帮第八管理区创建"曲辰"庄园,通过绿色蟹稻种植和林下乌鸡、三花鹅养殖,提升蛋禽粪便、水稻秸秆的综合利用率,打造绿色生态可循环的庄园式农业。

2020年春节刚过,农场农户就开始关心春耕的问题来。"今年水稻品种怎么选啊?""疫情期间,在农场订购的化肥能运进来吗?"一大早,红卫农场第二管理区党支部碧海田园党小组的微信群就热闹了起来。

"去年积温不太高，影响了水稻的品质和产量，今年最稳妥的，一是选稳产高产的品种，二是选有特色的、口感好的、能走订单的品种。""在农场统一订购的化肥，不用担心，目前运送农业生产物资的车辆正常通行，在 2 月底前可全部运到农场，不会影响大家备耕生产。"何培雄在微信群里一一回复。

这个群平时主要用于党的知识的学习，因为受疫情原因，种植户们积累了许多生产方面的问题，于是作为党小组成员的何培雄就直接在群里进行了解答。这种及时、贴心的服务，帮助广大农户解决了实际问题，也让大家吃了定心丸，对下一步的生产充满了信心。

何培雄说，党的十九大报告提出培养担当民族复兴大任的时代新人，而他最大的担当就是在北大荒把地种好。2020 年 11 月，何培雄荣获全国劳动模范称号，并代表北大荒人赴京受奖。他非常珍惜这份殊荣和责任："我会扎根在这里，当好第三代北大荒人，建设好我们的中华大粮仓。"

让乡亲们多打粮

在黑龙江垦区前进农场现代农业发展中心（现为北大荒农垦集团前进农场有限公司科技园区），有一个以女性为主的青年科研团体，凭着不畏艰辛、勇于担当的精神，活跃在建设现代化大农业的主战场上。作为第三代北大荒建设者，她们像平凡的蒲公英，在茫茫原野上默默扎根；她们又像早春的冰凌花，不畏冰雪、昂首挺立，绽放着新一代北大荒人的信念与希望。

2019年隆冬时节，农事较少，正是进行技术市场培训的好时机。前进农场有限公司科技园区（以下简称"前进科技园区"）举办了一场特殊的培训会。培训会刚结束，园区主任王丹就被农户围了起来，大家都对她刚才讲的一种新的销售模式感兴趣，这是把稻米销售与网络认购和旅游农业结合起来的销售新模式。

"把有机产品和咱们的旅游给它有机结合到一块，做成一个你认养我们的有机大米，我们赠送你这个旅游项目的模式，这就是现代化大农业的观光游。"王丹解释道。

"这个成本怎么样，能挣钱吗？"有种植户问。

"有机米是高端米，我们按10元每市斤卖，是普通大米的2倍多，不会亏的。"王丹肯定地告诉农户。

"认养农业"是国内近年来出现的一种较新的农业模式，消费者可以自己耕耘、体验农耕生活，也可以通过远程监控让农户按要求种植，相当于传统订单农业的众筹升级版。

目前，建三江的每个农场都有现代农业科技园区，农垦职业学院与北大荒集团下属的100多个农场和企业实行校企合作办学，因而一些科技园区也成了学院的培训基地。王丹主持的这次培训会，就是这种办学模式的延伸。

在农业供给侧结构性改革的大潮下，垦区越来越多种植户的思维也在发生转变，他们不仅关心种植结构、生产方式的调整优化，还更重视如何对接市场的问题。结合这种需求，同时为了拓宽销售渠道，增加稻米附加值，前进科技园区在不断提升水稻品质的基础上，创新传统的"认养"模式，将稻米销售与网络认购和旅游农业结合起来，以此提升品牌高度和消费者认可度。

农垦前进农场位于黑龙江垦区最东部，种植水稻76万多亩。王丹多年来一直在农场搞水稻种植研究，带领团队在建三江这样的高纬度地区实现了水稻亩均产1200斤的高水准，是当地有名的科技带头人。长期身处农业科技一线，也让她对科技与市场的衔接有了更多的体会。

之前她对市场没有概念，只知道一门心思种好地，但干得久了她越来越意识到，科研人员离市场越近，产品才越有生命力。

"我总感觉自己有一身武艺，可面对市场却像一只无头苍蝇。"带着对农业营销知识的渴求，2018年，她参加了农垦职业学院农业经理人培训，成为第一期学员，没想到这次培训为她打开了一扇门。

来自哈工大的教授带来了高端商业实战课，来自数字农业领域的专家带来了农业智慧技术，农垦职业学院的教授则带来最流行的电商销售、直播带货课程，再加上分布在北大荒各农场的现代农业科技园区和湖南袁隆平高科示范基地这样的"基地课堂"，让学员们看到中国最先进的农业到底长什么样子，在实战中学习、掌握农产品营销的最新知识和技巧。

学习归来的王丹，利用自身的科技优势，很快和团队研发出适合当地水稻种植的黑色地膜。这种地膜的最大特点是能够抑制杂草生长，达到水稻增产增质的效果，而且还可以自然降解，没有污染和残留，一上市就供不应求。

她们还研发出一款"牛奶大米"，宝妈们跟她反馈，这款大米磨碎了熬成米糊，香甜丝滑，感觉像牛奶，很适合给幼儿做辅食，于是给它起了这么一个形象的名字。

外界对于东北大米品牌的印象，大多是长粒香、稻花香，而不知道建三江区域的圆粒香也相当有名，同属于中高端大米。"牛奶大米"的推出，让王丹她们打开了推广圆粒香品种的思路。

2019年，建三江农垦进粮水稻专业合作社以"稻一方"品牌认养了科技园区的一块有机稻示范田，认养标准是半亩水田2400元，此外农场再提供给客户一次全家农业游的机会和240斤优质大米。园区做过核算，包括客户一家两日游的吃住，成本大概在1100元，还能剩1300元钱。1300元对应240斤米，大概合7元钱一斤，可以完全覆盖有机稻的种植成本。

示范田选的是建三江自己的品系"建原香177"，这个品系的特点是味道滑润，入嘴后回口甜，而且米香浓郁、营养价值高。高品质的背后是高标准的管理措施，"有机稻生长过程中不施用任何除草剂、杀虫剂等农药，而且由于选用了优质早熟品种，稻米黄成熟率更高，实现了提前收获上市。"王丹介绍说。

王丹是土生土长的北大荒第三代，也是基层农业科技工作者的典型代表。2005年她从黑龙江八一农垦大学毕业后，进入前进农场现代农业发展中心（科技园区）工作。

前进农场是水稻大场，园区服务对象都是水稻种植户，他们遇到水稻方面的问题都会来询问王丹。然而，那时刚从园艺专业毕业的她几乎什么也不懂。于是她从头学起，看专业书籍，查阅资料，向其他技术员请教，凭着一股子不服输、不怕苦的劲儿，她逐渐学会了育秧、打浆、插秧、修理等各项生产技术，成为农业科技战线上一名地道的"多面手"。没几年，这个举止干练、外向爽朗、梳着一头齐耳短发的姑娘，就从技术员成长为农业科技园区的管理者。

与此同时，北大荒火热的事业吸引了越来越多的年轻人来到黑土地上就业。前进科技园区的科研队伍也在不断壮大，先后有多批"80后""90后"的本科生、硕士生加入进来。农场党委也把这里作为锻造干部的"练兵场"。这些年轻人在王丹的带领下，扎根在园区500亩试验田里，做栽培、测密度、忙肥料、防病虫，每天都有忙不完的试验在做。几年内，团队先后承担了国家级、省级、总局级科研项目18项，转化推广科技成果7项，辐射带动全场80万亩土地，累计为农户增收3200余万元。

如今的黑龙江垦区，农业生产耕、种、管、收全程机械化基本实现，同时农场运用卫星定位、云计算等技术对万亩良田实现精准管理，生机勃勃的土地上，"80后""90后"为北大荒精神注入了新的活力。科技含量提高了，产量增加了，效益也上来了，无数个"王丹"仍在继续追逐他们的粮食梦想……

端牢自己的饭碗

"瞧，咱种的绿色水稻穗长得多壮实，今年预计亩产能超过1200斤！"2020年秋分时节，三江平原绿浪翻滚，金黄闪动，水稻抽穗扬花。黑龙江省北大荒农垦集团有限公司七星农场种粮大户张景会站在自己的田里，颇有些志得意满的感觉。

绿色水稻虽然对技术和投入要求都比较高，但张景会已经种了两年多，不仅实现了"种得好"，而且还"卖得好"，收入比种传统稻明显多出一大截，这个结果怎能不令他打心底里高兴？

然而几年前，场里刚开始推广种植绿色有机水稻——建三江管理局自主培育的品种"三江6号"时，却遭到了种植户们的反对。虽然科技人员告诉大家，这个品种具有产量高、米质优、抗病性强等特点，而且市场前景看好，但很多种植户还是疑虑重重。

"我们现在种的品种挺好，突然换上这个新品种，谁知道会出啥风险？"很多人出于种种原因，都持观望态度。张景会看到这种情况，觉得应该做些什么，而且凭他的经验，他看到了其中蕴含的机会。

"我是种粮大户，又是田间党小组带头人，这个新品种总得有人尝试，要不我来带这个头吧。"拿定主意后他不再犹豫，立即投入到有机水稻的试种中。由于种植过程中不能施用农药和化肥，除草只能靠人工，肥料也得购买高价有机肥，他很快发现实际投入超出了自己的预想。

"投入（比普通水稻）高点，产量低点，都不可怕，还是得看看市场情况如何。"面对这些问题，张景会很沉得住气，他继续精心照料稻田，也想看看到底市场反应怎么样。

转眼到了第二年秋季，由于水稻长势好，没等到收获，有机水稻就被订购一空，而且价格要高出普通水稻一倍多。这让张景会信心大增，也让其他种植户恍然大悟，纷纷找他来取经。

尝到甜头的张景会没有藏着掖着，对于大家的问题有问必答，无私地给大家传经送宝。他深知，对于自己、其他农户、七星农场乃至国家，丰收意味着什么。丰收来之不易，丰收意味着收获的喜悦，更意味着丰实的小康。

张景会在七星农场是有名的科技种田能手。多年来，他积极尝试新技术，种植的水稻田里田外无杂草、标准高。他采用侧深施肥插秧技术，减少了化肥用量，提高了化肥利用率。

对于种地，他有自己的一套"种植经"。比如，如何按照标准模式种植管理，实现"少花钱、保效益"；如何全程实现"棚内轨道""田间轨道"一体化，在提高作业效率的同时，还能达到人工实现不了的高标准作业质量；如何科学合理地进行农时管理，把区域积温的不利影响降到最低……

不光能种田，张景会搞起销售来也很有一套。他积极转型闯市场，通过改良品种为大米找销路。张景会的儿子在山东潍坊开了一家实体店，他种的有机水稻在当地能卖到每斤6元多，于是那里成为他的一个主要市场。

此外，他还学会了上网，利用网络进行电商销售。即使碰到国家水稻收购价的低谷，由于建立了自己的销售渠道，他反而没有受到太大的影响。

张景会的幸福生活与科学技术的发展密不可分，他的底气也来自科技。这几年，农场推广的侧深施肥、智慧农业等新技术在黑土地上生根发芽。种地靠技术，种了快30年水稻的张景会认这个理儿，"找同行、访专家、摸索新技术，咱就没断过"。

2018年9月25日，首个"中国农民丰收节"刚过，习近平总书记考察东北，首站就来到建三江管理局七星农场。彼时正逢丰收时节，俯瞰七星农场万亩大地号，犹如一块金灿灿的巨型地毯，几台收割机从远处驶来。

习近平总书记一边看收割稻田的景象，一边了解大地号生产全程机械化的情况。农场工人们看到习近平总书记来了，纷纷跳下收割机，围拢过来。习近平总书记亲切地同他们聊起了种地的话题，了解他们的种粮收入、生产模式等情况。

张景会也在人群中。当时他距离习近平总书记比较远，前一天刚下过雨，稻田地比较泥泞，但激动的心情让他忽略了这些，一口气在稻田地里跑了六七十米。

习近平总书记询问张景会家里的情况。张景会告诉总书记，他家里现在就是老两口，种了300多亩地，儿女都成家了，在外面卖大米，他们正在响应省委的号召，由"种得好"向"卖得好"转变。

他还不失时机地向总书记介绍自己种的大米："我们的米有自己的品牌，就是我的名字，叫'景会御香'。"习近平总书记听后微笑着点了点头。

习近平总书记带有温度和饱含真情的话语，既温暖人心，又震撼人心，让所有北大荒人久久难忘。

小康是宏观开阔的，也是鲜活生动的，它意味着物质生活的丰富，也意味着精神世界的富足。小康在哪里？对于这个全国农业科技示范户、产粮大王、科技种稻先进个人来说，小康就在他脚下的黑土地里，就在他手中的"中国粮食，中国饭碗"里。

"扎根边疆干革命，广阔天地炼红心"，这是北大荒第一代创业者的火热青春和激情岁月。乐观向上、坚忍不拔、不怕牺牲，这是第二代拓荒者的无悔青春和耀眼芳华。如今，无畏担当、奋勇创新、砥砺奋进的第三代建设者，正在以他们的青春与智慧，让北大荒绽放出更加夺目的光彩。

70多年来，北大荒精神三代传承，创造了一个又一个奇迹；70多年来，北大荒始终紧随国家战略，与祖国共同奋斗共同成长，如今已开发建设成国家重要商品粮生产基地、丰盈富饶的中华大粮仓。

第二节　南繁北育　藏粮于技

除夕下田

2021年2月初，海南三亚温暖如春。

除夕当天一大早，江苏省农业科学院粮食作物研究所研究员孟庆长就已经在田间地头忙碌起来。当大家都还沉浸在节日的喜悦中，他却不得不借助海南冬天的温暖，开始研究他的玉米抗粗缩病种的一系列课题。

前一天三亚普降大雨，雨水温润着大地，也搅乱了育种人的心情。正是玉米穗吐丝授粉的关键期，这场大雨会直接影响授粉进度。由于自然授粉不理想，会导致结棒少、产量低，因此玉米种植常采用人工授粉的方式来提高产量。

孟庆长和同事焦急等待了一天，到了除夕这天，雨终于停了，他一大早就骑上电动车奔向地头。来到实验地块，发现已经有团队成员先到了。

晨光中的玉米田生机勃勃，科研人员们聚在一起，七嘴八舌地交流着。然后，大家各自整理好工具，钻进玉米地，开始了套袋、授粉、测量、记录一系列工作。晶莹剔透的露珠挂在玉米叶尖上，闪闪发光，折射着农业科技工作者们的身影。

就这样，孟庆长他们一干就是五六个小时，连午饭时间也不得不延后。事实上，这段时间以来，孟庆长他们始终保持着这样的工作强度。为保证高质量完成各项科研任务，他们白天观察、记录每株玉米雌、雄穗生长状况，对成百上千份玉米自育品系、鲜食玉米品系和玉米重点组合进行雄穗隔离套袋、雌穗杂交授粉、田间性状调查等工作，晚上回到住地后，要对白天记录的数据加紧处理，再制订第二天基础材料组配、优良自交系选育及杂交组合的计划。他们要在一个多月的时间内，完成几万穗玉米植株的套袋、授粉工作。

为了满足设施栽培、间套种、分期播种等玉米高效种植模式的需要，孟庆长一直在进行加强品种稳产性和抗逆性方面的研究。比如，在糯玉米种质资源改良过程中适当导入优良普通玉米种质。

为提高品种抗逆性，他的团队利用江苏省当地春、秋两季和海南冬季3种气候生态条件，对糯玉米育种材料的光周期敏感性进行钝化处理，对苗期耐低温、花期耐阴雨、后期耐高温性进行筛选，以提高育成自交系的综合抗性。

工作虽然接连不断，但节日的气氛满满。孟庆长感受着若有若无的"年味"，此刻能在他满脑子的工作计划和科研数据之间挤出一丝空间的，恐怕只有对家人的思念了。

他们的年夜饭很简单，几个科研人员和基地工人一起动手，很快就做出十几个菜来，荤素搭配，满满当当摆上了桌。有人提议喝点酒，但孟庆长考虑晚上还要分析数据、计划明天的工作，于是建议大家都换成饮料、茶水。几个"战友"在异地他乡，在那间简单的宿舍里，举杯互道祝福。

大年初一，按照惯例，孟庆长给自己放了小半天假。利用这段难得的空闲时间，他在微信上给亲戚朋友拜了年，嘘寒问暖，互送牛年的祝福。他还与妻儿视频了一下，看看他们新年第一天在做些什么。

工作忙，又远离家人，让孟庆长的日常生活变得极为简单随意。每天下班后自己做饭，对他来说简直成了一项负担，所以经常是简单凑合一顿。孩子知道了这个细节，特意在视频通话中叮嘱他要好好吃饭。

有家人做后盾，孟庆长的内心充满了力量。事实上，这样的生活孟庆长早已经习惯。相反，如果哪一年不来海南南繁基地，他反而会感到不踏实，因为这里有他心血凝结的育种材料。

三亚春来早，田间绿迷人。每年的这个时候，都是育种人最忙碌的时候。孟庆长已经记不清自己在这里过了几个春节，也记不清多少个阖家团圆的日子是在工作中度过的。从前一年入冬到次年4月的大半年时间，许多跟他一样的育种人都会从全国各地来到三亚，利用丰富的光温资源开展农作物加代育种研究。

顶着太阳，穿着长筒胶鞋，在农田里照料庄稼、观察分析、记录数据，他们是最像农民的科技工作者，也是最懂科学的"现代农民"。从事这样的工作，在春节期间不能回家团聚也再正常不过了。

孟庆长每年都要往南繁基地跑一趟，有时候一年要来两三次。这次，他计划在基地待到3月底，因为要忙的事情太多，而且后期收获也需要人手，那就只有抓紧时间干了。此次，院里还派出水稻、大豆、棉花等研究团队，近百人的科技"候鸟"将分批次到达基地，所以他并不孤单。

在基地，虽然住的是院里建的宿舍，生活设施也比较齐备，但毕竟不比在家里方便，特别是饮食起居方面总有顾及不到的地方。不过孟庆长早已习惯了这种漂泊生活，每日伴随晨光下地，在日头下摆弄庄稼、记录数据，直到日落西山，收工后还要挑灯夜战，整理、分析实验数据。

实验地块离宿舍有十几里，孟庆长和团队成员每天都是骑着电动车往返。和外界想象的不一样，他们这些科技"候鸟"虽然通晓前沿科技，却还得用最传统的人工栽培方式育种，把论文写在垄上田间。

每逢过年，院里的领导都会来到基地给像他这样的"候鸟"送上一份家乡的年货。今年，因为疫情的原因，院领导来基地的时间推迟了，但年货却早早送了过来，而且比往年要丰盛。单位的年货到了基地，大家这才意识到"年"已经很近了。

"既然选择了这个行业，就要舍小家为大家。"在南繁基地的一代代"候鸟"，都有这样的觉悟和精神。正是因为南繁工作的有序展开，南粳大米、"明玉1203"、"苏科糯1505"、甜糯玉米、"苏蜜"系列西甜瓜等一批优良新品种，才能走出农科大院，走进农民的手中和田里。

孟庆长团队把相关育成材料迅速应用到玉米新品种选育中，也育成了一批经济效益显著的玉米新品种，在成果转化应用的道路上越走越宽。"这是我们一代农业育种人的使命，再苦再累我们也无怨无悔。"他常说。

将科技成果转化为生产力,把论文写在祖国的大地上,正是有着如孟庆长一样的育种人,才保证了中国人民端牢饭碗奔小康的美好梦想变为现实。

海南岛,有着不可替代的光热资源,三亚、陵水、乐东等地区,支撑起中国农作物育种的"南繁硅谷"。南繁,是中国种业振兴的坚实底座,全国的农作物品种中有7成以上经过南繁孕育。经过60多年发展,一代代南繁人在这里从事科研、生产、生活,选育出了无数良种,留下一个个精彩的南繁故事。

南繁在等南繁人

每年春节到初春时节,正是我国南繁育种的重要关头,来自全国各地的农业专家和工作人员离开家乡,忙碌在祖国最南端的田间地头。2020年,受新冠肺炎疫情影响,海南省南繁基地出现用工短缺、物资短缺、出行不便等问题,南繁管理局和基地想尽一切办法让各路专家和技术人员尽快"南归",保障科研物资供应,在防控疫情的同时不误农时、力保春耕。

岳阳市农业科学研究院研究员李剑波就是其中的一员。从湖南赶回海南三亚,他也是马不停蹄、费尽周折,终于回到心心念念的杂交水稻育种试验田里。

李剑波庆幸自己能够及时赶回来,因为此次疫情,在每年来南繁基地的几千名"南繁人"中,还不知道能返回多少人。那些不能及时返回的同行,只能通过远程操控,让基地的工作人员帮忙管理试验田里的品种材料。

但"代收代管"只是暂时的办法。李剑波的第一期杂交育种稻苗，必须由专家亲自把关做筛查，现在正处于作物育种关键期，一旦科研中断，不仅前期付出都白费了，投入的资金也打了水漂。

与生产粮食的普通水稻种植不同，生产种子的杂交水稻制种是为了满足更精细化的种植要求，仍是采取传统的人工育秧和人工插秧模式，而且禾苗还分为公本和母本两种，在插秧时需要分开插秧。

海南作为我国重要的南繁制种基地，每年承担了国内水稻等作物30%的制种工作。以杂交水稻为例，每年南繁制种面积占到全国的16%以上，产业稳定发展事关国家粮食安全重任。

如果任由这种情况变为普遍现象，损失的将不只是个别科学家或团队的工作，还将会影响全国春耕夏种，甚至波及今后整个种业良种选育和科技创新。

为确保"不让一粒科研种子因疫情影响落在地下"，海南省农业农村厅及时梳理出南繁科研管理人员返琼工作流程图，并向南繁各单位公布"海南省健康一码通"，依托大数据管理平台，了解各基地疫情防控、科研复工需求。

战疫情、保春耕，一场全面复产复工的竞赛正在南繁基地加速进行着。

"南繁在等着南繁人返回啊！"鉴于情况特殊，岳阳农科院与南繁基地沟通，一方面协调基地工作人员"代收代管"，按要求把科研材料晾晒、打包好，寄回各地；另一方面安排符合条件的科研人员尽可能返回，李剑波幸运地搭上了返回的头班车，成为第一批享受直达基地"绿色通道"的科研人员。

当基地繁忙的场景再次出现在眼前时,李剑波长长舒了一口气,那是一种熟悉而亲切的感觉。他看到已经有不少同行正躬身田间、挥汗如雨地忙碌着。这就是为全国春耕夏种提供强大科技支撑的南繁基地,科研工作没有因为疫情而中断。

林鸟归巢的他,立刻钻进自己的水稻田里,查看稻苗长势。"种子这种有生命力的东西,不会等人,还好没有错过这个春天。"李剑波对田里的工人们说,"我们的人员这两天将全部到齐,决不让一粒科研种子因疫情影响落在地下"。

为了配合做好当地疫情防控工作,李剑波一边协调临时雇用的技术工人的人手,一边集中采购了充足的科研和日常生活必需品,开始自给自足的工作和生活,并利用网络处理沟通协调等工作。

水稻制种是典型的劳动密集型产业,季节、时效、人工、日常管理,无论哪个环节被耽误,都会给制种带来不可估量的损失。人手紧张,很多任务就全部落在李剑波的肩上。为了保质保量完成科研任务,他每天早上7点带早饭下地、晚上7点收工回去,回去后还要整理、分析数据,每一天都在这样的循环往复中度过。

他还见缝插针地在微信群等平台上为农户答疑解惑、提供技术指导。虽然科研工作紧张忙碌,但他觉得做科技指导是"分内之事"。

有人把种子比喻成粮食的"芯片",可以说,种质资源是种业原始创新的物质基础,良种培育从源头上为粮食安全提供了强大支撑。

育种是个技术活儿,也是个辛苦活儿,时时考验着人的体力、耐力和判断力。用十年磨一剑形容南繁育种工作,一点也不为过。

就拿杂交育种来说，杂交组合成功一般耗时 6 到 8 年，母本的时间就更长了，要考虑到方方面面的因素，所以一个育种家一辈子出不了几个东西。

正是因为深知育种科研工作的特殊性，李剑波有着科学家特有的严谨与坚持，同时保持着耐得住寂寞、守得住精品的信心。"必须要有一种铁棒磨成针的耐心，没有这一点很难成功的。"他常常这样鞭策自己。

"决不让一颗种子因疫情落下！"这是李剑波下定的决心，也是疫情防控期间南繁基地的 2800 多名科研管理人员发出的誓言。他们克服艰难险阻从各地赶回田野，劳作于田间地头，烈日晒黑了一张张面孔，汗水浇灌出一颗颗希望的种子，他们以自己的实际行动为全国科研用种和农业生产提供了保障。

放心，你的种子好着呢

柯用春是第三代"南繁人"，在三亚工作 15 年，他从一名从事管理的普通科员，成长为南繁科学技术研究院（以下简称"三亚南繁院"）院长，再成为三亚市农业农村局局长，几乎把全部精力都投入到服务南繁、研究南繁、挖掘南繁的工作中，并随着南繁基地事业的发展而不断成长。

2020 年的早春二月，三亚已是烈日炎炎，南繁育种基地新村田洋里的大豆被晒得快蔫了，时任三亚南繁院院长的柯用春站在豆田里，焦急地指挥工人们小心采摘。这些大豆可不是普通的作物，它们是科研人员的育种材料，是南繁人的宝贝。

"每一个编号牌子代表一个品种,大家一定要按照编号收割,千万要仔细。"随着柯用春的一声声叮嘱,十几名工人手脚麻利地操作着,镰刀快速挥动,收割的豆秸被小心放入带编号的收集袋中,等待后续的打、筛、晒等流程。

这里是中国农业科学院油料作物研究所种植的3100份大豆育种材料,经过一整个冬天的繁殖和选育,已经到了收获的季节。油料作物所位于武汉,已连续多年在三亚开展大豆、芝麻、花生、玉米、向日葵、蓖麻6个油料品种的种质材料科研攻关,在南繁建有科研基地22亩,种质材料8000多个。由于新冠肺炎疫情的影响,重点疫区湖北的南繁人员无法返岗工作,只能望豆兴叹。

作为全国数十家农业科研院所的合作单位,三亚南繁院既要抓疫情防控,又要抓复工复产,确保南繁基地有序运转。为此柯用春提出,研究院应主动为有困难的南繁企业开展代管代收服务。

代管代收,看似并不复杂,但却有许多想不到的困难。具体要怎么办?柯用春一方面和各个科研单位联系,商量代收代管的具体形式和内容;一方面和市里主管部门沟通,协调运输、寄送的相关手续和途径。

很快,具体工作流程就制订出来:基地工人负责与各个实验地块的专家对接,通过远程视频连线的方式,确认材料编号,并进行代管代收,同时协调快递服务队伍,负责邮寄种质材料到各农业科研单位。

一时间,湖北、湖南、河南、浙江、黑龙江等地的科研单位纷纷加入进来,要求获得这项服务,以解育种关键期的燃眉之急。

看着工人们把豆秸都收割完毕,柯用春掏出手机,把口罩拉到下颌，视频连通了油料所研究员陈海峰。"陈老师不用担心嘞，你就放心啊！百分之百完成！百分之百精确！"柯用春大声说道。

"太感谢啦，（代收服务）可是帮了我们大忙了，如果种子不能按时回收，就会耽误一两年的科研时间，有了这些育种材料我们就可以到实验室开展工作了。"视频那一头的陈海峰终于放下心来。

这一幕，正好被媒体记者拍摄记录下来。新闻报道的标题是：三亚打给武汉的电话——放心，你的种子好着呢！

海南，被视为"品种的摇篮""育种家的福地"。得天独厚的光热资源和种质资源，让20多万亩的南繁科研育制种基地成为"中国饭碗"最坚实的底座。"80后"农学硕士柯用春，自从毕业后踏上海南三亚这片热土开始，就深深爱上了这里，并扎根于此。

"我与三亚南繁很投缘"，回忆初到南繁的那段时光，柯用春满怀深情。2005年三亚南繁院成立，柯用春正好大学毕业进入三亚市农业农村局，主要从事南繁管理工作。这让他有机会结识袁隆平、吴明珠院士，以及邓华凤、李登海、许勇等很多重量级育种科研工作者，他们很多人把一生都奉献给了南繁，也极大感召并影响着柯用春这个在南繁本地成长起来的科技工作者。

2011年，柯用春初到三亚南繁院工作时，院里只有十几个人，既缺项目更缺经费，他不得不带领大家自己找项目寻求发展。

最成功的探索就是在西甜瓜的品种选育和推广上。西甜瓜产业是三亚南繁院建院后最早研究、推广的设施农业。2006年底，西甜瓜实现了亩产值超过2万元，向全社会展现了南繁蕴含的巨大财富。目前海南种植西甜瓜约30万亩，年产值50亿～60亿元，成为海南冬季高效农业的新名片。

"西甜瓜产业发展取得了良好开端,三亚南繁院紧接着选育了青瓜、豇豆等品种。海南试种青瓜始于1986年,南繁院经过不断选育,推出了新的优质青瓜品种,每斤比其他品种贵0.3元,深受农户喜爱。三亚天涯区槟榔村依靠种植这种青瓜,建起了'青瓜楼',摆脱贫困,目前在三亚青瓜市场上占70%以上。"柯用春说。

为了进一步加速南繁成果本地转化,该院还开展了豇豆的"南育北繁",培育自主优质豇豆品种在三亚推广,销售额逐年攀升。

至今,海南已形成冬季300万亩的冬季瓜菜产业,创造产值200亿元,成为全国人民冬季瓜菜的一个重要的"菜篮子"。

在国家南繁科研育种基地内,一条条田埂将水稻基地按照省份和品种分成大小不一的田块。2018年4月12日,习近平总书记来到基地视察,走进田里观察水稻的长势,了解南繁优质水稻的产量、口感和推广情况。他在视察时强调:"国家南繁科研育种基地是国家宝贵的农业科研平台,一定要建成集科研、生产、销售、科技交流、成果转化为一体的服务全国的'南繁硅谷'。"

"习总书记很关心种子的出口问题,这让我们感受到种业发展的重任。"柯用春说,从2017年起,由袁隆平院士发起的中国(三亚)国际水稻论坛已成功举办4届,每年邀请10多个国家参加,大大加快了南繁种子"走出去"的速度。目前,隆平高科(三亚)海外种业研发有限公司已在菲律宾、越南、印度和巴基斯坦分别建有杂交水稻国际研发分中心。

南繁基地建设上升为国家战略,为三亚南繁院的发展提供了一个更大的舞台。当地政府正大力支持、推动三亚国家农业科技园区、三亚南繁院"海智计划"等项目建设。

柯用春也一直在谋划几件大事，其中既包括筹建国家南繁重点实验室，把三亚南繁打造成为国家农业科技创新中心、种业创新高地，还包括加快南繁成果"走出去"。他还计划筹建种子基金和种业产权交易中心，加快南繁种业科技孵化、转化步伐。

在2021年初的海南省政协七届四次会议上，身为省政协委员的柯用春，就加强海南南繁耕地质量保护提出一系列建议，包括出台省级层面的法规，健全监测体系，实施耕地黑土地工程，加快高标准农田建设等。

作为一名历久弥新的"南繁人"，柯用春说："新时代，新机遇，新征程，三亚南繁必将腾飞。"

第三节　中原粮仓　藏粮于地

放飞梦想

仓廪实，天下安。作为我国的传统农业大省和人口大省，河南不但解决了本省1亿多人口的吃饭问题，还每年外调原粮及加工制品600亿斤，让国人的饭碗装上了更多的河南粮。

"中原粮仓"之所以取得如此巨大的成绩，背后离不开"藏粮于地，藏粮于技"的战略支撑。

2021年5月的一天，在绿禾农业汝河湾富硒生态园，平顶山市绿禾农业科技开发有限公司董事长郭亚培正在娴熟地指导公司员工给果树套袋。人高马大、皮肤略黑的他，沉稳中透着精明，一看就是一个能力很强的人。

这位"全国种粮大户"头上顶着一大堆荣誉，手里攥着2300多亩地，并受到乡亲们的尊敬、羡慕和爱戴。乡亲们认可他不为别的，就因为作为祖祖辈辈在"土里刨食儿"的农民，郭亚培做了大家都做不到的事——在地里淘金！

曾几何时，平顶山郏县长桥镇东长桥村一带的汝河湾，还是一片漏水漏肥、产能低下的沙土，如今却成了风景如画、瓜果飘香的富饶之地。今昔对比，怎不令人感叹？而这富饶之地的创造者，就是上面这位全国种粮大户。

近年来，郭亚培通过土壤改良建起了占地760亩的高端富硒水果基地，引种了富硒海棠果、桃子、李梅、石榴、红梨、樱桃等100多个品种的高端水果，由于这些水果富含硒、锶等多种微量元素，具有很好的抗氧化和抗衰老作用，市场上一直供不应求，深受消费者的青睐。

每年4月下旬，正好果园的樱桃上市，汝河湾就进入喧腾热闹的时节。郭亚培带着工人们忙着采摘搬运，车来车往，人头攒动。而忙过樱桃出货的高峰期，又要准备下一轮应季水果的管理及采摘工作。

这样的场景会一直延续到11月底冬桃上市，在此期间各种水果络绎不绝，也会吸引郑州、许昌、洛阳等周边城市的游客前来采摘。

而今，站在这片被自己重新赋予生命的土地上，看着工人们管理着一眼望不到头的果园，郭亚培不禁感慨万千，往事历历在目。

当初那个走南闯北的年轻人，怎能想到后来会与黄土地打起了交道，而且一干已经快20年了。

年轻时的郭亚培和村里大多数人一样，选择外出打工。走南闯北、风里雨里，他干过搬运工，做过泥瓦匠，当过调车员，苦没少吃，也见了些世面、攒了些钱。虽然饱受奔波之苦，中原人天生的勤奋、聪明与胆识，让这个年轻人时时刻刻都在寻找改变命运的方法。

2003年春节前夕，郭亚培离开繁华的都市，回到家乡。那次返乡无异于是他人生的转折点。他厌倦了颠沛漂泊、没有根基的生活，滋生了在家乡创业的想法。

但具体要干些什么呢？河南是农业大省，家里祖祖辈辈都是农民，他所有的技能似乎都与农业分割不开。索性，还是务农吧。彼时，我国加入世界贸易组织不久，面对农业可能受到较大冲击的担忧，国家出台了一系列减轻农民负担、促进农民增收的政策。大环境的影响，感召着像郭亚培这样的新一代农民子弟重新审视脚下的土地。

万事开头难，但不去尝试就永远不会成功。好在几年打工下来攒了一些钱，能够支撑着自己先从小目标做起。郭亚培的小目标是租赁一个紧靠省道的门面房，开一家早餐店。在小地方做餐饮未必能挣大钱，但却比较稳妥。同时，他打算拿出另一部分资金，流转一些土地，搞小规模的农业种植。说到底，他和父辈一样，对土地有一种难以割舍的情结，这是他最终选择种粮项目的一个理由。当然，他希望做一个和父辈们不一样的农民。

想清楚了就立即行动。郭亚培立即找到政府部门协商沟通，问政策、跑手续，很快就签下60亩土地的承包经营权。当脚下再次沾上泥土，那种积淀在骨子里的乡土之情终于不再压抑地流淌出来！郭亚培没有想到，从此会爱上这片黄土地，把自己的血汗抛洒在这片黄土地上！

这60亩土地，当年种植了小麦和玉米，因为有父辈悉心指导，郭亚培总算没有赔钱。2004年他流转的土地增至100亩，随着种植技术不断提高，特别是品种选择上的独具慧眼，他的种植规模越做越大，到2010年已经突破1000亩，再后来又到了1300亩、2000亩……

这样的发展势头，让乡亲们感到意外。大家都没有料到，这个返乡青年，居然能在种粮路上一步步坚持下来，并且越做越大。"靠种地走上致富路，除了踏实肯干、吃苦耐劳的精神外，还有一个原因是赶上了好时候。"郭亚培是这么认为的。当然，具体实践起来，并没有这么简单。

土里掘金

一个返乡年轻人，希望通过种粮获得成功，究竟凭什么呢？郭亚培并不糊涂，他一直边干边思考。除了依靠党和国家的惠农政策，大农业生产必然离不开现代化的农业科技、管理、经营。比如，这些年来，党和政府重视科学种田，支持种粮大户发展，从国家到地方不遗余力地推动农业科技在生产中的应用实践，认准了大方向的郭亚培，也决定走一条高效生态的种粮之路。

刚承包土地没多久，郭亚培就发现化肥、农药作为农业生产的一大催化剂，在保障作物丰产的同时，也会带来一些负面影响。土壤被污染后，生产出的瓜不甜、菜不香、果无味。他意识到解决土壤污染问题已势在必行。

郭亚培在外务工的时候就了解到，硒是人体必需的微量元素，能提高人体免疫力。我国大多数地方的土壤中硒含量低，富硒食品将会有巨大的市场，于是他萌生了在"硒"田里掘"金"的想法。

为了提高种田收益，郭亚培从流转土地、规模化种植小麦和玉米起步，逐步探索把土地改良为富硒田，从2008年开始引进种植黑小麦、黑小米、黑花生、绿小麦等高效作物，并积极向粮食深加工产业发展。

为了改良土壤，他连续几年向田地里施加生物菌肥、有机肥，并增施硒肥，使土地达到富硒标准。在郭亚培看来，"藏粮于地"就是要依靠科技向土里掘金。在科学种田上，也必须舍得投入。

他先后到河北、山东、北京等地考察、学习，从改良土壤入手，在种植的土地里添加生物微肥，将土壤改良为富硒土地。他还请来省农科院的专家，学习测土配方施肥、喷洒元素叶面肥、生物综合防治等先进技术，促进高效作物及果树的生长。他也积极参加县里举办的各类农业技术培训，尽快补充自己在农业科技上的短板。同时，想方设法引进农技部门推荐的优良品种。

农田土壤改良绝非一朝一夕的事，而且涉及用药用肥之外日常管理的方方面面。以施肥为例，既要合理使用化学肥料，不能为了产量过度施肥，又要加大有机肥投入量，保持并提升土壤肥力和土壤中有机质的含量，还要及时补充有益菌（生物菌肥料）和土壤调理剂，活化土壤养分，缓解土壤酸化、盐碱化。

那段时间，他每天在田间地头观察庄稼的长势、研究土壤的成分。

"必须采用绿色生态循环的种植模式，虽然果子产量相对有些低，但是果子品质比较高。"在农业专家的指导下，郭亚培决心利用河滩上的荒地，以无公害高端水果种植为切入点，探索出一条符合当地条件又不乏特色的循环农业之路。

于是，在他的果园里，会对品相不好或坏掉的果子做发酵处理，产生的液体制为叶面肥，固体用来喂林下散养的家禽，而家禽只喂富硒产品，保证肉质安全。他为此成立了绿禾农业科技公司，注册了"汝河湾"商标。

然而高端水果种植并未如预想的那么顺利。2014年，他引种的高端水果遇到了前所未有的大旱，100多亩果树旱死，让他一下子赔了100多万元……到了2015年下半年，在县有关部门的支持下，县供电公司免费为他的果园安装了两台变压器，才算是彻底解决了灌溉用电的问题。

遭受打击的郭亚培并没有怨天尤人，作为一个新型农民，他深知极端天气、自然环境对于农业生产的不可控的影响。即使是在科技进步的今天，"看天吃饭"依然在一定程度上主导着农业生产。但他坚信，靠科技，靠管理，凭借自己的双手与头脑，没有克服不了的困难，也没有面对不了的风险。

郭亚培又在特色农业上动起了脑筋。他通过银行贷款继续扩大生产：不仅增加了流转土地面积，还建成了760亩高端无公害水果基地，500多亩黑豆、黄豆基地，350亩黑花生基地，1000多亩黑小麦、绿小麦和糯小麦基地，农产品品种由原来单一的普通小麦发展到黑小麦、绿小麦、黑大米、黑花生等8个系列20多个品种。

这么多耕地，只凭自己和家人，根本管理不过来。于是郭亚培聘用了不少村民帮自己种田。

传统种植，利润不高，风险太大。要想做好农业，必须有所突破。为了提高耕作效率，他在政府有关部门的支持下，投入60多万元，购置了拖拉机、收割机等10多台农业机械，在农业生产上逐步实现了机械化作业。

种田靠科技，增产有门道。"春播后，要做好农田管理，'一喷三防'不可少，科学灌溉要及时。秋收一结束，整地、施农家肥的活儿都要提前完成，为下个播种期起到保墒作用。只要每一步都按专家指导的做，高产就不成问题。"如今，讲起科学种田经，郭亚培如数家珍，已经是一个地地道道的农业专家了。

勇于"尝鲜"

在乡亲们眼中，郭亚培是一个善于动脑筋，愿意尝试新鲜事物的人。然而郭亚培自己清楚，真正让他闲不住的，还是那份对于农业生产的热爱之情。

从田间地头到消费者的餐桌，可以说都是农业的范畴。农业的产业链很长，种植、生产、深加工、种子、化肥、农机，每一个环节和领域都涉及国家的粮食生产和安全，每一个环节也都大有可为。

从一开始，郭亚培就没有把自己限定为一个单纯以种地为生的农民，甚至是一个种粮大户，他更希望成为一个农业企业家，一个现代农业发展的实践者、引领者。所以，他不想停止思考和想象，更不愿停下探索和实践的步伐。

改良后的土地必须更好地利用起来。就这样,他通过自主研发,生产出富含硒、铬、锶等具有补充微量元素的功能性农产品。他把生产的黑小麦用石磨加工,把旱稻用传统技术脱皮,这些"汝河湾谷米""汝河湾石磨黑小麦面粉""汝河湾黑花生"等特色农产品,富含钙、铁、锌、硒等微量元素,经过精心包装推向市场后,立即让消费者感到耳目一新,全国各地的订单也接踵而来。

不止于此,在种粮过程中,郭亚培还到处考察学习,不断接触新技术、新模式。

有一次,他看中了观光农业。随着人们生活水平的提高,很多城市居民崇尚自然、返璞归真及健康养生的生活方式,渴望到优美的农村环境中去休闲、度假,进而滋生了一股观光农业的热潮。同时,生态农业、休闲农业、高科技农业等形态都是现代农业发展的代表性方向,多年来均被中央一号文件列为推进农业现代化的重要举措。

郭亚培敏锐地意识到,以观光、休闲为特色的农业产业延伸,将成为构建现代乡村产业体系的重要组成部分。于是,他又果断承包了700多亩土地,专门用于发展休闲观光农业。2018年,郭亚培着手推广的功能元素农业和特色农作物种植技术,成为被省科技部门认可的科研项目,并在他的公司设立了河南省功能元素农业科技研发中心。

努力在哪里,收获就在哪里。2019年公司纯利润347万余元,种植总面积达2160亩,特色谷物1400亩,富硒林果760亩,并在果园内进行林下养殖。"汝河湾"富硒系列农产品获得中国绿色食品认证,并远销北上广深等一线城市。

致富不忘乡邻情，吃水不忘掘井人。在公司走上稳步发展之路后，郭亚培总想着如何帮助更多父老乡亲和困难群众摆脱贫困、过上更殷实的日子。

郭亚培就近招工，让周边村子300余户农户加入公司。他对党的脱贫政策更是上心，不仅自己积极与困难群众结对子开展援助，还号召公司员工也加入到"手拉手、结对子"行动中。脱贫攻坚的冲锋号吹响后，郭亚培为贫困户免费提供优质种子以及详尽的技术培训。新冠疫情暴发后，他又在第一时间把蔬菜、粮食等物资送到医院、疫情值班卡点和敬老院。在奔小康的道路上，他亲手打造生产教学园区，把园区建设成为生产、教学一体化，让更多的人来参观、更多的农民来学习。

"我是农民，无论什么时候也不能忘本。"一句朴素的话语，道出了郭亚培的心声。正是这样一位普通的农民，在科学种植的路上越走越踏实，让心中的生态农业梦越来越清晰。

2019年6月28日，河南省委书记王国生在"中国共产党的故事——习近平新时代中国特色社会主义思想在河南的实践"专题宣介会上，向与会的外国政党政要分享了三个故事，第一个就是种粮大户郭亚培的故事。

流转土地，改良土壤；土里掘金，绿色生态；科学种粮，寻求突破——回顾郭亚培走过的每一步，不禁让人感慨：一个普通农民，能取得这些成绩和荣誉，实在是不容易。

"粮食生产是河南的一大优势，也是河南的一张王牌，这张王牌任何时候都不能丢。"2014年，习近平总书记视察指导河南时的谆谆教导，始终萦绕在亿万中原儿女的心头。

河南牢记总书记重托，深入实施"藏粮于地，藏粮于技"战略，稳定提升粮食产能。自 2006 年，河南省粮食总产量首次突破千亿斤之后，"中原粮仓"越堆越满、越堆越高。作为实施"藏粮于地，藏粮于技"战略的具体行动，全省全面推动高标准农田建设，"十二五"累计建成 6910 万亩，"十三五"末达到 7177 万亩，到 2025 年将建成 8000 万亩，高标准农田这个农民增收的"金扁担"将越挑越稳当。2021 年河南省粮食总产量 1308.84 亿斤，连续 5 年超过 1300 亿斤，连续 16 年超过千亿斤。

第五章 绿水青山 绘小康

起笔落笔、细心描绘,绿色始终是最亮的底色。乡村、海岛、林海、牧场,孕育了生态旅游,带来了金山银山;绿水青山赋能产业发展,绿色引领推动经济高质量发展;山水相依,绿意盎然,宜业宜居,生活幸福……在高水平全面建成小康社会的奋进之路上,祖国大地的绿色动能澎湃,也让小康的成色更足。

引子

全面小康，重在"全面"，难也在"全面"。这个"全面"既要绿水青山，又要金山银山。过去以牺牲环境为代价换取一时一地经济增长的粗放发展方式，不仅严重破坏了生态环境，也给人民群众身体健康带去了一些负面影响。如今，远离城市的"水泥森林"，拥抱蓝天、碧水，已成为广大居民梦寐以求的生活。

描摹高水平全面建成小康社会的蓝图，绿水青山是浓墨重彩的一笔。党的十八大把生态文明建设放在突出地位，融入经济建设、政治建设、文化建设、社会建设，形成了五位一体总体布局，为推动全面建成小康社会目标如期实现奠定了坚实基础。"十三五"期间，中国财政投入98.7亿元，实施湿地生态效益补偿补助、退耕还湿、湿地保护与恢复补助项目2000多个。完成国土绿化面积6.89亿亩，完成森林抚育6.38亿亩，落实草原禁牧面积12亿亩，草畜平衡面积26亿亩。全国森林覆盖率达到23.04%，森林蓄积量超过175亿立方米，草原综合植被覆盖度达到56%。

良好的生态环境成为最普惠的民生福祉。中央不断加大对生态系统保护修复的政策支持和资金投入力度，把解决突出生态环境问题作为民生优先选项，推动生态环境明显改善，坚持生态惠民、生态利民、生态为民，让老百姓共享蓝天白云、清水绿岸、鸟语花香，人民群众的获得感、幸福感、安全感大幅提升。

起笔落笔、细心描绘，绿色始终是最亮的底色。乡村、海岛、林海、牧场，孕育了生态旅游，带来了金山银山；绿水青山赋能产业发展，绿色引领推动经济高质量发展；山水相依，绿意盎然，宜业宜居，生活幸福……在高水平全面建成小康社会的奋进之路上，祖国大地的绿色动能澎湃，也让小康的成色更足。

呵护绿水青山，绘就生态小康，擘画民族振兴和共同富裕的美好明天。

第一节　"老人与海"的半世情缘

闯海人的沉浮

67岁的孙长志，家住烟台市长岛海洋生态文明综合试验区，这里位于黄渤海交汇处，是重要的环渤海海洋生态通道。50年来，孙长志干过海洋捕捞、海水养殖、生态旅游，也经历了海洋环境从不断恶化到涅槃重生的过程，越来越明白与大海和谐相处的重要性。

"是大海养育了我们，要心怀感恩。"每每看到游客徜徉在这座蓝色生态绿岛，光顾他的渔家乐时，孙长志就会把这个道理向客人们讲述一番。这位长岛转型发展的见证者，想把自己和大海的故事拍成视频，告诉子孙后代要守护好这片海。

老人与海的故事，可以追溯到半个世纪前。

"以前没有天气预报，全靠船老大的经验，船老大掌握着一船人的命运。"年轻时的孙长志，干的是船工，却一心想成为船老大，带着船员去"闯海"。"闯海"是本地人对于远洋捕捞的叫法，虽然风险很高，但能够养活一家人。

很快，他如愿以偿，从帮工变为船老大，船也换成了机动船，自己开始从事捕捞工作。那是在 20 世纪 80 年代，长岛的海广阔又纯净，里面应有尽有，鱼虾无穷无尽。出海一趟，渔民们能收获数万斤鱼虾水产，回来每人能分到几千元。

像很多长岛人一样，孙长志的生计蒸蒸日上，还盖起了楼房。那时候出去一说是长岛渔民、长岛人，都是拍着胸脯的骄傲，妥妥的万元户代表！让外省人羡慕不已。

长岛附近海域的天然渔业资源，吸引越来越多的外省渔船闻讯而来。山东、河北、辽宁、浙江、福建等地的渔民会聚于此，形成"五省大战渤海湾"的壮观景象，大家热火朝天、干劲十足。

入夜，渤海湾依然灯火通明，汽笛马达声连绵不绝，渔船首尾相连望不到尽头。孙长志操控着自家的船只，也在这浩荡的海面上往来穿梭，看着一派繁华热闹的景象，感叹"人定胜天"的豪情。

然而，人们忙着挣钱，向大海母亲无度索取，却很少去关注她的健康状况。

到 20 世纪 90 年代，渔业资源匮乏的状况开始出现。孙长志出海一趟，几乎打不上什么鱼来，从一网十万八万斤，降到三万两万斤，最后干脆是些小鱼小虾，还不够出海的油钱。小时候爱吃的渤海对虾、渤海刀鱼成了稀罕物。

耳边呼呼的海风，船头滔天的巨浪，这个年轻人却心情沉痛：渤海湾被"吃干榨净"了，我们该向哪里讨生活？于是，很多人开始谋划转产转业。

渔民们又一窝蜂地涌向水产养殖领域。当时，长岛海水养殖技术大突破，在当地掀起3次养殖浪潮。"水中捞铜"养海带，"水中捞银"养扇贝，"水中捞金"养鲍鱼，类似的生意经在渔民中流传着。孙长志再次下海，加入到火热的扇贝养殖大潮中。

那个年代，近海养殖利润很高。1991年，长岛县人均国民生产总值达到10469元，列全国县级之首，基本达到了世界中等收入国家水平。

孙长志主要养殖海带、扇贝、裙带菜、牡蛎等，生活质量不断得到改善。他也成了小有名气的"有钱人"，衣食住行也越来越讲究。那时候，长岛流传着许多关于暴富的故事。

可对于长岛的子孙后代来说，这些故事的背后却隐藏着深深的危机：由于近海养殖总体技术水平较低，导致养殖密度不断增加，质量却越来越差。同时，养殖业产生的抗生素、消毒剂和饲料残饵对海洋生态环境造成严重影响。

国家海洋局曾调查指出，沿海地区经济高速发展产生巨大的环境压力，海洋环境保护缺乏宏观规划和法规标准，海洋环境保护资金技术短缺，监督管理机制不完善，是我国海洋环境面临的主要挑战。

在长岛这个山东唯一的海岛县，养殖业高歌猛进的背后，是渔业资源被"吃干榨尽"的困境。日积月累，问题终于集中爆发。

1997年开始，因海洋环境恶化、种质资源退化、养殖密度过大等原因，长岛扇贝连续多年大面积死亡，经济损失不可计数。

这次罕见的贝类养殖灾难，造成海边几乎没有了藻类，扇贝大面积死亡，几乎绝产。孙长志也被迫停产，因为沿海生态环境已难以为继，实在干不下去了。

曾经的"小康县"光环褪去，大海变得死气沉沉，热闹的海滩也仿佛陷入沉思，不复往日的繁华喧嚣。

孙长志守着自己的一块海域，那下面有成片的阀笼，养着一种新品种鲍鱼。尽管这个新品种市场前景不错，但他依然忧心忡忡：这片海已经不比从前了，它还能养活我们吗？

"海铭居"与渔岛重生

当改善长岛的海洋生态环境已经迫在眉睫时，转向近海养殖的孙长志，萌生了从事旅游业的想法。例如，开一家集吃住于一体的渔家乐，未来应该会有不错的需求。这个想法一经产生，就在孙长志的脑海中挥之不去了。

对于家乡的生态环境，孙长志经历了从热爱到失望再到热爱的变化过程。这个过程时间并不短，是敏感如他的老渔民才能经历和感受到的。他早已把这片大海装进心里，把对大海的挚爱融入血液。

在家门口的海滩前，孙长志随手拾起几片海菜，在海水中略微冲洗了一下就放进嘴里咀嚼起来。他经常用这种直观的方式告诉岛外的来访者，他家乡的海水是干净的，海产品是多么卫生和富有营养。

正好,当地政府大力鼓励发展生态旅游业,在贷款、经营、税收等方面都有优惠政策,孙长志决定抓住这个机会,开了一家类似民宿性质的渔家乐。"这里适合搞旅游,而且又有好政策,我要胆子大一些。"他琢磨着。

在他的规划中,这个渔家乐必须面朝大海,三四层的别墅样式,而且要充分体现出长岛特有的渔俗文化。长岛渔俗长达380多年历史,是我国渔猎文明的珍稀代表,老船、老街、老墙、老宅、老酒和老渔号等都是长岛的渔俗文化符号,也都是可以挖掘的旅游"卖点"。

不仅要有特色,还要起一个有寓意的名字。作为曾经的"闯海人",与大海相伴相随一生,孙长志有着他们这一代对大海深厚而绵长的感情,而如何把这种情感和记忆传递下去,也成为他的一个情结。

"要告诉子孙后代铭记大海的恩情,保护好这片海。"这给了他灵感:不如就叫"海铭居"吧!

2013年,他的海铭居开业了。那是一幢三层别墅式的建筑,门口竖着一个锈迹斑斑的船锚,旁边还建有一个茅草屋。

孙长志和他的海铭居,成为见证长岛经济转型的一个微观缩影。此后,随着岛上生态环境不断改善提升,来自海内外的四方游客纷至沓来,以特色民宿、渔家乐等为主的生态旅游业迅速崛起,覆盖了全县一半渔村和三分之一的人口。

刚开始,孙长志以为做渔家乐就是做招待所,只需要提供餐饮和住宿,结果经营了一段时间效益并不好,不仅客流量不稳定,而且回头客也少。

对于众多民宿、渔家乐而言,争取客流是永恒不变的主题,特别是在竞争逐渐激烈的情况下,想要抢夺市场资源,必须想一些出其不意的点子。

他专门外出考察了一些地方,看看那些做得好的地方都有什么值得借鉴的经验。那次考察让他受到很多启发,考察回来后,他把自己关在屋里想了一整天,然后做出一个惊人的决定。

第二天,他把民宿关了,然后找来一支施工队,把100多万元的装修全部砸掉。家人对他的举动大为不解。"海铭居没特色,今后要主打'旅游+亲情文化'的主题。"孙长志向大家解释说。

在孙长志的理解中,这个新定位的关键就在于营造一个家的氛围,让客人在海铭居获得家而不是酒店的感觉,把打"友情牌"换成打"亲情牌"。

有人提醒他,打亲情牌来做营销,能成功吗?孙长志却信心满满,哪怕边摸索边改进,也不能再走以前的老路了。

一个老渔民的痛定思痛,恰恰反映了长岛人转变思路谋发展的决心。

2017年,长岛政府痛下决心,投资超过10亿元,实施"退岸还滩"工程,首先就是拆除海岸线育保苗厂。

拆除育保苗厂,岛上的老百姓怎么生存?很多人心里想不通,颇有怨言。但在政府的积极劝说下,还是把海边的大棚都拆了,仅此就腾退海滩1.26万亩。同时为了填补产业空白,还建设了10处海洋牧场,推动渔业向深远海转移。

其次,拆除了80台海上风机,采用喷播修复破损山体,推进

"山海林岸滩"一体化综合治理，使得自然海滩和海洋生物种群逐渐恢复生机。

当地政府还编制了产业准入负面清单，禁止新上各类工业项目，并在机动车管理、清洁能源替代利用等方面实行了一系列保障配套措施，逐渐推动生态保护法治化、制度化。

这些都是岛上渔民痛定思痛的结果，保护海岛环境渐渐成为广大居民的主要任务。正如习近平总书记所说，既要绿水青山，也要金山银山。宁要绿水青山，不要金山银山，而且绿水青山就是金山银山。

2018年，山东省政府正式设立长岛海洋生态文明综合试验区，给长岛的保护发展带来更大机遇。

持续的生态保护修复、绿色发展和政策支持，换来良好的海洋生态环境。多年不见的大叶藻、海萝重现长岛，白江豚、鲸鱼频频现身，东方白鹳、斑海豹等种群数量明显增多……

2019年，长岛被生态环境部授予全国第三批"绿水青山就是金山银山"实践创新基地。

吟唱长岛歌谣

然而，转而主打亲情营销的海铭居再次遭遇了经营危机。亲情营销固然可以借助亲情的话题搞一些促销、回馈活动，海铭居也确实因此吸引了一些顾客，但时间久了，新鲜感就消失了，同质化的问题开始出现。归根结底，亲情营销是一种独特性不强、极容易被复制的模式。

"作为一个渔民,最能拿得出手的就是渔家特色嘛!"他的朋友劝他,让他恍然大悟。

确实,作为一个闯过海的人,自己的特长不正是那些与大海相关的物件和经历吗?那些就是所谓的渔俗文化吧!把这些传达给游客,想必会很有新鲜感,也非常有意义。孙长志觉得这一次他是真正把这件事想明白了。

"把渔家乐搞得像个家庭招待所,既没文化又没档次。"他自嘲道,"应该向高端渔家民宿转型。"

瞄准了方向,孙长志再次对海铭居进行了改造:把出海用过的渔船摆在大厅,船桅杆做账房前的平台,用船板做桌椅板凳,渔网做成了灯罩,床铺面朝大海,可以随时领略海岛风光……

为了增加历史和文化氛围,他还在大厅布置了一面展示墙,墙上错落有致地挂着一个个相框。相框是他自己做的,里面都是他收藏的宝贝:数百张海报、报纸、老照片。其中,一张报道当年解放长岛的报纸,被放在显著位置。

"这个灯是我们祖辈父辈出海打鱼、用作照明的航行灯,有100多年历史了。他遇见大风大浪,一个劲地闯,闯过去,就是'一网两船',发财了。"那时候渔业资源丰富,一网下去能捕上万斤鱼,装满两艘船很正常。

孙长志经常擦拭这些藏品,有游客来的时候就给他们讲它们背后的故事,这些故事大都是关于长岛、关于渔家的历史,每每给人留下深刻的印象。

为了更好地宣传渔家文化,孙长志还发起成立了一支渔家号子的表演队伍,让岛上的老人发挥特长,重拾起距今已有300多年的

"长岛渔号",一方面为游客表演,一方面教给年轻一代,让更多人了解长岛文化。

孙长志唱不全"长岛渔号",只会喊几句,一般都是在游客们吃饭的时候给他们助助兴,但当那节奏铿锵、曲调雄厚的渔家号子脱口而出,总会给游客们带来不一样的体验,那对他来说也同样是一种享受。

因为特色突出,又注重客人体验,孙长志的海铭居终于火了,赶来尝鲜的游客络绎不绝,很多都是口口相传的客人,他们听说在老孙那里不仅能吃到地道的渔家饭,更能领略到不一样的渔家风情。于是,海铭居的年收入很快突破百万元,而且还在稳定增长。

渔家乐火了,来自五湖四海的游客多了,离不开得天独厚的生态环境。长岛省级海洋生态文明综合试验区的设立,确定了创建国家生态文明试验区的目标,更让长岛坚定了把生态保护作为第一任务和第一责任的决心。

近年来,长岛县提出了包括地质灾害治理与山体生态修复、垃圾污水处理、大规模植树造林、海洋生态修复、生态岛礁和岸线整治修复、城乡环境综合整治在内的全方位、立体化全域生态保育理念,落实"保护就是最好的开发"理念,持续放大长岛独有的生态优势。

那个印象中以渔业生产为主的长岛,正在发生持续而明显的变化,围绕生态保育、基础建设、产业升级等方面,着力打造国家旅游度假区和现代渔业示范区。

作为一座滨海城市,海洋是烟台高质量发展的战略要地。这里拥有1038千米的美丽海岸线,2.6万平方千米海域面积,以及68

平方千米海岛面积，形成了发展海洋经济得天独厚的资源优势。近年来，在国家海洋牧场建设战略中，这里形成了"全国看山东，山东看烟台"的格局，在"产业强海、实现海洋经济强"的同时，推进"生态护海、实现海洋环境美"，全力打造"海上绿水青山"。

长岛的嬗变，成为烟台践行"产业强海、生态护海"战略最生动的实践。将传统的渔场变成牧场，同时借助海洋牧场平台实现旅游业态有效嫁接，开展海上采摘、垂钓、观光等活动，长岛渔业正在转向修复海域、养殖看护、休闲旅游的新模式，一座国际一流的海洋生态文明岛正在缓缓崛起。

或许是年纪大了，孙长志对于家乡的情感越来越醇厚，那是一种浓得化不开的依恋，以及溢于言表的自豪和热爱。有人劝他找个宜居的大城市安家养老，他不愿意去。他离不开长岛，哪怕是短暂外出都会想念，更别说让他搬到外地去。

孙长志肯定，未来的长岛，生态会更美丽，经济会更富足，社会会更充满活力，他要继续做它的建设者、见证者，踩着家门口的鹅卵石海滩，吟唱长岛的歌谣。

第二节 塞罕坝上的"三代接力"

在河北省最北端的围场满族蒙古族自治县，有全世界最大、最美的一片"海"——塞罕坝，它像一颗璀璨的明珠，美得让人心醉！然而，这片美丽的林海并不是大自然的馈赠，而是几代塞罕坝人经过近60年的奋斗,用青春和热血种出来的人工林海,已经成为世界上最大的人工林场。

2021年8月23日,习近平总书记到承德考察,首站就来到塞罕坝机械林场。在绿意盎然的无边林海,他赞誉几代塞罕坝人将荒漠变绿洲的精神力量,并鼓励大家"要传承好塞罕坝精神,深刻理解和落实生态文明理念,再接再厉、二次创业,在实现第二个百年奋斗目标新征程上再建功立业"。塞罕坝是中国推动生态文明发展的时代篇章,是变荒原为绿海的"世界奇迹"!

一年接着一年干,一代接着一代干,循着绿色的召唤,穿行在林海里,让我们一起听听三代人的故事,看看他们是如何创造并践行"牢记使命、艰苦创业、绿色发展"的塞罕坝精神的。

六女上坝

这里曾是一片原始森林、草场,然而从清末开始开围放垦,森林植被就遭到严重破坏,特别是在抗战期间,日寇的掠夺性采伐,让美丽的高岭变成了塞外荒原……

1962年,来自全国19个省(市)的127名大、中专毕业生和242名工人,满怀青春激情,来到这片荒芜而陌生的坝上,发起了一场将荒原变绿洲的伟大战役。

第一代塞罕坝林场务林人陈彦娴的到来是在两年之后。当时她只有19岁,在承德二中上高三。临近毕业,高考在即,选择也随之而来。

一天,女生宿舍里,陈彦娴带来一个消息。她家邻居刘文仕在刚刚成立的塞罕坝机械林场当场长，说林场正需要有文化的年轻人，希望有志青年能参加到这项利国利民的千秋大业中来。这个消息立即吸引了同学们的注意力，大家叽叽喳喳地讨论起来，表现出极大的兴趣。

其实在这之前，陈彦娴就鼓起勇气给刘场长写过一封信，表达了对投身荒原以及参与大规模机械化造林的向往。不到一个月就收到了林场的回信，说欢迎她们去工作。

当时，正值国家号召青年下乡锻炼，城市青年邢燕子下乡务农，在三年困难时期开展生产自救的事迹，在青年人中广为流传，更别说全国上下掀起的"向雷锋同志学习"的热潮。所以，年轻的姑娘们很快就做出了一个改变人生的决定。

大约一个星期后，学校宣布了一个消息：陈彦娴、李如意、王桂珍、王晚霞、史德荣、甄瑞林6名同学报名上塞罕坝机械林场了！许多人听说后，虽然并不感到多么意外，但还是替她们惋惜，因为这几个女孩在班里无论功课、文艺、体育都很优秀，难道就这么放弃通往大学的道路了？

但6个女孩意志坚定，早已蓄足精神、备好行囊，在火红的8月的一个晴天，坐上了开往塞罕坝的汽车。学校为她们开欢送会的热烈场景还余温尤在，她们炽热的心并没有因为连续两天的路上颠簸而平静，因为这是她们通往理想的第一步！

2018年播出的电视剧《最美的青春》中，讲述了"六女上坝"的故事，主人公之一的张曼玲的原型，就是陈彦娴。这个曾经广为流传的故事，借助影像的魅力再次焕发出强烈的感召力。

刚到林场时，一些老工人看她们是城里来的，而且才走出校门，就开玩笑说，你们干些简单的工作吧，那些重活根本干不了。女孩们听到后当然不服气了，虽然这里和她们当初想象得不太一样。陈彦娴一直希望上坝后开拖拉机，成为一名神气的女拖拉机手。

没有被安排操作机械种树的工作，但革命群众怎么能轻易认输呢！别人怎么干，我们就怎么干，不信干不好！她们一边暗自打气，一边开始了一场关于性别的较量。

一次，林场组织职工上山伐树，派去的都是青壮年男职工，几个女孩闻讯立即主动请缨。林场领导拗不过，就让她们去见识一下。

于是，二三十人顶风冒雪到达马蹄坑作业区。在没膝深的雪地里，大家分工合作，有人伐树，有人配合。她们几个主要负责清理残木，就是用绳子把树捆好，然后移到山下的指定位置。由于积雪太深根本没有路，卡车进不来，只能靠人用肩膀拉着树木从山上向下滑。

树干拖起来十分吃力，姑娘们的汗水把棉袄都浸透了，湿棉衣很快结成了"冰甲"，走起路来全身哗哗地响，肩膀磨得生疼。寒风拍打着每个人，她们的脸、耳朵都冻得起了冻疮，但没有一个人掉队，大家都咬着牙用力移动。

为了抵御严寒和风雪，大家只有不停地干；因为不服输，自然而然形成了"比学赶帮超"的氛围，比谁干得多、干得好。伐树工作持续了一个多月，姑娘们也经历了一个多月的磨炼，她们不仅能干，而且还干得有声有色。等回到总场场部时，同事都已认不出她们了，但林场上上下下也都知道了这几个城里来的姑娘能吃苦，不怕艰苦环境的挑战。

后来，6个姑娘被安排到更适合她们的工作岗位——育苗。培育优质苗木一直是营造高质量林分的前提，是林场最重要的工作岗位之一。于是，她们又从整地、做床、催芽、播种等一道道工序学起，每项工序都严格按技术要求操作。

为了掌握好播种时盖土的厚度和压实度，陈彦娴她们拿着滚桶和刮板反复练习，手磨出了血疱，手臂肿得抬不起来，但只要还没达到技术要求，她们就咬着牙继续坚持。

当时虽然号称机械化林场，但主要工作还得靠人工，翻地、打窝子、背树苗、浇水……陈彦娴这群学生工人一点也没有搞特殊，全都亲自干过，育苗的几十亩的苗圃，也都是她们用铁镐一下一下挖出来的。

就这样，喝着雪水、雨水、沟塘子里的水，吃着黑莜面窝头、土豆和咸菜，住在仓库、马棚、窝棚、泥草房里，坝上的6个姑娘和其他林场职工一样，战天斗地、植树造林，用绿色装点祖国大地，用青春和汗水谱写了一曲雄壮的创业之歌。

如今，当年培育的小树都已经长成了参天大树，茫茫荒原已经变成浩瀚林海，陈彦娴已在林场基地的家中安享晚年。她会经常回想起当年创业的壮烈情景，哼唱属于第一代塞罕坝林场人的歌谣，凝视那张上坝前夕拍的六人合影，照片上写着"勇往直前"四个字。

"塞罕坝人用青春、汗水和生命换来了这百万亩林海，我们完成了祖国交给的任务，一生为之自豪！"陈彦娴面带微笑地说。

"先锋树"

早年的塞罕坝，由于自然条件恶劣，林场工人造林时会先试栽一些适应性强的树，一方面筛选树种，另一方面为其他树种落地生根创造条件。久而久之，人们把这些树亲切地称作"先锋树"，同时用它们比喻坝上的创业者们。

提到"先锋树"，塞罕坝人自然会想到王尚海、李兴源、王凤明等早期的创业者，他们为塞罕坝的茫茫绿色献出了自己的青春甚至生命。

作为塞罕坝的"林二代"，刘海莹也立志做一棵"先锋树"。他1984年大学毕业后舍弃了老家秦皇岛优越的工作条件，来到塞罕坝林场成为一名基层技术员。

上大学国家免费培养，毕业时国家包分配，听从组织安排是应该的。在刘海莹看来，他到塞罕坝工作，没有任何理由，服从国家需要是非常自然的事情。

还记得到林场报到时，大概是在7月底、8月初，刘海莹终于见识到了传闻中的塞罕坝林场——映入眼帘的是满山的绿色，"风沙弥漫，草木稀疏"的景象已经成为历史。然而他走近了一看，才发现那些树大多又小又矮，在五六米高之间，刚长出来的一两米高的树苗也有不少。这些树以针叶树为主，不是他想象中的杨树，难怪都不高。

除了树木矮小，这里的生活条件也比预想的差，填饱肚子不成问题，可蔬菜十分紧缺，大家一年到头难得吃上几顿像样的饭。另外就是基础设施还比较落后，最突出的就是道路，去县城都还是砂石路，更别说去基层林场的路了。那时候大家出行基本靠步行，有马车牛车坐那就是特殊待遇了。

但另一方面，这里的发展历程又让刘海莹感到震撼。从1962年建场到1984年，林场全面超额完成了林业部总体设计任务书的设计任务，森林面积已初具规模，昔日"风沙弥漫，草木稀疏"的坝上已经成为历史。

刘海莹被分到苗圃做育苗技术员。育苗是个细致活，遭到霜打不行，旱了不行，阳光暴晒了也不行，还要特别注意病虫害，稍一疏忽，就可能前功尽弃。不过林场员工已经有20多年的育苗经验，有老师傅带着学，再加上自身过硬的林业专业知识，他很快就熟悉了工作环境，并逐渐挑起了基层林场的技术大梁。

20世纪90年代，塞罕坝集中全场力量启动三道河口林场攻坚造林行动。三道河口林场年降雨量不足400毫米，是塞罕坝所有林场中最干旱的，而且这里的土壤主要是沙壤和石质山地，肥力和持水都很差，几乎不适合造林。在这种情况下，刘海莹等技术人员开展了一场极具挑战性的造林技术攻关。

乱石堆里，树苗怎么生长？刘海莹他们不断摸索、反复实验，终于找到了一个可行的办法。攻坚造林，关键在于解决土、水、苗的问题。乱石坡缺土，那就在树坑里垫上客土。树苗只要成活，根须自己会顺着石缝生长。至于水的问题，可通过覆膜保墒、拦蓄雨水解决。同时，树要选择生命力强、耐干旱的品种，还要选"矮胖子、大胡子"的苗木，也就是株植粗壮、根系发达，这样更皮实，易于成活。

他们在山地挖好长约70厘米、深约40厘米的坑，清理出里面的石块，并将这些石块整齐垒在大坑下沿，作为拦蓄雨水的围挡。然后又在大坑中央挖出边长、深度都是30厘米左右的小坑，垫入客土。坑挖好了，下一步就是种树了。

栽树的作业步骤也很有讲究，可以概括为"三锹半缝隙植苗法"：第一锹向内倾斜45度斜插底土开缝并投入苗木；第二锹在离苗5厘米左右垂直下插，挤实苗根；第三锹再距5厘米，操作同于第二锹，仍为挤实。最后是平整穴面，并覆盖一层暄土以利保墒。

这就是塞罕坝机械林场技术人员独创的在乱石堆里植树造林的方法，与当时行业通用的"中心靠山植苗法"比，"三锹半缝隙植苗法"的造林功效高出一倍，造林成本却节省了四成。

在此基础上，技术人员还根据石坡立地条件差的客观情况，分别实验筛选出适合林场的大规格良种容器苗，苗株均高于25厘米、培育2年以上。容器苗是指用特定容器培育的作物或林木幼苗。

三道河口林场攻坚造林行动中，他们还遇到一个棘手问题：栽种的樟子松苗木第一年放叶成活了，第二年却大量死亡。于是，刘海莹几乎没日没夜地往实验地块跑，有时候还带着干粮驻守在那里，仔细观察苗木的成长过程。

功夫不负有心人，经过近一年时间研究，他终于找到了苗木夭折的原因：原来这些树苗不是冻死的，而是旱死的。他进一步分析发现，干旱其实分为两种：一种情况是沙质土壤本来就缺少水分，另一种情况是春天的时候地还冻着，但苗木的上半部分已经返绿，风一吹，水分蒸发，根部不能及时输送水分，于是树苗就枯死了。

针对难题，刘海莹与总场林业科人员一起商量，决定秋季给小树苗加盖防风土，以防止幼苗枯死。这个措施看起来简单，后来却证明非常有效。

第二年5月初，坝上像往年一样再次迎来了开春后的几场大风，雨季还没来，空气异常干燥。那段时间也是刘海莹最紧张的时候，等大风天气基本结束后，他立即来到实验地块查看，果然，有了防风土的保护，小树苗的根系发育良好，植株正常生长，已经挺过了生理干旱这一最大的难关，存活不成问题了。

"我们成功了！"刘海莹和同事们把劳保帽子和手套抛向空中，大声欢呼起来。

林场领导知道这个消息后，非常高兴，当即拍板在全场推广这项技术。凭着这项技术，坝上樟子松造林的成活率大大提高。在此期间，凭着突出的工作实绩，刘海莹也被任命为三道河口林场副场长，主管造林工作。

在三道河口林场攻坚造林的基础上，自2011年开始，塞罕坝林场在土壤贫瘠的石质山地和荒丘沙地开始全面实施攻坚造林。整地、客土回填、容器苗造林、浇水、覆土防风、覆膜保水、架设围栏……截至目前，已完成攻坚造林7万余亩。

2012年，党的十八大召开，生态文明建设被提升至前所未有的高度，中国生态文明建设开启新的征程。此时，塞罕坝人攻坚造林的二次创业已经如火如荼地展开了。

走上新岗位的刘海莹，怀着用科技支撑国家林业发展的愿望，在造林科研道路上越走越远。他先后组织参加了与造林营林实际密切相关的8项科研课题，解决了高寒地区树木、经济作物造林育苗的一系列技术问题，并多次获得国家林业和草原局和河北省颁发的科技进步奖项。2019年,他被任命为河北省林业和草原局二级巡视员。

几十年下来,刘海莹不记得自己亲手培育了多少苗木,也记不清有多少已经长成塞罕坝的"先锋树"。那些屹立在坝上的"先锋树"就像是许许多多个刘海莹一样,把人生和事业扎根在这片林海。

无论时代如何变迁,艰苦奋斗永远是前进的保障,生态文明始终是发展的基石——这是塞罕坝人的使命。握着这个"绿色接力棒"的刘海莹,一直在绿色发展的征途上奋力奔跑,守住、守好这片几代塞罕坝人创造的奇迹。

诗和远方

2005年,从河北农业大学林学院毕业的于士涛,选择塞罕坝作为事业启航的地方。当时,塞罕坝吸引他的不仅有美丽的风景,还有那片林海里传扬的林业工人艰苦奋斗的事迹。"既然学林,就要到一线去,把学到的东西用到实践中。"他觉得那里正是他实现价值的地方。

然而理想和现实总是脱节的。2006年,到林场工作不久,坝上的诗情画意很快被艰苦单调的工作生活碾压,这个"80后"小伙开始对自己当初的决定产生了怀疑。

这里的一切开始让他抓狂。一进入11月份,西北风就卷着雪花刮个不停,即使待在屋里都觉得冷,上厕所不方便,生活用水得到附近小河里凿冰取水。

这些都还能忍受，最令他感到烦躁的是，不管天气如何恶劣，他们都要上山间伐树木、修枝打杈，这些重复而单调的体力劳动，与他的专业简直风马牛不相及。

有段时间，他还特别怕在营林区值班。当其他人都下山回家了，他一个人在漫漫长夜中煎熬，忍受无尽的寂寞和空洞，周围只有风敲打窗户和野兽嚎叫的声音。

一次值班结束后，于士涛终于熬不住了，回到宿舍就开始收拾行李，准备回家另找工作。正巧他的师傅顾殿江路过这里，看到他气鼓鼓的样子，仿佛明白了什么。

"你这是干什么，要走？"50多岁的顾殿江问道。

"是的……我觉得这样工作没意义，是在虚度时光。"于士涛回答得很直接。

"是啊，这里是不容易……"停顿了片刻，顾殿江接着说道，"我给你讲个故事，听完了你再做决定？"

于士涛就这样听到了那个影响他一生的故事。

林场林科所老所长戴继先是恢复高考后的第一届大学生，曾带领科研人员攻克了很多技术难题，却积劳成疾在52岁就因病离世。临终前，他对家人的遗言却是一通"抱怨"——抱怨家人没早点告诉他病情，导致他很多工作没有做完。这个"抱怨"让所有的听闻者感到既悲痛又崇敬，也油然而生完成他未竟事业的决心。

在千层板林场，顾殿江属于那种沉默寡言但业务熟练的人，平时很受大家的尊重。于士涛也很佩服这位前辈，尤其是他那手指到哪片林地都能立即讲出它的前世今生的绝活，让他羡慕不已。那可是184平方千米的林地啊！

戴继先的事迹深深触动了于士涛。和那些前辈比起来，他突然觉得自己不像个男子汉。也正是从戴继先、顾殿江等前辈创业者的身上，于士涛开始真正了解塞罕坝，真正读懂了塞罕坝人。

"只有荒凉的沙地，没有荒凉的人生。我要做战士，不当逃兵！"经过父母以及顾师傅的劝说教育，于士涛终于安定下来，同时坚定了留在塞罕坝的决心。他要在荒凉的沙地活出一番不一样的人生。

于士涛开始虚心向顾师傅请教，并在内心把顾师傅作为自己的一个目标：先学会师傅的绝活。顾师傅也越来越喜欢这个勤奋好学、能吃苦的徒弟，从防火防虫到资源管护，从育苗整地到植树造林，从割灌抚育到经营利用，他都倾囊相授。

日子一天天过去，于士涛重新回归到每天早出晚归的林业工人的生活中，但这些日子已经和过去大不相同。这个年轻人仿佛脱胎换骨一般，他不仅走遍了林场的每个角落，也用随身带着的笔记本记录下每片林子的位置和林分特征。

一年多的时间，于士涛就初步掌握了顾师傅的绝活——对于林场中任何一片林地的位置、面积和生长情况，都已做到心中有数。在间伐作业时，他也能够以一棵树为点，迅速判断出周围范围内哪些树是应采伐的，哪些树是应该保留的。一个作业地块下来，不用尺子量，基本能做到和设计方案相差无几。

于士涛逐渐成了这片林子的主人，投入全部身心去爱护它、守护它。十几年来，由他主持完成营造林和病虫害防治就达35万亩。他不仅在这里实现了人生的价值，还在这片林海中建立了圆满的家庭。

他的爱人付立华从中国林科院研究生毕业后留在北京工作。每逢节假日，付立华都会来到塞罕坝，作为同行的她，只要一走进这片林子，"每一次感觉都不一样，每一次都很新鲜"。

但长期两地分居的生活也让美满的婚姻产生了裂痕。

一年冬天，妻子到塞罕坝看他，正赶上造林季，他连去车站接她的时间都没挤出来。他在风雪中干了12个小时，回到宿舍已经被冻透了。他简单煮了袋方便面，边吃还边打战。这一幕恰巧被赶到的妻子看到。妻子的心被刺痛了，泪水打湿了眼眶，上前紧紧拥抱着丈夫。

"我要和你一起守着这片林子！"妻子盯着他的眼睛，认真地说。

于士涛的眼圈也红了，那一刻却感到无比的幸福。"很多人都在向往'诗和远方'，我们的'诗和远方'就是这片林海。"

作为第三代塞罕坝人，于士涛明白创业难、守业更难的道理。在搞好森林经营的同时，如何发展森林旅游、绿化苗木和风电等一批优势产业，成为摆在于士涛这帮年轻人面前的新挑战。于士涛下定决心，接好林场经营的"接力棒"，让有限的森林资源发挥更大的社会和生态效益。

百万亩林海，正是因为有了他们这样的塞罕坝人，以青春汗水与智慧的无私奉献，不断增添绚丽的色彩。60年的坚守，塞罕坝人以永不言败的担当，构筑了一道为北京阻沙源、为京津涵水源的绿色长城。

这里，诉说着他们的浪漫，承载着他们的追求，更寄托着他们对祖国绿水青山的祝福。

第三节　绿色逆袭毛乌素

不能让风沙欺负死

1985年，20岁的殷玉珍，嫁到了内蒙古鄂尔多斯市乌审旗的井背塘村。这里是毛乌素沙地的腹地，一年四季狂风不断，沙尘蔽日，自然环境十分恶劣。

虽然已经在脑海中想象过无数遍那片沙海，但直到丈夫白万祥牵着骆驼把她带到这里，殷玉珍才体会到什么是荒无人烟、生机渺渺。这里没有路，没有电，整个世界都被沙粒充斥着！

以什么作为生计呢？当时他们夫妻俩想的主要是外出打工挣钱。几个月后，殷玉珍的父亲来看她。一路辗转折腾，老人终于来到这个方圆10多千米内只有一户人家的地方。猫着腰进入女儿的新家——一个简陋的地窖，里面铺着的柴草就算是床了，没有家具，锅碗瓢盆就堆在地上，处处尘土飞扬……老人哽咽了。

尴尬而忧虑地住了几天，老人就离开了。临行前，他对女儿愧疚地说："我以为你能过上好日子，没想到把你嫁到了一个沙窝窝里。"老人回到家后一病不起，3个月后就去世了。这件事成为殷玉珍内心最大的伤痛。当初，要不是她爹为了报恩而把她嫁到这里，她也不会遭受这样的折磨。

人类在沙漠里是无法生存的。虽然殷玉珍住的地方不是完全意义上的沙漠，而是一个荒漠化严重的沙地，但想要生存下去几乎是一件不可能完成的任务。缺水，也没有可以种庄稼的地方，能用来当食物的只有沙生植物如沙米、沙蓬籽、沙盖……三天两头饿肚子，还得时刻与沙子抗争。

一次，丈夫外出打工回来，拣回一只被人抛弃的死羊，全家人难得吃了一次肉。羊肉吃了，羊皮给公公缝了一件皮袄。

不怕生活条件差，因为可以慢慢改变，但自然环境呢，特别是这里的沙漠，人类在它面前是多么渺小！

"难道让沙子把我们埋了？"殷玉珍不禁自问道。她和丈夫商量种树改变环境的可能性，却得到否定的回答，因为那实在太难了，几乎不可能了。

面对困境，是征服还是逃离？这不是一个容易的选择。

那段时间，殷玉珍一个人坐在门前发呆的次数越来越多。十天半个月见不到其他人影，只有风沙呼啸和寒暑交替的日夜陪伴。

有一次，一个外地人从她家门口经过，神情恍惚的殷玉珍实在是太久没有见到陌生人、和陌生人说过话了。她赶紧跑回屋找了一个脸盆，小心地把那个过路人的脚印扣了起来。丈夫回家后找不到脸盆，一问才知道被她拿出去做了这个用途。

"你这是干啥？"丈夫问。

殷玉珍回答："不干啥，就是闲的时候看看，感觉亲切。"

丈夫明白了，沉默不语。他实在不知道说什么好，在这样的环境和条件下生活，对于年轻的妻子来说实在太不公平、太过残忍了。她竟然仅仅是想看到人类的脚印，那让她感到某种亲切和安慰。这说明她承受着多大的心理压抑啊！

殷玉珍也曾想过离开，但架不住丈夫和公婆的极力挽留，几次下定决心却又不得不选择放弃，服从命运的安排。

如果和很多本地人一样，就这么向命运低头，那么殷玉珍就不是那个以倔强好强而著称的陕西女子了。她继续坚忍着生活在这个黄沙包裹的小村庄，每天把屋里屋外收拾得干干净净，做饭、喂羊、拾柴火、照顾老人。

一天，她挑着扁担、水桶去井边打水，却惊喜地发现，离水井不远处那道沙梁边有株杨树苗居然活了。这些绿色让她欣喜若狂："树苗能活下来，那就意味着这个地方能种树啊！"

这株树苗是她偶尔从外面挖回来的，她抱着试一试的态度随手种在了水井附近。而这水井，也是他们夫妻俩不知道花了多少日子淘出来的。水井经常被大风裹着的黄沙湮没，他们就再淘再挖，决不罢休。

她把这个惊喜告诉丈夫："不行，我要试试！宁肯种树治沙累死，也不能让风沙给欺负死！"想着被风沙蹂躏的日子，父亲去世前的懊恼，以及迷茫的未来，殷玉珍终于下定了决心，向沙漠发起挑战。

这一次，丈夫也同意了她的想法。夫妻俩晚饭后溜达到家门前的一道大沙梁上，妻子对丈夫说："我要把这梁上全部种上树，把它们变成我们的'孩子'。"这就是"希望梁"的由来——后来这里的确如他们所期待的那样，成为一眼望不到边的、承载着他们希望的林子。

越不让种就越要种

打定主意的殷玉珍首先想的是种树的钱从哪里来，她和丈夫商量，除了打工挣的一点钱，家里再没什么值钱的东西，只有一只瘸腿的羊。于是，他们一咬牙把羊卖了，换回600棵树苗。这些树苗简直比他们的命还珍贵，不仅是夫妇俩唯一贵重的财产，而且是他们改善未来生活的希望所在。

树苗拉回来后，两人立即扛起铁锹开始栽种。先围绕着他们的家——那个地窨子种了一圈，还剩了些树苗就种到附近的沙梁上。

他们小心翼翼地照顾这些树苗，真像照顾自己的孩子。丈夫出去打工，殷玉珍就在家照顾树苗，每天给小树浇水，然后瞅着它们发呆。

谁承想，树苗好不容易栽下去，没多久就刮了一场大风，树苗几乎全被拔光。殷玉珍心疼得不得了，只能捡回能用的树苗重新补种。

有一天，丈夫背着树苗回家时突然吐了血，到医院一检查，发现肺部和胃部都有毛病，与劳累过度有很大关系……

就这样，殷玉珍同时扛起了照顾一家老小和绿化荒沙的重担。她在沙梁上搭起茅棚，白天种树、照顾树苗，晚上回到家中照顾公婆后，收拾家务，还要喂鸡养羊。

就这样煎熬着，一年后，居然有10棵小树活了下来。简直是奇迹！夫妻俩虽然充满了遗憾，但更看到了希望，进而决定再接再厉，继续扩大种树规模。

为了获得更多的树苗，夫妻俩都跑到外地打工，帮人家盖房子、打土坯、干农活，领了工钱就买树苗回来。他们甚至要求对方把报酬直接换成杨柳、沙柳、杨柴、紫穗等树苗，然后再不辞辛劳地把树苗一捆捆地背回沙漠里。

为了种树，殷玉珍向娘家借了300块钱，买了几头小猪仔，然后通过养猪挣来的钱买树苗。娘家人觉得他们夫妻俩简直疯了，哪有这么不惜本钱、玩命似的种树的，而且还是在他们俩一贫如洗、连吃饱饭都困难的情况下。

但殷玉珍已经铁了心，她要尽快种下足够多的树，尽早改变眼下恶劣的生存环境，哪怕为此再多吃一倍的苦也毫不犹豫。

一次，殷玉珍和丈夫从十几里外的沙地买了5万多棵杨树苗，赶着牛车往家里走。已是凌晨3点多，漆黑的沙漠突然刮起了沙尘暴，人和牛在风沙中摇摇晃晃，好像随时都会从这个世界消失一样。

风沙怒吼，手电筒的光也失去了方向，夫妻俩只好拽着牛尾巴跟着走。树苗一再被吹跑，两人就一次次冒着被风沙埋住的危险，拼了命地捡回来。

等回到家，天已经蒙蒙亮了，"这老天怕是想要人命嘞！"丈夫感到后怕地说。殷玉珍却说："它越是不让我种，我就越要种！"

树苗渐渐充裕了，但水的问题还没有解决。可是哪里来的水呢？打井取水？一方面打井是一件非常困难的事情，另一方面最近的水井也在几千米之外。

"从水井那边挖一条水渠过来？"丈夫脱口而出这个想法，但随即又感到过于荒诞而沉默下来。这个提议却让殷玉珍眼前一亮。他们没有机械，只有两双手，那就靠人工来挖。

说干就干，两人第二天就扛着铁锹、镐头出了门，从最近的沙梁处开始挖掘。镐头一次次抡起，铁锹一铲铲挥舞，一家人没日没夜地干了几天，一条数百米长的小水渠赫然出现在眼前。

然而，当他们还没来得及庆祝一下这小小的胜利时，一场大风袭来，将挖好的水渠吹得无影无踪。

夫妻俩几乎崩溃了！他们突然意识到，从一开始种树到现在挖渠，都忽略了一个重要的步骤，那就是必须先设置沙障！

这是一个血泪教训！当务之急是修好沙障，否则其他工作都没法进行下去了。

经过几天的准备，殷玉珍和丈夫再次走进沙地。他们把搜集来的葵花秆一株株埋进沙土中，在水渠和树苗种植区域筑起了一道道风墙。手指磨破了，腰累得直不起来，狂风和烈日轮流攻击，但两道身影却始终屹立不倒。

经过这次努力，特别是有了沙障的保护，第一条几千米长的水渠终于修好了，不仅有一条，最后他们修筑了好几条。

夫妻俩的"造林工程"终于取得了实质性的进展！

随着基础设施的不断完善，种植的树苗越来越多，如何提高存活率的严峻问题摆在了眼前。

对于这个问题，殷玉珍其实早已有了自己的想法。通过向村里经验丰富的农户了解，同时向农村技术人员请教，她觉得是时候种一些适合干旱地区生存且存活时间长的树种了，也就是调整树种结构。

沙地的土壤以沙子居多。他们就用沙蒿在四周固定沙流，将沙柳、杨柴、紫穗槐等灌木种植在沙蒿带中间，既能起到防风固沙的作用，又能丰富生态功能，更有利于树苗的生长。

毛乌素沙地并不是完全意义上的沙漠，每年仍有少量的降水，他们就根据不同季节的降水情况提前安排栽种树苗的数量和种类。

在这些科学方法的帮助下，树苗的存活率明显提高了。

在一次次失败中不断摸索，在一场场灾难中抗争不止，夫妻俩渐渐积累了宝贵的造林治沙经验。一道道"希望梁"凭空出世，一块块沙地变成绿洲。他们甚至还在沙漠里修起了路，打通了走出荒漠的希望之路。

沙窝窝变成金窝窝

在殷玉珍和丈夫的影响带动下，乌审旗开始涌现出了一批治沙造林的农户。宝日勒岱、谷起祥、十三姐妹、吉日嘎拉、乌兰陶勒盖治沙站……更多的人、机构投入到荒漠化治理的大军中。

1985年至1999年，殷玉珍夫妻在没有获得任何资助的情况下，在沙漠中种出4万亩树。

然而直到被媒体报道成了名人前，他们还被同村的人嘲笑。这些人不理解：公家（村里）安排的种树任务都没人干，居然还有人自掏腰包去种树，只有"傻子"才会这么干。

现在，昔日人们眼中的"傻子"成了能人、英雄。殷玉珍称得上是一位巾帼英雄。她凭借着一股狠劲，硬是一株一株、一片一片让绿色在荒凉的沙地上蔓延。

美国人史密斯，是一名在洛阳市高校任教的教师，听说了殷玉珍的事迹后，立即跑到毛乌素大漠腹地这个名叫"紧背沙"的地方参观。他被这片沙海绿洲震撼了，当场拿出5000美元捐助他们治沙种树。回到学校的史密斯给殷玉珍夫妇写了一封信，信中说："你和你的丈夫的确是中华民族的骄傲，你们是真正的英雄，是所有热爱大自然、热爱自己国家人的楷模，我永远忘不了你们。"

如今，殷玉珍夫妇生活的6万多亩荒沙地已经变成了生态庄园。各种果树和经济作物在风中摇摆，小动物们时不时地出现。这里不仅成了风光秀美的游览之地，更成了探索绿色、循环沙产业发展的桥头堡。

殷玉珍还成立了内蒙古绿洲治沙造林有限公司，建起了"玉珍生态园"，调整了树种结构，种植桃、杏、玉米、西瓜、小米等，将治沙和发展种植业、养殖业结合起来，形成一条可持续发展的生态产业链。

她家有了远近闻名的"三宝"：谷米、西瓜、鲜桃，因为采用了原生态的种植方法，这"三宝"形成了独特的品质，非常受市场欢迎。2020年，生态园的各种农产品的总收入超过100万元，真正实现了让沙窝窝变成金窝窝！

如今，50多岁的殷玉珍已经不像年轻时那么硬打硬拼了而是把精力放在了其他有意义的事上。黄沙和烈日虽然侵蚀了她的身体，但也塑造了她的思想和视野。这个几乎没上过几天学的农民，正带领越来越多的农户从防沙治沙走向沙产业经营，共同创造着他们的绿色愿景。

殷玉珍曾对自己的第三个孩子讲起过对于未来的规划：一是用寿命长、耐干旱、四季常青的松柏树逐步替换已经完成历史使命的杨树、沙柳，二是增加各类果树和有机农作物的种植面积，三是合理扩大牛羊养殖规模……

她希望下一代能够继承他们夫妇的事业，和他们一步一步地干下去，直到干不动的时候，直到这旦变成真正的农场、牧场和林场，做到习近平总书记所说的绿水青山就是金山银山！

曾经的毛乌素沙地也曾水草丰美、牛羊成群，后来因为环境变迁、人类活动的过度干扰而逐渐荒漠化。中华人民共和国成立后，国家对防沙治沙高度重视，一系列国家重点生态工程接连启动，再加上气候暖湿化等因素，逐渐改善了毛乌素的沙化情况，甚至实现了整体逆转，有了绿洲化的趋势。

殷玉珍所在的乌审旗，占据了毛乌素沙地近三分之一的面积，也是这场"誓把沙地变绿洲"的持久战的主战场之一。20世纪50年代，乌审旗荒漠化、沙化土地面积达90%以上，森林覆盖率仅为2.6%，是一个典型的已不适合生存的农牧区。然而经过当地干部群众的战天斗地和持续接力，已使植被覆盖度提升到80%。

而综观整个沙地，鄂尔多斯市的毛乌素沙地治理率已达70%，榆林市沙化土地治理率已达93%，沙尘天气大幅减少，毛乌素沙地实现了从"沙进人退"到"绿进沙退""人沙和谐"的神奇转变。

"守住了绿水青山，就有金山银山！我思摸着咋个能从沙漠里刨出金疙瘩，再把钱投到种树上来。"现在，殷玉珍想得最多的就是这个问题，因为她意识到，毛乌素的流动沙丘虽然大幅减少，但沙地依然存在，要恢复、重建生态系统仍是一个漫长的过程，需要几代人继续为之努力奋斗。

第六章 "一带一路"通小康

"路"是先决条件,"人"是关键要素,"情"是愿景达成。随着"一带一路"建设的不断推进,越来越多的项目在世界各国落地生根,也有越来越多的人将青春与梦想相连,共同描绘着"一带一路"最美的样子。

引子

"一带一路"倡议源于中国,和中国脱贫攻坚战略本质相通。

2021年,中国与沿线国家货物贸易额达11.6万亿元,占外贸总额的29.7%。对沿线国家投资同比增长7.9%;中欧班列开行量超过1.5万列,同比增长22%。"一带一路"项目建设稳步推进,一批"小而美"的减贫、卫生、教育、体育等民生领域援助项目落地见效。截至2022年1月,我国已与147个国家、32个国际组织签署200多份共建"一带一路"合作文件。

"一带一路"是一条民心相通、不断促进的交流合作之路,共建"一带一路"的成果惠及世界。自倡议提出以来,中国同沿线国家一道推进重大项目建设,让有实力、信誉好的中国企业到沿线国家开展投资合作,中国企业因此参与了许多深入百姓生活、惠及民生的项目,帮助它们实现2030年可持续发展议程减贫目标,推动更大范围、更高水平、更深层次的区域经济社会发展合作。世界银行有关报告认为,到2030年,共建"一带一路"有望帮助全球760万人摆脱极端贫困、3200万人摆脱中度贫困。

"路"是先决条件,"人"是关键要素,"情"是愿景达成。随着"一带一路"建设的不断推进,越来越多的项目在世界各国落地生根，也有越来越多的人将青春与梦想相连，共同描绘着"一带一路"最美的样子。

中国人民不仅要自己过上好日子，还追求天下大同。丝路繁华，其道大光。

第一节 追"风"人

如果不是20多年前来阿拉山口投靠姐姐，何海燕可能还是陕西榆林的一名中学教师，安安稳稳地生活，没有太多坎坷和起伏，但人生也肯定不如现在这么精彩。

位于新疆博尔塔拉蒙古自治州的阿拉山口，原本只是边境小镇，后被国家设为口岸，再被设立为市，成为新疆西北部冉冉升起的"明星"。

西部大开发战略，让何海燕"走西口"奋起创业；"一带一路"倡议的启动实施，为她插上"二次创业"的翅膀。她和许多人一样，在这个每年8级以上大风要刮180多天以上的城市，追风逐梦，演绎着别样的人生。

"走西口"

如今，40多岁的何海燕每天都会在自己的韩国商品直销中心待一段时间。这家免税店位于阿拉山口综合保税区内，当初被敏锐的她打造成了一个跨境电商O2O体验馆，一时间独领风骚。

何海燕是最早在阿拉山口经商的商户之一，也是设立保税区后最早入驻的商人之一。

店内货架摆放得并不紧凑，但上面的商品却琳琅满目，几乎囊括了韩国流行的特色食品和生活用品，当然也有一些其他国家的特色商品。

前段时间受新冠疫情影响，几乎没有什么生意，她也尝试从线下转战到线上，但销售额差强人意。随着疫情逐渐稳定，来往的游人开始多了起来。

不时有顾客走进这家装修颇有特色的体验店逛逛，坐在靠里一张长桌后的何海燕，正盯着电脑查看货物信息。店员赶紧上前招呼顾客，介绍产品。

她也经常亲自接待顾客，给他们介绍这些商品的特色、货源比较、产地信息等。她的语调充满了西北人的热情爽朗，态度诚恳而不失精明，很能够打动人。

每当进入角色，她立即变成那个优雅大方的女强人，在滔滔不绝地与人交流中，流露出她和阿拉山口的浓浓情缘。

天边的阿拉套山与巴尔鲁克山巍峨矗立、连绵不绝，护佑着这片粗犷坚毅的土地。这里已成为何海燕无法割舍的第二故乡。

然而回溯到20多年前的阿拉山口，这里还是一个环境恶劣、人口稀少的小城镇。

1998年，何海燕的父亲突发脑血栓。这是一个发病很急的病症，而且后期的康复治疗会比较麻烦。她的父亲很不幸，突发疾病不久就去世了。虽然时间很短，然而治疗期间的花费依然让家里兄妹6人感到吃力。

何海燕是老小，对于这次经历记忆深刻，也对缺乏经济基础的生活有了痛彻心扉的感悟。靠上班的那点死工资，是永远过不上小康生活的。于是，她下定决心要自己创业。

几年前，她的姐姐远嫁新疆，在阿拉山口做小生意。她想到了去投奔姐姐。

姐姐在电话里跟她说："海霞，来吧，只要肯干、能吃苦，就一定能做好。"

于是，何海燕背着穿开裆裤的儿子，揣着仅有的850元路费，踏上了奔赴新疆的茫茫旅程。

火车行驶到嘉峪关附近的时候，遇到了突发的洪水，列车被迫停靠在嘉峪关火车站。

这里离乌鲁木齐还有1100多千米，没了火车，可怎么办？

何海燕背着孩子去退票窗口改签车票，但挤了几次都没挤进去，孩子也跟着遭罪，被挤得哇哇直哭。

旁边一位老大爷看到直劝道："丫头，你这么等着不行啊，不如去坐长途汽车吧。"

何海燕想想也对，于是找到附近的邮电局，给姐姐打了一个长途电话，告诉她自己的行程变化，然后又带着儿子赶去长途汽车站。

汽车站也挤满了人，工作人员觉得母子俩可怜，就特意为他们开了"绿色通道"：让她靠前买票上车，还给安排了一个相对舒适的座位。

就这样，他们半躺半坐了十几个小时，历经千辛万苦终于到达乌鲁木齐。

来接站的姐姐和姐夫已经在车站出口焦急地等了两个小时，当他们看到背着行李、抱着孩子的何海燕出现在人流中时，立即冲了上去。

姐夫接过行李，姐姐则拉住妹妹的手，给外甥塞了一堆零食。

第二天，姐姐本想着带着妹妹和外甥在首府热闹的商场和巴扎上逛一逛，但何海霞不想让他们破费，执意要求继续赶路。姐姐和姐夫拗不过她，只能带着他们继续向北疆的阿拉山口进发。

到阿拉山口的第二天晚上，何海燕就和姐姐在夜市摆起了摊子，儿子被放在家里，由姐夫照顾。

她们的摊位主打卤鸡爪、饺子等小吃，在以烧烤为主的夜市上，也算是差异化竞争吧。

新疆的天黑得比较晚，到了晚上 10 点的时候，天空依然明亮，炎热还没有完全退去。人们三三两两地走进夜市，找到了中意的位置，烟火气和喧闹声很快充满了各个角落。

这里的夜生活让何海霞感到有些神情恍惚，但更多的是神奇。

她一开始只能干些简单的活，比如擀饺子皮，姐姐负责煮饺子、调凉菜。但她憋着一股劲，想帮姐姐多分担些，于是拼命地擀，等到可以休息的时候，发现自己的手都肿了起来。

忙到凌晨 1 点多，姐妹俩收摊后回到家，孩子已经熟睡。她们还得清点账目。

客厅的荧光灯显得有些刺眼，姐妹俩把装钱的鞋盒摆在餐桌上，从里面分拣出不同面额的纸币：5 毛、1 元、5 元……天哪，一晚上就赚了 500 元钱。

何海燕惊讶得合不拢嘴,姐姐对这个数字也感到满意。所有的疲惫顿时被冲淡开来,她差点要拉着姐姐载歌载舞起来,被姐姐及时制止了。

在这个新家的第二个夜晚,何海霞失眠了。她对未来的生活充满了期待!

顺风逆风

就这样,何海燕跟着姐姐学做生意,从在夜市摆摊,到在商场里站柜台卖货,慢慢地走上了创业道路。

虽然起步不错,又有家人帮助,但海燕还是感到自己欠缺的技能太多了,首先就是如何跟人谈话、打交道。

"怎么和客户开口?""怎么说才合适?"她一边跟姐姐学,一边自己揣摩学习。那时候还没有网络,知识获取主要靠书报杂志,于是她就订了《读者》《演讲与口才》等杂志。

她像一株顽强的树苗,不挑剔任何一处土壤,从中一点一点找到适合自己的养分。

再和顾客交流时,她就把学到的技巧运用起来,一方面让对方感受到自己的真诚与热情,另一方面竭尽所能为对方提供服务和帮助。同时,更不忘了观察他们的消费喜好,以及各种各样的生意经。

每天站柜台的何海燕,逐渐熟稔了商业往来的规律和操作细节,来找她的新顾客、回头客也越来越多。

有些客商因为不便,找何海燕帮忙跑货物通关手续,何海燕不会轻易拒绝,总是尽量帮忙,跑海关、验货、报关。

时间长了,客商们觉得何海燕人不错,可以放心和她打交道,于是提议把商品交给她代卖。这个提议让何海燕动心了。

其实,这时的何海燕和她的小柜台已经做得有声有色了。这个憋着劲头的年轻妈妈,愣是凭着执着,不仅很快打开了局面,而且生意做成了那一片最好的。

"你可以做得更红火、更有特色。"有个客商建议。对他来说,何海燕代卖他的商品一来可以省掉不少麻烦,二来也让他在边境口岸这边有了一个不错的合作伙伴。

何海燕回去和姐姐商量,姐姐也觉得可行,而且非常支持她做自己的事业。何海燕开始筹备注册公司的事情。

注册公司要缴一大笔注册资金,这可让她犯了难。之前为了租柜台,姐姐已经拿出了所有积蓄,一时没钱再借给她了。找其他人借钱好像也凑不够,还要搭进去很多人情。

正在这个时候,一个关系不错的广东客商听说了这个事,又给她提了一个建议:不如以他公司的名义在阿拉山口成立一家分公司,由何海燕来经营。这样既省了注册资金,也不影响她独立开展业务。

虽然分公司不是独立法人,但对何海燕来说,这么操作也许更稳妥一些。

于是,何海燕成了这家公司的负责人,而这距离她来到这个边境小镇也仅仅一年有余。

有了稳定的供应链和丰富的商品,小柜台的生意逐渐变成了大生意。没几年,何海燕就成为阿拉山口口岸为数不多有手机、有车、有房的女商人。

一直以来，命运似乎十分眷顾这个在阿拉山口"追风"的女人，然而，2008年的一场车祸却让何海燕的好运戛然而止。

那场车祸，让何海燕在医院昏迷了8天，苏醒后的她恍如隔世，跌入人生的低谷。为了治愈车祸造成的损伤和后遗症，她卧床休息了整整两年。

那段时间，她认识了一些新的朋友、邻居、伙伴，还学会了跳舞，带头组织起秧歌队，甚至上了当地电视台的"春晚"舞台。

那段时间，她也思考了许多，对于未来有了更清晰的筹划。

2011年5月，阿拉山口综合保税区经国务院批准设立，成为新疆首个综合保税区。首列中欧班列——渝新欧从阿拉山口出境。奔驰在铁轨上的中欧（中亚）班列，日后成为加速中国和沿线国家贸易往来的新引擎。

此时，身体已经完全恢复的何海燕，和亲友相继成立阿拉山口江河贸易有限公司等3家公司，经营范围拓展到建筑材料、日用百货、矿产品、农副产品、皮革、短绒、蚕茧等。

2013年"一带一路"倡议的提出，给阿拉山口带来了历史性的机遇。2014年，阿拉山口综合保税区实现封关运营。随着基础设施的不断完善，优惠政策的不断叠加，越来越多的企业开始入驻综合保税区。

何海燕也配套建起了300平方米的免税店。她的事业又迎来一个新的风口。

在这里终老

2016年1月，位于保税区的江河贸易有限公司韩国商品直销中心建成运营，它是新疆博州首家跨境电子商务线下体验馆。另一个直销中心设在新疆霍尔果斯中哈合作中心。

阿拉山口综合保税中心汇集了包括俄罗斯、韩国、哈萨克斯坦、德国、乌克兰、格鲁吉亚、土耳其等诸多欧亚国家的食品、酒水饮料、化妆品、母婴用品等日用百货，品种也从最初的2000余种拓展到后来的上万种。这个中心试营业不到一个月，营业额就突破50万元。

网上免税商城及线下O2O体验馆的经营模式取得巨大成功，这让何海燕下决心乘胜追击，扩大战果。她通过直营和加盟的方式，在全疆范围内推广以"个人世界"为主题的线上线下相结合的经营模式。

同时，她还把家族中其他人也拉入阵营，从事与边境贸易相关的工作。现在，她已经有20多个亲人活跃在阿拉山口口岸、霍尔果斯口岸。

受益于改革开放的不断深化，特别是"一带一路"建设，何海霞经营的外贸企业和多个中亚国家的相关企业保持着友好往来，每个月都会整车进口格鲁吉亚红酒等产品。每年大约有七成中欧班列行经阿拉山口，其中就有她的货物在里面。

而作为中欧班列集结运输最大的物流通道、枢纽口岸和贸易走廊，阿拉山口逐渐成为"一带一路"上真正的黄金大通道。新业态应运而生，城市人气也越来越旺，和何海燕一样来这里淘金的商人越来越多。

"如果没有和阿拉山口一起成长,我也许没有现在的生活和事业。"对此,何海燕常常感慨。

"一带一路"带给生意人的好处,无疑是实实在在的。比如对何海燕来说,现在的通关效率是以前没法想象的。

"像食品类的商品减少一天的通关时间,对我们来说就是一天的钱,因为它有保质期。"然而更让她看重的是,随着入驻保税区的企业数量增多,口岸的名气也越来越大,吸引的人流量也成倍增长,这种发展态势为所有人的事业注入了持久的动力与希望。

作为"一带一路"沿线重要节点城市,近年来阿拉山口市充分发挥口岸区位和综合保税区政策优势,大力推进口岸经济升级转型,新业态、新模式层出不穷。

2020年1月,中欧跨境电商业务在阿拉山口市落地,跨境电商保税进口、零售出口业务同时启动,班列搭载着一个个国际集装箱从这里出境,沿"一带一路"铁路干线驶往欧洲,使得口岸业务规模再度井喷式增长。

阿拉山口,成为跨境电商通往欧亚国家名副其实的"黄金通道"。

借着这股东风,何海燕也在不断规划、完善着她的边贸生意版图。她先后把格鲁吉亚三大红酒品牌全部引入国内,成为中国的代理商。她还和哈萨克斯坦企业合作,把国外食用油推广到内地市场。

在阿拉山口生活了整整23年,何海燕也成了阿拉山口人——她和孩子的户口都迁过来了。

曾经，这里"一年一场风，从春刮到冬"，让多少到访的外地人转身离去。如今，这一切对何海燕来说却无比亲切。在她眼里，哪里都比不上阿拉山口，这里的一草一木都是最美的风景。城市功能不断完善，生活环境越来越好，风小了，人气旺了，机会也多了。

现在，除了照看生意，何海燕主要的业余生活就是参加秧歌队的活动，跳跳舞或打打球，生活过得很惬意。"我将在这里终老一生。"她说。

第二节　爱在他乡

相识相知

朴实内敛的湖北男孩方夏，怎么也没有想到自己刚参加工作没多久，就出国成为一名驻外员工，而且还因此找到了自己的另一半——一位活泼美丽的印尼女孩。

故事还得从 2013 年说起。

那年，硕士毕业的方夏成功应聘到中国葛洲坝集团国际工程有限公司（以下简称"国际公司"）。第二年年初，因为葛洲坝集团印尼塔卡拉燃煤电站项目部人手不足，方夏被派驻到项目部的财务部工作。

国际公司是葛洲坝集团的全资子公司，主要负责海外经营业务，涉及水利、水电、火电、新能源、公路、铁路、机场、港口、市政、房建等众多领域。

这是方夏第一次出国，也是他第一次踏上这个有着全世界最大群岛的国家。

出发前，他专门找同事了解了这个项目的情况：印度尼西亚素有"千岛之国"的美誉，但也因为这种特殊的自然条件，造成各岛屿之间难以形成电网互联，始终没有摆脱缺电的困扰。而他要工作的巴比巴卢燃煤电站项目所在地——西加里曼丹岛，又是这个国家严重缺电的地区。

中国与"一带一路"沿线国家的合作主要集中在经济领域，因而改善和建立跨越中亚、西亚和欧洲的互联互通网络，特别是加强基础设施领域建设，成为实现"一带一路"构想的重要举措。

巴比巴卢燃煤电站选址在孟嘉影市的西加里曼丹岛，总装机容量10万千瓦，是中—印尼"一带一路"的重点合作项目，也成为印证新时期两国友好交流的示范项目。

初到印尼的方夏，工作并不顺利。

首先是工作经验不足，作为一个初出茅庐的大学生，这个涉外项目的财务工作对他来说实在是过于复杂了。不过有扎实的专业知识打底，再加上周围都是经验丰富的同事，他的业务技能提升得很快，也因此受到了大家的肯定。

另一个让他头痛的事，就是语言沟通的问题。虽然做财务相关工作，但面对具体工程项目时，仍然需要频繁地和外界打交道。方夏的英语口语还不错，但在和当地人交流时，却遭遇了让人尴尬的英语口音问题。

这就像印度人说英语、日本人说英语等各有各的特色一样，能不能交流一方面看语言（包括肢体语言）能力，另一方面就得看运气了。

他们都在说英语，但方夏说的对方听不懂，对方说的方夏也没明白，这让他在交流这件事上变得越来越腼腆。但是他内心非常渴望和当地人能够顺畅地交流，不仅为了工作，也因为他对这个国家的文化与风俗感兴趣。

方夏向同事求救，同事告诉他，在这里做项目，不仅要有英语交流能力，最好再学一些当地语言。

于是，方夏又开启了仿佛读研究生时的学习模式：每天都抽出一部分时间从网上学习印尼语，同时找项目部聘用的当地员工聊天。

没过多久，这里的印尼厨师、司机、翻译，都知道了这个好学的中国小伙子，也都乐于和他天南海北地聊天。

2015年，一个叫菲欧的印尼姑娘来到了项目部。作为国际合作项目，聘用当地劳务人员是一种常见的做法，葛洲坝所有国际项目也都采用了"劳务属地化"的惯例。

菲欧的到来是一种必然，但对方夏来说却是一个偶然，更是一个奇迹。

一开始，方夏只知道对方是当地某大学毕业的学生，对中国文化感兴趣，因此应聘到项目部任秘书翻译。

有段时间，项目部特别忙，大家经常出去忙业务，项目部就剩下方夏和菲欧两个人。这为两个年轻人的交往提供了难得的契机。

无论工作还是午餐时，两人会经常碰到，于是自然而然地就聊了起来，相互学习语言成为他们最美丽的"借口"，从语言问题到业务问题，从中国文化到印尼文化，两个不同国度的人越聊越投缘，渐渐成了朋友。

菲欧的家离项目部非常远，而雅加达又经常堵车，为了不迟到，她每天早上都早早起床，坐各种交通工具来项目部上班。自从和方夏达成互助学习的约定后，菲欧就4点起床，6点到办公室。这样，在上班前，他们就有两个小时的学习时间。

两人的关系很快被同事们发现了。大家对方夏开玩笑说："原来你的印尼语学得慢，是因为没有找到适合的老师啊。"有人则对菲欧说："你是对中文还是对中国人感兴趣啊？你不如嫁到中国去吧。"

面对同事的玩笑话，方夏腼腆不语，外向的菲欧则爽朗地回应道："我都感兴趣……我和我的中国同事本来就很亲近，我要做中国和印尼交流的使者。"

让他们之间的关系产生化学反应的是一件工作上的事情。

一次，菲欧被安排办理缴纳车税的事情。但一个多礼拜过去了，缴税的事还是没办好。"怎么会这样？这么简单的事要办那么久？"方夏知道这件事后，暗暗替菲欧着急。

一天中午，他收到菲欧的短信："我在车管所，没有带吃的，你能帮我送点吃的吗？"

方夏立即放下手边的事，匆匆赶往车管所。远远地，他看见大厅内外全是人。走进去才发现，大厅里人更多，秩序混乱不堪，关键是工作人员没几个，办公窗口开得也少。他好不容易在排队的人群中找到菲欧。

菲欧告诉他,之前他们准备的手续材料不全,她好不容易排到窗口,材料又被打了回来,需要补齐后重新办理。就这样耽搁了一两天。

方夏这才明白问题出在哪里,而且自己错怪了菲欧。方夏索性拉着菲欧先去吃饭,然后回到车管所,终于顺利完成了缴税任务。

这件事后,菲欧提议,把缴纳车税的流程和手续归档,方便以后的工作。这件事让方夏对这个姑娘刮目相看起来:她不仅能吃苦,而且很有想法,很聪明。

后来方夏才知道,菲欧对于中国文化的喜爱也是发自内心的,并不仅仅是为了工作的需要。她从小就对中国感兴趣,高中时还选修了汉语,工作后也一直请华人给她补习,后来那个汉语老师出国留学,导致她的学习不得不中断,直到方夏的出现。

在一起

当这个两人学习小组坚持互助自学一个月后,一个突然到来的消息打破了甜蜜的平静。方夏接到通知,将被调到葛洲坝公司在塔卡拉的一个项目部工作。这意味着他们将要分开,而且再见面的机会也很渺茫。

一天清早的学习结束后,方夏把这个消息告诉了菲欧,菲欧惊呼了一声,然后少有地陷入沉默。

方夏感受到对方的失落,但他何尝不是如此。这一个月里,他们朝夕相处,天蒙蒙亮就开始学习,文化与性格在不断碰撞交融,他们还互相给对方带早点,给辛苦的过程平添了许多温馨。现在,即将分开,他们才意识到彼此之间那越来越明显的情感纽带。

方夏离开后没几天,就到了开斋节,这是这个国家一年中最重要的节日,相当于中国的春节。当地员工都放了长假,中方人员照常上班,但菲欧跟着加了几天班。

那几天,每当她一大早第一个来到办公室,就会想到方夏的身影。"不知道他会不想念我这个'学生'呢?"她在心底喃喃自语道。

这种离别的思念令她难以忍受,于是,菲欧为自己的幸福做了一个大胆的决定。

节日期间,她给方夏打去了问候的电话,一方面关心他在那边的工作情况;另一方面大胆地向他发出邀请,邀请他到她万隆的家中做客。

接到电话的方夏非常兴奋,他也很想念这个异国女孩,同时也对去菲欧家做客感到惴惴不安,怕留下不佳的印象。怀着忐忑的心情,他坐上了去万隆的火车。

到了菲欧家,菲欧的父母家人热情款待了这个特殊的客人,他们都很喜欢这个年轻能干、彬彬有礼的中国小伙子。

显然,第一次见面,方夏给菲欧家人留下了不错的印象。

随后,菲欧陪着方夏在当地玩了几天,万隆会议会址、亚非博物馆、省府大楼……当地这些著名景点都留下两人的身影。

这次旅行,方夏彻底为菲欧的美丽与热情所捕获。他们一路开车,菲欧跟着广播唱歌,窗外是碧海蓝天和怡人的空气,方夏感到自己已经被这个快乐的女孩深深地吸引。

确立恋爱关系的两个人,很快走到了谈婚论嫁的阶段,然而令他们没想到的是，他们的想法却遭到了双方家庭的反对。

特别是菲欧的父母不愿意女儿远嫁中国，那样不仅想见女儿困难，而且还要面临不同文化、习俗等多方面的挑战，后面的路走起来一定不轻松。

方夏这边同样也在为这件事苦恼。他的父母劝他，娶一个印尼媳妇，今后大家怎么交流？孩子国籍如何办？工作会不会受影响？

总之，长辈们关心的问题虽然都很现实，但都不无道理。

方夏找菲欧商量，两人决定分别做各自父母的思想工作，用他们的真诚让长辈们回心转意。

于是，菲欧在父母面前不失时机地夸方夏的能力以及他对自己如何体贴。她还跟父母科普了中国"一带一路"倡议的内容，以及中印两国在经济建设方面开展合作的情况。她想让父母认识到，在这样一个前景广阔的领域内工作，对于她和方夏来说都是非常珍贵的机会。

方夏也向父母表示自己并不是一时冲动，是经认真考虑后做出的选择。他更想让父母明白，还有很多和他一样的年轻人，一方面充当着"一带一路"的建设者，另一方面也在扮演着这条现代丝路上文化往来、民间交流的使者。他们是肩负着特殊使命的青年一代！

两个年轻人的真情和坚持，让双方家庭都感受到了一股不可阻挡的力量，也让他们对这场跨国恋情的态度，由抵触慢慢转变为期待了。

2015年底，葛洲坝公司组织外籍员工到中国培训，方夏意识到这是一个难得的机会。他立即申请了休假，陪着菲欧一起回到中国。参加培训之余,他们一同回到方夏的湖北老家。

菲欧第一次见到了自己未来的公婆。方夏的父母对这个外国姑娘温和开朗的性格非常喜欢,她流畅的汉语表达也让老人印象深刻,从而打消了对于他们婚后交流问题的顾虑。

从湖北老家出来,方夏还带着菲欧去了北京和上海,一路上不停向她介绍这个他生于斯长于斯的国家,介绍它的历史、文化、民俗,还有各种各样的风味小吃。

菲欧也终于实现了自己多年来的夙愿——从对方块字、汉语的喜爱,到真正踏上这片国土,感受它的魅力。她更加坚定了和方夏在一起,将来生活在中国的决心。

共创美好未来

随着时间的推移,特别是"一带一路"倡议在世界范围的落地生根,这场跨国恋情不仅得到了双方家庭的支持,同时也收获了来自社会各界的祝福。不理解的声音慢慢减少,羡慕与赞扬的话语渐成主流,这些美好祝愿不仅是对这对眷侣的期待,更反映了大家对于中国与世界各国共铸"一带一路"的信心与期待。

"这或许是命运给我最好的安排。"方夏时常想,随着中国对外开放不断扩大,地域带来的阻碍将越来越小,今后无论去哪里工作生活,对于心灵相通的人来说,都不是问题。

他希望菲欧将来能到中国留学,学好汉语,并在这里打开一个崭新的世界。他将和她一起,为了共同的理想与价值而努力。

2017年的端午节,方夏依旧在印尼度过,这是他在印尼过的

第四个端午节,在塔卡拉项目部的第二个端午节。

每逢佳节倍思亲,虽然几周前,为了迎接中国的传统节日,雅加达很多超市已经摆出了粽叶、艾蒿、雄黄酒等商品,各色的粽子也堆满货架,但方夏和他的中国同事们却更加想念故乡和亲人。

不过,对方夏来说,思乡之情很快被一股巨大的喜悦冲淡了。双方家庭已经同意了他们在印尼举办婚礼的时间。

婚礼定于3个多月后在雅加达举行。虽然两人不打算搞得太铺张,但依然有很多事情需要准备。菲欧承担了主要的工作,精心筹备婚礼,方夏只能配合着做一些事情,总之,时光就在紧张、甜蜜的忙乱中飞快流淌着。

9月,他们的婚礼在雅加达按当地风俗举办了。婚礼仪式简朴庄重,这对新人身着优雅的礼服,在亲朋友人的祝福和赞誉声中挽手走过红毯……

丝路花开,心心相依。

幸福的时光总是步履匆忙,很快就过去了两年。2019年4月25日,第二届"一带一路"国际合作高峰论坛民心相通分论坛在北京举行。方夏和菲欧这对丝路建设的"结晶"也受邀出席了会议。

在这个有61个国家和地区130多名嘉宾出席的会场上,身着爪哇族传统婚礼服饰的菲欧光彩夺目,艳丽的色彩和独特的头饰,再加上那灿烂幸福的笑容,让大家不由得啧啧称奇。

身着唐装的方夏更是掩饰不住自己的喜悦,当场宣布了一个好消息:菲欧已经怀孕5个月了。"希望中国、印尼两国人民的友谊像我们的爱情一样长久!"他激动地说。

这段发生在"一带一路"上的爱情故事,终于结出了爱情结晶。

他们的幸福收获了现场雷鸣般的掌声。

这一刻,"一带一路"不再是宏伟的目标、庞大的项目,而成了心灵互通、民心相亲的红线与桥梁,结出了实实在在的幸福之果、希望之果。

其中既有中国工人在肯尼亚蒙内铁路救助受困小象的故事,也有伊朗医生用中医诊治疑难杂症的故事,既有法国小伙学习少林功夫的故事,也有阿塞拜疆姑娘为了爱情来中国留学的故事⋯⋯

这些故事皆因"一带一路"倡议而起,又共同成为"一带一路"倡议的生动注脚。

建设中的雅万高铁,不仅是中国首个海外高铁项目,也是东南亚第一条最高设计时速350千米的高铁,将成为加深中印两国交往的幸福路、友谊路。

建成的宾坦氧化铝项目,在解决当地就业、培养本土化人才、践行社会责任发明发挥了突出作用,成为促进印尼经济发展的示范性项目。

即将商业运营的玻雅项目,是中国华电在印尼投资、共建的最大电力项目,也是印尼最大坑口电站工程,未来每年将带来90亿千瓦时发电量,将对印尼的能源结构、社会就业产生深远影响⋯⋯

一桩桩、一件件,成为中—印尼共建"一带一路"的坚实脚印,不断浇灌着两国合作的友谊之花。

"我的爱情、婚姻和家庭是我参与'一带一路'建设收到的最好的礼物。没有这种主动,我不可能遇到我的丈夫。"在论坛上,菲欧不时向外国友人们表达她的幸福感。

丈夫方夏同样分享了他的幸运:"在印度尼西亚的这段经历中,

我遇到了我的妻子菲欧。'一带一路'建设给我的生活带来了很大的影响。我相信我和我的妻子将永远幸福下去，正如中国和印尼之间深厚的友谊一样。"

第三节　多瑙河畔复喧嚣

求救与嘱托

2015年五一假期，河北钢铁集团（以下简称"河钢"）唐钢公司副总经理宋嗣海接到一个电话："中国和塞尔维亚两国政府都在积极推进河钢集团收购斯梅代雷沃钢厂的工作，集团决定把执行董事、首席执行官的任务交给你！"

宋嗣海正在驱车探亲的路上，这个突如其来的调令让他有些惊讶，不得不重新调整假期安排。

同时接到电话的还有集团炼铁部部长赵军，他此前压根没想过要去国外工作，但调令就是命令，领导说："你去就行了，这是河钢天大的事情。"

当天，9名管理层与技术骨干相继接到通知，他们将组成一个中方管理层，去拯救那个坐落于多瑙河畔、命运多舛的钢厂。

对于这些"钢铁精英"来说，这是一项令人兴奋同时又惴惴不安的挑战，而且紧凑的时间安排让人喘不过气来……

这年11月，时任塞尔维亚共和国总理的武契奇访华，并与中国国务院总理李克强一同见证了河钢集团、中投海外直接投资有限责任公司与塞尔维亚政府三方签署斯梅代雷沃钢厂合作框架协议。

其间,武契奇对河钢董事长于勇说:"希望您能帮助我们的企业和员工,他们的子女需要上学、需要就业。"那一年,这家钢厂的年产量为87.5万吨,不到河钢集团同期产量的五十分之一。

武契奇说,他们为此熬了无数次夜,全体内阁成员付出许多辛劳。过去3年,一个个希望变成失望。

2016年1月,宋嗣海依依不舍地辞别家人前往塞尔维亚,为正式收购做前期准备。他和团队同事们来到位于北纬48度的多瑙河萨瓦河畔,然后辗转抵达此行的目的地——一座名叫斯梅代雷沃的小城。

这座城市是塞尔维亚人心中最美丽的地方,不仅拥有欧洲最大的平原古城堡和口味独特的葡萄酒,还有一座历史悠久与城市同名的斯梅代雷沃钢厂。

作为塞尔维亚唯一一家国有钢厂,斯梅代雷沃曾是小城市民们的骄傲,鼎盛时贡献了全市40%的财政收入。然而由于国际市场竞争激烈和管理不善等因素,进入新世纪以来,钢厂连年亏损,产量急剧下滑。

2003年,破产的斯梅代雷沃钢厂以2300万美元的价格卖给美国一家钢铁公司,但几年下来经营一直未见起色,屡次被迫停产。

2012年,美国投资者撤资,塞尔维亚政府收回钢厂所有权,再次踏上漫长的寻找新投资者的道路。

斯梅代雷沃市是一座典型的工业城市,作为"一产独大"的钢铁业来说,其兴衰更迭将直接影响到城市的发展。这里人口的五分之一直接或间接为钢厂工作,一旦钢厂倒闭,首先会使5000多名职工失业,同时也将使整个城市的经济陷入瘫痪、城市走向衰败。

"当时这家企业1个月大致有1000万欧元的亏损,一年至少亏损1.2亿欧元,这对于一个不到200万吨产能的企业来说,是很大的损失。"宋嗣海回忆说。

在"一带一路"倡议的大背景下,河钢集团一直在加速国际化发展计划和产业链全球化布局。而塞尔维亚是我国"一带一路"倡议重要的相关国家之一,也是我国企业在"一带一路"倡议框架下走出去的重点方向之一。

2014年,河钢控股了瑞士德高公司,从而拥有了遍布全球的营销服务平台,还在南非投建了500万吨钢铁项目,随之而来,搭建一个面向全球的制造平台被提上议事日程。

斯梅代雷沃钢厂以欧盟为主要销售对象,如果对其收购,对开拓欧洲市场具有重要意义。

河钢希望利用自身的生产技术优势、成熟的钢厂运营管理模式以及国际市场掌控能力,将此合作项目打造成中塞双方合作的新亮点,并借此进一步提升集团的国际竞争力、影响力及经济效益。

愿望很美好,现实却充满挑战。

彼时的全球钢铁企业受困于全球性产业低潮,多数正忙于收缩、剥离和甩卖资产,河钢却选择继续向海外扩张,难免受到频频质疑:

欧盟对于中国钢材产品挤压当地市场的现象已经强烈不满了,中国企业现在去投资会不会遭到排挤?

塞尔维亚国家小、人口少,工业发展相对薄弱,用钢需求难有太大增长。虽然政府层面大力支持，但是否充分考虑到项目的经济性？

同时，欧洲的劳动力成本、环保成本以及法律成本高，因此产品价格无法与中国出口的产品相比，中国企业是否会重蹈之前收购企业的覆辙？

对于这些问题，河钢集团当然进行了详尽的调研、论证。

首先，河钢如果收购塞钢，其钢材制品属于欧洲当地生产的产品，不在"双反"之列，而且能够扩大就业，带动当地经济。因此通过欧盟审核批准的概率很高。

其次，这是河钢全球化布局中的重要一步，因此不但属于经过审慎思考的商业行为，而且属于符合中国国家战略、符合两国利益的国际项目。它有望成为中塞合作的新亮点，有利于提升集团的国际竞争力、影响力及经济效益。

最后，河钢已经具备了有效控制海外投资、建厂等风险的能力，包括在决策时注重当地文化习惯、法制与政策环境，考虑当地职工、社区和政府利益等。钢厂长期亏损的原因，主要在于原料供给和产品销售渠道的脱节，以及长期产能闲置所造成的管理涣散和生产效率低下。这些短板，可以通过河钢自有的上下游交易平台以及现代化管理经验来进行有效弥补。

宋嗣海他们踏进斯梅代雷沃钢厂大门的3个月后，2016年4月，作为唯一的竞标者的河钢集团，以4600万欧元的价格收购斯梅代雷沃钢厂，并成立河钢塞尔维亚有限公司（简称"河钢塞钢"），9名管理和技术骨干正式接手这家有5000多人的"小厂"，扎根异国他乡，开启一段特殊的"责任与使命"的征程。

"这是挑战，更是机遇。"河钢塞钢团队坚信。迄今，在斯梅代雷沃钢厂的生产车间、办公室甚至机器设备上，都悬挂着中国和塞尔维亚的国旗。这一传统，源于收购完成两个月后发生的一件大事。

2016年6月19日，在塞尔维亚进行国事访问的国家主席习近平来到河钢塞钢视察。习近平要求河钢言必信，行必果，打造中国与中东欧国际产能合作和"一带一路"建设样板工程。

这一要求令河钢人备感振奋，更加坚定了不辱使命、用行动实践初心誓言的决心。视察过后，大家并没有撤下在厂区内悬挂的国旗，因为看到国旗就像看到了祖国和亲人，耳边响起习近平主席的殷殷嘱托与期待。

进入斯梅代雷沃钢厂大门的一刻，宋嗣海为自己立下誓言：这个项目交到我们手中，只能成功，不能失败！

志合心也合

然而，即使有了心理准备，当中方团队刚进驻工厂时，他们的神经还是被现实的不堪深深刺痛了：这个国有老厂不仅工艺设备陈旧落后、产品结构不优，而且管理处于真空状态，士气低迷，总之是毛病、问题一大堆。

而中方团队的首要任务，就是立即对症施策，争分夺秒地抢救这个生命垂危的"病人"。

要让5000多名职工有饭吃，首先必须恢复正常的生产经营。介入钢厂管理后，经过和塞方技术人员交流，中方了解到钢厂有一座因为故障而废弃多年的 2 号高炉，由于市场不景气等原因，一直没有被修复重启，钢厂就这样保持着单台生产的状态。

基于对欧洲钢铁市场的预判，河钢做出了一个大胆的决定——重启 2 号高炉。

然而恢复双高炉生产的难度相当大，人员、设备、材料、资金都是问题。但河钢坚信自己的判断，克服种种困难，组织人力在短时间里修复了它，并于第二年 5 月启动了双炉生产。

这一决定的正确性，在短短几个月之后就得到了验证——钢材、钢坯、热轧等产品的产量，与上一年相比提高了七八成。同时，市场稳中向好的情况与预期一致，生产多少就能销售多少。从 7 月起，钢厂就大幅度实现了减亏。

就这样，中方管理者的第一枪不仅打响了，而且非常漂亮。

安全技师尼古拉是钢厂老职工，和厂里其他职工一样，都曾为这座"废弃"的高炉惋惜不已。当看到两台高炉的烟囱中白烟笔直冲天时，他几乎不敢相信自己的眼睛，"烟囱冒出了'希望之烟'，我们的生产正常了！日子也会恢复正常！"

尼古拉高兴地奔走相告，越来越多的人聚集到他身边，每个人眼中都燃着喜悦与希望。

在与塞方合作中，中方团队很快又发现一处可以改进的"隐秘角落"，并打响了技术改造的第二枪。

块矿是一种天然的炼铁原材料，可以在一定程度上替代高品质原料，降低成本。中方管理团队发现，工厂还在按照几十年以前的工艺和流程进行生产时，提出能否在原料铁矿石中使用一定比例的块矿，并通过改善高炉透气性等措施，保持较高的煤比和较低的燃料消耗。

然而，这种在国内钢铁企业已经通行的做法却遭遇了质疑。

河钢塞钢初加工部门总经理瓦拉丹第一个提出反对。这位有着丰富炼铁经验的技术专家认为，使用高品质的竖炉球团为原料是保证炼铁质量的关键，即使面临成本压力也在所难免。而且他担心如果擅自改变入炉炉料结构，特别是控制不好块矿的配比，将会给高炉生产带来可怕的后果。

面对瓦拉丹的质疑，河钢塞钢总经理赵军决定跟他详细沟通，改变他的固化思维。赵军把自己的思考过程画出来，把配比的方程写出来，一遍遍地解释给他听，让他理解块矿是入炉炉料中不可或缺的一部分，是高炉生产进一步降低成本的可行道路。而且，随着生产实践，不断探索最佳天然块矿配比，将为高炉生产的节能降耗提供有力支持。

这其实是一种先进管理理念的灌输——钢厂原来用料只愿意用精料，根本没有全成本核算的观念。

瓦拉丹被赵军有理有据的论证和极富耐心的沟通说服了。事实证明，用"经济料"不仅能做出高标准的钢材，还使生产成本下降了一大块，这让瓦拉丹服了气。

这件事中，瓦拉丹更因为中方平等的协商态度而受到触动。之前美国人接手塞钢时，跟他们交流时总是用一种居高临下的姿态，而中国人来了后的交流方式则截然不同。

"赵先生总是会先询问我的意见，他从来没有命令我说：瓦拉丹，你这么做。"瓦拉丹回忆说。

中方团队的第三枪，瞄准了生产管理环节。

在过去的美钢管理时代，生产中剪切下的板材、卷材的板头板尾，被直接当成废钢处理。中方管理团队提议，增加附加值做二次销售，塞方管理人员十分不解。他们说，我们十几年都是这么过来的，没有客户用这种产品，它们没有任何价值。

"美国人当时都没有把它们卖出去，你们中国人凭什么认为可以做到？"

中国人有句话叫"事实胜于雄辩"，这次，中方人员决定用结果来证明谁对谁错。管理人员连着几个月调研走访，发掘周边市场需求，最终，拿出扎实的营销方案，让月产千吨的"废料"变废为宝。

正是基于尊重和理解的沟通，以及不放过任何一个细节精细化管理，让塞方同事看到了中国团队的职业程度和敬业精神，以及中方团队的努力付出带来的产能与效益的显著提升。他们的态度由最开始的怀疑转变为信任，由认可变为佩服。

渐渐地，双方心往一处想，劲儿往一处使，志合心更合，企业的生产成本很快降了下来。

正是通过不断学习、创新和努力奋斗，凭借效益本地化、用工本地化、文化本地化的管理模式，河钢塞钢管理团队交出了一份漂亮答卷：

2016年下半年，河钢塞钢的铁、钢、材产量较上半年平均增长50%以上，产销量创下2010年以来最好水平。当年12月，企业实现7年之后的首次全面盈利。

2017年产钢147.3万吨，实现销售收入7.4亿美元，创出历史最好水平。

2018年产钢178万吨，实现销售收入10.5亿美元，比上年提高42%，成为塞尔维亚第一大出口企业。

几年来，河钢塞钢全方位完成了技术升级改造，钢厂的炼铁、炼钢、轧钢几乎每一个生产环节的基础设施、设备都被维修过；依托河钢统筹配置全球资源，实现了改造、增产、增效的目标；同时，启动了面向未来市场竞争的节能环保设施改进和产品品质提升战略。

曾经衰败的钢厂经历了涅槃重生，释放出前所未有的活力，成为名副其实的"一带一路"建设的样板工程。

"中塞一家亲"

收购之初，河钢集团就提出坚持"三个本地化"原则：用工本地化，除了9名中方管理团队之外，其余全部为当地员工；利益本地化，企业收益主要用于技术改造和规模扩充；文化本地化，完全依照当地法律、法规及文化习俗实施管理和经营。

河钢塞钢副总经理王连玺在一次调研时发现，钢厂一名轧钢工使用20世纪70年代的设备，生产出厚度仅为0.14毫米的冷轧板材。而这样的冷轧板材，即便使用现代化全自动设备生产都有难度。

这个例子让他对钢厂的家底有了更深刻的理解。它虽然有一堆的问题，但百年老厂的底蕴尤在。特别是钢厂的职工，不仅不是企业的包袱，反而是企业最宝贵的财富。

这也是中方管理者提出并积极落实本地化原则的主要原因之

一。于是，收购完成后，河钢塞钢原有5000多名职工全部得到安置，没有裁减一人，后续还新增了300多个工作岗位。

设备维修工亚历山大·杜讷柴维奇一家三代、五六个人都在钢厂工作，过去钢厂处于倒闭边缘，人心惶惶，亚历山大最怕的就是失业。河钢来了，遵守承诺，保证原有员工一个不能少，给亚历山大一家吃了定心丸。如今，他的工作稳定，收入也不错，让朋友十分羡慕。

宋嗣海有一次开完会走出会议室，一位年近六旬的塞方老职工突然迎上他，往他手里塞了一个玻璃瓶。老职工说，这是他亲手做的果酱，他等了一上午，就是为了"感谢中国企业带给我和家人幸福"。

至于利益本地化，河钢塞钢不仅将原料采购限定在欧洲，还保持了对钢厂持续高强度的资金投入，其中几年来的设备升级改造资金就接近2亿美元。

在加大企业发展投入的同时，河钢塞钢还自觉担负起应尽的社会责任，积极参与公益事业投入，资助当地的基础建设、教育等领域，不断提升中国企业、国家在国际社会的良好形象。

河钢的努力很快收到了效果。随着当地基础设施的改善、收入水平的提高，大家的消费能力也不断上升，直接带动了教育、医疗、旅游等行业，城市发展也被注入了新的活力。现在，斯梅代雷沃市的人口出生率已经跃居全国第一。

一个星期日下午，流经河钢塞钢附近的一条小河发生了洪水倒灌。附近居民把求助电话打到了河钢塞钢管理团队。

那天正好王连玺值班，他接到消息后没有丝毫犹豫，立即抽调厂里技术与安全部门的员工赶到了现场。王连玺在房前屋后一番盘查，很快就找到了问题出在哪里。他马上安排布置，从厂里又调集了一批工程机械，一边封堵决口，一边加紧强排洪水，不到两个小时就控制了险情。事后，当地居民纷纷打电话给市长，对来自中国的"抢险队伍"表达感谢。

还有一次，一名塞方人员邀请王连玺参加他女儿的婚礼。在中国国内，王连玺对于这样的邀请不会感到奇怪。但在塞尔维亚，作为一个外国人，被邀请去参加这样的家庭聚会，还是挺少见的事情。王连玺出席了婚礼，受到热情而真诚的招待，这个经历也令他固有的一些印象和思维发生了改变。

这样的例子还有很多，中方管理人员逐渐习惯了与塞国人民这种真诚、开朗、亲近的交往与交流。应该说，这也成为中塞两国人民交往交流的一个缩影。

总之，河钢塞钢的中塞职工一起在城里组织文化活动，一起庆祝城市日，一起去"诗歌之夜"，一起组织斯梅代雷沃的秋季展会……用塞方员工的话说，"就像已经在一起一千年一样"。

在塞方员工的建议下，河钢塞钢办起了塞文杂志，介绍企业的生产、管理和文化，讲创新事迹还有反映中国文化的内容，深受职工的喜爱。每到节日期间，河钢塞钢还会组织丰富多样的文化活动，发放节日慰问品，营造了"中塞一家亲"的浓厚氛围。

远离家乡，远离亲人，尽管面临语言关、生活关等众多难题，河钢塞钢管理团队依旧选择坚守在这个"远方的家"，把对亲人和故土的眷恋转化成工作动力，为推进"一带一路"建设挥洒汗水，贡献力量。

2019年4月25日,中宣部授予河钢塞钢管理团队"时代楷模"称号。在时代楷模发布厅现场,王连玺展示了一件特殊的礼物——由一大一小两把扳手做成的工艺品。

这件作品是一位塞尔维亚同事手工制作的,寓意中塞之间紧密互助的默契关系,也代表了中方团队收获的信任与认可。

2020年,在欧洲疫情形势最严峻的时候,河钢塞钢一方面及时向塞尔维亚捐赠了急需的抗疫物资;一方面全力保障生产经营正常运行,员工工作生活未受到较大影响,取得了疫情防控和经营发展的"双胜利"。

河钢集团党委书记、董事长于勇在写给境外企业员工及家属的信中说:纸短情长,义重千钧!只有穿越了大风大浪,经历了生死考验,才能读懂其中的真情与大爱。河钢塞钢,不仅架起了中塞两国友谊的桥梁,更编织了民心相通的纽带,让美丽温婉的多瑙河见证:这份联谊与牵绊将无畏风雨、历久弥坚。

第七章

点亮生活　享小康

从"人民生活达到小康"到"全面建设小康社会",再到"全面建成小康社会",清楚地展现出中国共产党在小康社会建设问题上的认识脉络。今日中国实现了"温饱梦""全面小康梦",现在正在努力实现"现代化梦"。

引子

从"人民生活达到小康"到"全面建设小康社会",再到"全面建成小康社会",清楚地展现出中国共产党在小康社会建设问题上的认识脉络。今日中国实现了"温饱梦""全面小康梦",现在正在努力实现"现代化梦"。

"永远把人民对美好生活的向往作为奋斗目标",是中国共产党人的初心和使命。党的十八大以来,在以习近平同志为核心的党中央坚强领导下,党和国家事业发生历史性变革,中国特色社会主义进入新时代,人民生活的方方面面都得到了坚实的提升。

2021年,经济持续恢复发展不断创造新的就业岗位,新就业形态蓬勃发展,中国全年城镇新增就业1269万人,比上年增加83万人,全年农民工总量29251万人,比上年增加691万人,比较充分的就业,意味着个人社会价值得到进一步体现。

全年全国居民人均可支配收入35128元,比上年名义增长9.1%,扣除价格因素实际增长8.1%,两年平均增长5.1%,与经济增长基本同步。居民人均消费支出24100元,比上年名义增长13.6%,扣除价格因素影响,实际增长12.6%。居民钱袋子持续增加,消费水平不断提高,消费观念和行为也在发生明显改变,理性借贷和消费成为社会主流趋势。

"十三五"以来,我国各级各类教育普及水平显著提高,学前教育毛入园率达到85.2%,义务教育巩固率达到95.2%,高中阶段教育毛入学率达到91.2%,高等教育毛入学率达到54.4%。2018年,我国劳动年龄人口平均受教育年限达到10.6年,到"十四五"末期,这一数字有望提高到11.3年。通过教育改变命运、创造美好生活的愿望更加清晰充实。

我国已建立起世界最大的全民基本医疗保障网,2021年基本医疗保险参保人数超过13.6亿人,5.29万家定点医疗机构实现住院费用跨省直接结算,让群众看病少跑腿,兜住民生底线,让国民享受实打实的改革红利。

2020年以来,中国顶住新冠肺炎疫情和诸多不确定因素的影响,众志成城、不懈努力,决胜全面建成小康社会取得决定性成就,老百姓的获得感、幸福感、安全感更强更实在。

第一节 迷茫下的突围

静象空间

2015年9月,南开大学津南校区正式启用,旅游与服务学院的学生屠金歌和于慧慧,也跟着一道从八里台校区搬到了津南校区。

她俩不仅是同学，还是室友，一个活泼大胆，一个内敛沉静。两个人有很多共同爱好，比如对传统文化的偏爱，因此干什么都喜欢在一起。

那时候新校区刚刚建成，很多方面还有待完善，特别是文化活动方面，学子们普遍感到，新校园的环境虽然不错，但多少有些枯燥沉闷，不仅各类活动少，可去的地方也不多。

屠金歌和于慧慧也有这样的感觉。她俩的学习都不错，又是学生会干部和校园活动的活跃分子，于是不约而同地想到要做些什么来改变那种状态。

新校区一切都是新的，而且空间也大，"何不创办一个可以阅读、交流的空间，既能促进学习和交流，更能为大家提供一处休憩放松的地方"。屠金歌的这个想法和于慧慧不谋而合。

两人一拍即合，对于这样一个场所的规划也逐渐清晰、丰满起来。"它应该是一个独特的空间，能够让人卸下包袱，享受安静的天地。""有书、茶、植物，有舒适的椅子、温暖的灯光以及坦诚的交流。"她们给这片天地起名为"静象空间"，包含了探寻内心、结交知己的意思。

两人大胆向学院提出了申请。当时，学校星空众创空间就坐落在旅游与服务学院的教学楼内，包括创业交流区、青年创新创业服务中心、主题实践区、创新创业成果展示区、旅游信息实验室等，面积达2600平方米。

旅游与服务学院正在筹划众创空间、征集项目，屠金歌和于慧慧的提议让学院老师不禁眼前一亮，欣然决定把众创空间交给她们运营。

副院长李中鼓励她俩："不收租金、不设障碍，你们放手去干吧！"

两个女生兴奋地一夜没睡好，第二天一大早就去找了辅导员高阳。三个人通过头脑风暴，设计思路和内容更加明晰了——要做出"中国风"特色明显的装饰风格。第三天，她们就把设计方案提交给院里，方案顺利通过。

静象空间开工建设后，两个完全没有装修经验的女生开始频频往返于家装市场，挑选建材、家具，有些物品也从网上购买的。收快递，运送货物，组装家具，她俩边干边学，外人看了觉得挺辛苦，她俩却充满了成就感。

其他同学知道了这件事，带着好奇加入进来，或者相约课后来这里帮忙。就这样，经过两三个月的准备，静象空间终于正式开放了。

开放当天没有举行隆重的仪式，但仍有不少学生闻讯而来，他们兴致满满地参观、浏览、品茶、看书，对这个在教学楼里开辟出来的独特空间交口称赞。

慢慢地，静象空间的名声传开了，整个校区都知道了这么一个幽静雅致的场所，很多人一有空就会去坐坐，休憩阅读、学习交流。

静象空间尝试着围绕图书、文化主题开展一些相关的活动，比如读书分享会、图书捐赠、观影会、创意手作等，希望通过这些活动，开拓大家的视野，关键是形成一些关于创新创业的好想法、好项目。

有一次，静象空间举办捐书活动，有个同学拉来了两个沉甸甸的拉杆箱，打开一看全是书。原来这位同学即将毕业，舍不得把他的这些"宝贝"当废品卖掉，于是决定捐给她们。

这在后来成了一项惯例，很多毕业生在离校前，都会把自己的书籍以及其他学习生活用品送过来，于慧慧做一遍筛选，选出来的物品会放在一个房间集中展示。

静象空间渐渐有了名气，2016年初，它所在的南开大学星空众创空间入选天津市第三批高校众创空间名单。入选原因，即在于众创空间主打"旅游＋""旅游＋互联网"的主题，并以此展开创意研发、创新实验、创业实践活动。

如今，大学生在就业方面面临的挑战越来越大，随着毕业学生逐年增加，竞争也日趋激烈，一些学子不再"一棵树上吊死"，把创新创业作为实现人生价值的另一种手段，靠勤奋和智慧走出了一条光明之路、希望之路。

屠金歌和于慧慧有幸成为国家"双创"大军中的一员，而静象空间这个文创项目，也成为津南校区创新创业热土上最早孕育的一株幼苗。

这段经历也让两个女孩完成了对她们人生的第一次"重大的塑造"。

于慧慧刚上了大学的时候，从紧张高压的环境进入到放松自由的状态，一度觉得很不适应，迷茫的感觉非常强烈。静象空间的创办，让她找到了关注创业、学习创业的方向，进而重新找回了自我。

屠金歌同样收获了许多。这个特别注重"沟通和思考能力"的女生，在一次次与自我和外界的对话中，重新认识了自身的优势所在，也坚定了未来的发展方向。

把生命封存

静象空间的成功给了屠金歌、于慧慧很大的鼓励。她们萌生了正式创业的想法。出于对传统文化的热爱，她们希望在其中找到有价值的创业项目。

想法虽好，可到底要从哪儿着手？好项目又在哪里呢？正当她俩苦苦寻找的时候，一片"叶子"意外地飘入她们的视线。

2016年夏，两人去井冈山革命老区参加人文行走活动。在江西省吉安县永和镇的古吉州窑遗址，她们见到了一种被称为"木叶盏"的神奇手工艺。

那是一种把树叶覆在以黑釉为底的茶盏盏坯上，经过1300℃的高温煅烧，最终完好无损地保存下来的国家级非遗技艺。

木叶盏是宋代五大名窑之一的吉州窑独有的制瓷绝技，曾一度失传，近年来经过多方努力，终于得以恢复，但依旧面临着传承难的困境。

看着一盏盏在茶水中荡漾的叶子，五彩斑斓，纹路清晰可见，浓缩着春风秋雨，像是把生命刹那间封存，她们被震撼了。

几乎在一瞬间，她们发现曾经苦苦寻觅的东西就在这里。美轮美奂的木叶盏，将成为她们传承和创新非遗技艺的创业之旅的开始。她们要让这种精美的作品以及背后精巧的技艺、灿烂的文化走进更多人的心里。

两人立即展开调研,在吉安县待了两周,走访了当地数十位非遗匠人。随着走访的深入,一些棘手的问题浮出水面:地区环境闭塞,产品产量、质量不稳定,缺乏营销,产品设计脱离市场,人才匮乏,等等。

其中最突出的就是技艺传承后继乏人。在当地,几乎没有年轻人对这项技艺感兴趣,因为不挣钱,而且手艺本身也分门别类,学起来并不容易。而掌握技艺的匠人数量已不足两位数,匠人之间互为壁垒、缺乏沟通交流。

种种原因导致这项传统技艺少有人知,产品也始终难以走出大山。

技艺需要传承,也需要突破;艺术品需要"承古",也需要创新。她们尝试建立一种"公司+匠人"的合作方式和非遗产品运营模式,将传统工艺与创新设计相结合,挖掘和培育更多优秀设计人才和手工艺从业者,开发具有文化内涵的作品。同时,利用电子商务、网络直播、众筹等年轻人喜闻乐见的方式,为非遗产品代言,打开这些手工艺品的销路。

她们确定的目标消费群体为喜欢喝茶的中老年人,而且是有一定审美追求的中高端群体。

然而当她们把自己的想法说给匠人们听的时候,却遭到了老匠人的质疑。

原来,这些传统匠人不熟悉互联网,也不太相信互联网营销,他们中的一些人曾经吃过网络代销公司的亏。

为了打消匠人们的顾虑,屠金歌承诺,前期的产品设计、推广等费用全部由她们免费提供,等产品销售出去、收回利润后再按比例分成。

她们的诚意最终说服了老匠人。

于是，以静象空间为基础的文化公司成立了，公司与每位匠人签订协议，按照订单生产模式先运转起来。公司负责制定生产标准和流程、提供原料、获取订单，然后将订单拆分给各个匠人，把原来各自为政的匠人们联合起来合作生产，成品统一入库质检。这套体系不仅大大提高了产能，还保证了产品品质。

因为电商平台对质量品质有严格要求，而手工艺品在加工制作过程中往往千差万别，很难成为标品。例如木叶盏在烧制时候出现针眼、缩釉都是常事，而匠人们往往过度关注叶子好看与否，而忽视了釉面是否完美无瑕。这导致在质检过程中双方产生了新的分歧。

到底什么算好，什么算差，哪些是合格或者优质产品，哪些又是不合格产品，双方各执一词。

屠金歌决定，用事实和数据说话。她们结合平台数据和客户的反馈意见，不断跟匠人们解释和分析，还帮助他们制定新的质检标准。

慢慢地，匠人们意识到了工艺标准和质量标准的重要性，制作出的产品过检率显著提高，质量也越来越稳定。

解决了生产和销售的问题后，另一个问题接踵而来，那就是品种、款式单一。如何创新设计，拓宽产品品种，形成持续稳定的创意文化输出？她们想到了到浩如烟海的非遗文化中去寻找答案。

她们发起了"菩提行"文化考察活动，邀请来自全国各地的年轻手艺人和高校学子，通过游历名胜古迹、历史人文胜地，来寻找更多灵感,在行走中创作。

于是,团队文化之旅的足迹变成了产品设计的创意,并突破性地融合多个窑口经典制瓷工艺,进行了一系列原创瓷器创作。木叶盏的品质,从最初只有一种叶子、一个色彩,做到 8 种叶子、16 种色彩、27 种器型、上千种款式。

她们的营销体系也日趋完善了。特别是线上渠道矩阵,包括 36 个主渠道,上百个分销渠道,能够 24 小时不间断销售。

创业之路总是充满艰辛和考验,静象空间也不例外:合作人退出、产品未能按时交付、项目被竞争对手抢走……团队成员需要不断解决出现的问题,不断学习方方面面的知识技能。这群守护传统文化的青年人,如新生的杨树一样,在保护和传承古老技艺的基础上进行艺术创新,也为传统文化市场的发展注入了新鲜活力。

非遗产业

一次,屠金歌去看望辅导员高阳,提起她们的一个计划。烧制木叶盏需要大量龙桑树叶,南开大学津南校区正好有龙桑树。但她们拿不准能不能去摘,想请高阳帮忙问问。

高老师不禁笑了起来,调侃她的学生是"有求而来",并不是专门为了看她这个辅导员的。

高老师咨询了学校,学校立即表示支持。她又通过学校后勤联系到养护龙桑树的园丁,约定了采叶子的时间。没几天,屠金歌带着小伙伴们重返校园,痛痛快快地选摘了一批龙桑树叶。

2019 年 7 月 9 日,是南开大学百年校庆倒计时 100 天的日子。

在校庆启动仪式上,她们把搜集自校园的树叶烧制成100只"南叶情深"木叶盏,然后通过学院捐赠给了学校。百只盏杯不仅表达了学子们对于母校百年诞辰的喜悦与祝福,也让更多人看见了传统文化的持久魅力。

这批"南叶情深"木叶盏,帮助静象空间开启了走定制市场的新路子。从另一个角度看,这何尝不是母校给予她的孩子们——这个耕耘了近两年的大学生创业团队的又一个小小馈赠?

与此同时,她们的创业故事也被更多的同龄人所知晓和称赞,因为她们尝试用现代产品的运营模式,保护、传扬我国的非遗技艺和文化,而且她们在这条道路上走得越来越远、越来越有力。

彼时,静象空间的产品链条已经从江西吉安吉州窑木叶盏,拓展到河南当阳峪绞胎瓷、宁夏西吉砖雕等领域,推出各类原创文创产品60多种,还与30位非遗传承人签订代运营协议,服务了全国,特别是一些贫困地区的上百位非遗匠人,帮助当地形成产业,拉动就业,增加收入。

屠金歌她们想,以吉州窑为先锋,探索出一条商业模式可复制与可持续的经营之路。阳峪绞胎瓷和西吉砖雕,就是这种模式复制与创新的最新实践。

2019年,她们对始于唐代的河南当阳峪绞胎瓷产品进行价值挖掘,创新营销方式,当年获得40万元的销售额。

2020年8月,她们利用高新技术搭建起一个中国非遗SAAS数字化服务平台,希望整合非遗产品上中下游产业链条,一方面联结散落在全国各地的非遗传承人、匠人,另一方面牵手电商、自媒体、带货主播等销售渠道以及关键客户,打通非遗生产到市场的各个环节，带动更多年轻人投身其中。

11月初，南开大学团委与吉安县吉州窑陶瓷管理委员会签约共建创新创业实践基地，为当地非遗产业发展提供商业模式指导、服务运营对接、产业精英人才培训等支持。正是由于屠金歌、于慧慧团队的不懈努力，这条以青年人才投身非遗产业发展，增强民族自信的双创之路才得以变为现实。

中国社会科学院发布的《2021非遗电商发展报告》显示，淘宝天猫平台上非遗消费者数量、人均消费支出连续3年增长，购买非遗商品已经成为年轻人的潮流。而且，因为七成以上的非遗项目保存在传统乡村，非遗产业在助力乡村振兴方面发挥着重要作用。好手艺意味着好生意，非遗产业同样成为年轻人创新创业最活跃的领域。

这样的大趋势，让屠金歌、于慧慧更加坚信她们当初的选择，"让非遗融入生活，才是最有生命力的保护方式"，为了梦想风雨兼程的人生，才是最有意义的人生。

第二节　满掌飞翔点点星光

家访　跋涉

2016年4月，班玛多杰刚到满掌乡寄宿制藏文小学的时候，那里还是一片冰雪世界。刚刚经历了一场罕见的大雪，气温降到零下 20 多摄氏度，学校的几排平房被淹没在阴冷的雾气之中，看不清哪里是操场跑道、教室或宿舍。

一个月前，他刚刚接到任命，要来这所藏文学校任校长。满掌乡小学隶属于青海果洛藏族自治州，创建于 1963 年，是一所位于青藏高原东部 4500 米处的老学校了，离最近的达日县县城有 105 千米。

来之前，他已经做好了心理准备，没有电，水质差，环境恶劣，教学懒散，学生辍学，牧民对教育普遍漠视……但这些不正是他出现在这里的原因吗？

班玛多杰曾在果洛州的另一所学校当老师，十几年的执教经历，在他心底埋下了改变牧区落后教育的愿望。

不得不说，这所盘踞在山坳里的学校还是挺气派的，"恐怕是满掌乡最气派的建筑了"。班玛多杰想着。

来到这里一周后，他已经从刚开始的不知所措，慢慢理出了工作头绪。

改善环境成为首要任务，而且将是一项长期的任务。

由于没通电，这里的教学和生活都受到极大的限制。为此，他立即打报告，向乡里申请增加了一台发电机。不过这依然是杯水车薪，只是缓解了用电困难的问题，师生们只能早自习和晚自习开灯，大多数时候得"看天"上课。

但在班玛多杰看来，这还不是最困难的。最难的事情是什么？就是学生的精神状态。

"孩子们精神很差"，像缺乏阳光和养分哺育的小草，萎靡暗淡。

当时学校有 200 多名学生，但还有相当多的适龄儿童处于失学状态。这里不存在上不起学的情况，因为学校对吃住等所有费用全免，但很多父母仍不愿意送孩子上学。

这是恶劣封闭环境的影响，也与落后的观念有很大关系。班玛多杰必须花更多精力去解决这个问题，他觉得这是他执掌这所老牌学校成功与否的关键。

他决定从家访做起，必须通过面对面交流来打破那些顽固不化的观念。

他的前任以及其他老师不是没有做过家访，但都是零零星星、时断时续的，产生的作用比较有限。而且牧民们逐水草而居，住得远而分散，还经常迁徙，再加上山里信号不好，失联是常有的事，这些都给家访工作带来极大的困难。

但班玛多杰下定决心：哪怕花几年时间，也要跑遍整个牧区，让所有适龄孩子都来上学。一个都不漏掉！

这年入秋，牧民们大都稳定下来，储备饲草、粮食准备过冬。班玛多杰一大早就开上他的白色日产皮卡，装上方便面、热水壶等食物用品，踏上家访的路途。

他先去了三年级学生闹宗家。闹宗是个十三四岁的小姑娘，上过一段时间学后就辍学了。

车驶向牧区深处，他一路走一路打听，不知道走过多少帐篷和五彩经幡，找到闹宗家已是中午时分。

小姑娘正在帮爷爷奶奶做饭。她的母亲早年去世了，父亲离家后一去不返。她只能跟爷爷奶奶一起生活。

"阿尼（爷爷）、阿乙（奶奶），你们要让闹宗上学去啊！上学好，将来有前途！"班玛多杰开门见山地说。

闹宗的奶奶答:"我们想让她上学，可是家里的条件……放牛也需要人……"

班玛多杰着急了，挥舞着手臂质问:"难道让孩子一辈子都在山里吗?"

或许是班玛多杰的真诚打动了两位老人，他们的态度很快发生了转变。

"（我们）错了错了，"老人怜爱地看着孙女，然后带着歉意回答道，"一定送去学校"。

这么顺利地说服了闹宗的家长，让班玛多杰感到有些意外，他原本做好了"长期战斗"的准备。这让他顿时增加了不少信心。

但很快，严峻的现实又将他刚建立起来的信心打破了。在接下来的两户家访中，班玛多杰磨破了嘴皮子，也没有唤起牧民家长对于让孩子"走出大山"的向往。沮丧的校长不得不打道回府。

大概一周后，他再次踏上家访的旅途，这次有几位老师陪同，共开了三辆车。牧区的天气说变就变，他们赶上了一场大雪，一辆车途中陷进雪坑，老师们不得不下来推车。

车队终于抵达牧民们扎堆居住的地方，老师们顾不上休整，立即召集大家在空地上开始了宣讲。

班玛多杰手里拿着一沓学校的宣传册，分发给牧民。这些刚印出来的彩色宣传册上，印着学生们在明亮的教室里听课、在宽阔的操场上嬉戏以及排队打饭的照片。

宣传册引起了牧民们的兴趣。男人们边看边小声议论，抱着孩子的妇女也凑过来看。除了好奇，班玛多杰也注意到他们眼神中的迷茫。

他拿出一张花花绿绿的营养表，跟牧民解释饮食、营养与健康的关系。"孩子到我们那里，（表格上的）基本都能吃到……学校的伙食好着呢！"

趁着大家有了兴致，班玛多杰开始讲上学的好处，校园生活的有趣，以及那些知识带来的神奇力量。不得不说，经过上一次的锻炼，他的口才有了显著的提升。

其他老师也跟着讲解，大家都笑呵呵的，说着说着，牧民们心动了。

这时，年轻帅气的校长收住笑声，用爽朗、肯定的语气说："明天都来上学吧！"

他们的这次家访大获成功，第二天，就有牧民家把孩子送来学校。一些辍学的或者从未上过学的孩子，也在后续十来天里陆陆续续地来到了满掌乡小学。

班玛多杰觉得，自己和电影《一个都不能少》中的那个乡村老师一样，把挽回失学孩子作为人生中重要的目标之一。

为了完成这个目标，他可以不惜一切代价：无论是遭遇冷言冷语、油盐不进，还是死皮赖脸地要政策找援建项目，他和老师们的付出终究没有白费，牧民们用实际行动表达了对这位年轻校长的支持。

在班玛多杰执教满掌乡小学的 4 年里，有近 300 个放牛娃回到课堂，这些孩子不仅获得了应该享有的受教育的权利，更在这一点一滴地汲取知识的过程中，打开了全新的世界，改变着自己和家庭的命运。

教育　拯救

随着孩子们不断重返学校，寂静的山坳再次恢复了喧嚣与生机，生命的流淌和知识的滋长同时发生着，一切开始变得不一样了。

老师们也对"班玛校长"刮目相看，从最初的犹疑渐渐变成认同和敬服。班玛多杰终于能够放开手脚，把工作重心放在理顺管理、充实师资、健全课程等方面了。

他首先决定增加音乐、美术和体育课程，改变原来只有藏文、汉文和数学等基本课程的状态，让牧区的孩子也像城里小孩一样，享受到丰富多彩的课堂，接受德智体美各方面的教育。

没有专职教师，他就跑到县教育局、体育局找人、要人，一旦找到合适的教师，就想方设法留住他们。这些课程的增加，让几乎没有接触过美术、音乐的孩子们发现了新世界，变得更喜欢上学、更热爱校园生活了。

有个名叫龙恩的学生，性格内向憨厚，长得比同龄人高大，但反应总是慢别人一拍。父母担心这样的特殊孩子在学校会遭到歧视甚至欺负。班玛多杰同情龙恩的遭遇，想帮助他尽快融入正常的学校生活。为此，他向龙恩父母拍着胸脯做出了保证。

龙恩在基础课上的反应正如班玛多杰所预料的，接受程度缓慢，但对美术课、音乐课却表现出浓厚的兴趣。美术老师告诉班玛，这个孩子很喜欢画画，而且颇有些天赋。

班玛多杰去看了一次，发现他画得还真有点意思。龙恩经常画一些火箭、飞碟、星星什么的，很有些绘画以及科学方面的想象力。

一次，龙恩拿着自己画的画给他看，班玛多杰不仅详细点评了内容，还当众夸奖龙恩学习努力认真。同学们听到校长的称赞，纷纷向龙恩挥舞着手臂加油打气。

龙恩的脸上绽放出灿烂的笑容，他高举手臂和同学们击掌，享受着被大家赞美的时刻。后来，龙恩参加了达日县举办的儿童美术大赛，居然得了一等奖。

班玛多杰就是想让所有的牧民都认识到，他们的每个孩子都是与众不同的，不仅不能放弃，更不应该埋没他们的才华。

女孩更拉是学校里又一名特殊学生。13岁的她来自单亲家庭，一直和妈妈生活。因为妈妈患了严重的包虫病，她一度产生厌学情绪，想在家里专心照顾妈妈。

包虫病是一种多发于藏区的严重的人畜共患的疾病，病原体主要来源于家犬和狐狸等野生动物，达日县当时是包虫病的高发区之一。

不幸的是，更拉的妈妈因为耽误了治疗去世了。失去唯一的亲人的更拉陷入悲伤、恐惧和绝望之中，红彤彤的脸上始终挂着忧伤、茫然，经常独自待在角落里发呆。

一天，班玛多杰发现更拉没有来上课，他不放心，和其他老师一同赶往她家。那是地方政府帮牧民们盖的砖瓦房，两间房带一个小院。

大门没有锁，屋门虚掩着，老师们进入屋内，看到了可怕的一幕：更拉坐在墙根下，一手攥着刀子，一手拿着一张画。

那张画是她画的自己的妈妈，虽然很抽象，但却是她唯一的精神寄托——失去亲人的更拉,有割腕自杀的念头!

班玛多杰一个箭步冲上去夺下女孩手中的刀子,然后紧紧把她拥抱在怀里……

更拉被安排住进学校宿舍,由老师负责看顾。除了生活上特殊照顾,老师还尽可能让她多参加一些文体活动,让她"忙碌"起来。合唱小队、绘画小组、运动会、文艺演出,只要孩子不抵触,就都让她参加。

更拉爱上了绘画和音乐。在优美的旋律中,她露出了久违的笑容,星星般的眸子重新散发出光芒。在绘画中,她沉浸在色彩斑斓的世界里,忘却了烦恼和悲伤。

她画得最多的是她的母亲。这是一种特殊的治疗心理创伤的方式,老师们给她的手中塞上画笔的目的也在于此。剩下的只能交给时间了。

图画和音乐为所有孩子打开了一个新世界,知识和教育让他们有了探索的欲望和上进的信心。特别是一些曾经被标记为"学困生"的孩子,在这种乐观、互助、进取的环境下也受到感染,都拼着一股劲想要相互超越,将来成为一个优秀的人。

追梦 翱翔

班玛多杰还记得,刚来这里当校长的时候,学校不仅软硬件条件差,教学成绩更是不行,在全县小学成绩排名中位列倒数第二。他还因此在县里的教师节大会上当众做了检讨。

那是他感到最为难堪的一次经历:3页纸的讲稿,他磕磕巴巴地念完，然后红着脸走下主席台。而那次活动，有当地电视台进行现场报道。

这个经历，成为他后来一切努力的动力。

在他的带领下，老师们在教学上投入极大的热情和努力，孩子们也在新环境下焕发出生机、快乐生长，这是一场里里外外都在发生蜕变的过程，是重拾希望、追逐梦想的竞赛……

一年以后，满掌乡小学的成绩排名还是第二，不过是正着数了。

学校的硬件环境不断改善，这是全校师生持续努力的结果，更离不开外部援助的有力支持。

2018年下半年，受益于果洛州上海援建项目，满掌乡小学获得投资1456万元，新建了1000平方米的综合教学楼以及700平方米的风雨操场，此外还配套建设了学生宿舍楼、食堂、供暖管道、化粪池等设施，新增了文化长廊、升旗台、文化雕塑等，使得简陋破旧的学校焕然一新，办学条件上了大台阶。

2019年，上海援建组在当地调研后再次提出，追加资源投入和帮扶力度，彻底解决学校用电和冬季取暖问题，为地方基础教育增强后勤保障。

随着这些老大难问题得到解决，学校的教育和生活质量持续大幅提升。

改建后的学校食堂，功能得到了极大的拓展，更换了大量色彩鲜艳的桌椅，添加了碗柜设施。食堂还单独购置了发电机，为师生们蒸出学校历史上第一笼馒头，让大家尽情食用。

班玛多杰对学生们的饮食最为关注，他一直在学习营养健康和食物搭配方面的知识，想办法把学校的一日三餐调配得更加科学、丰富、健康。

条件艰苦、待遇低，要求反而越来越高，几个厨师先后不辞而别，班玛多杰想了很多办法招人，但一直没能很好地解决。尽管如此，他依然坚持对食堂的要求，在孩子的营养健康方面，绝对不能有一点马虎。

学校还倡导卫生健康饮食，老师一对一指导学生养成饭前洗手的好习惯。保育员也加入养成教育的行列，在晚上睡前给孩子们洗脚，帮助他们养成良好的卫生习惯。

2020年3月，疫情仍在持续，学校的正常教学也受到影响。班玛多杰很着急，内地很多地方都开设了网课，通过线上教育正常"复课"，可县里一直没有开学或如何上课的通知。

他和老师们商量先把网课搞起来，缺什么条件，学校想办法解决。老师们觉得这个办法可行，牧区的孩子本就居住分散，反而适合线上教学。

说干就干，学校五、六年级的老师立即行动起来，准备网上授课的内容。很多老师和学生都是头一次接触网课，大家在家长群里相互摸索交流，熟悉了操作流程后再把经验分享给更多人。怎么下载、登录，怎么同屏，怎么发言、留言，有文字，有截图，有视频，大家感到既新鲜又兴奋。

对于那些不在群里的家长，班玛多杰带着老师又进行了一次家访，教会这些家长和孩子如何在手机上安装、使用软件。关键是提醒家长，不要因为家务劳动的事而影响孩子上网课，更要督促他们按时上课。

就这样，全校6个年级、10个班，300多人的网课开通了。满掌乡小学成为达日县唯一一所开了网课的小学。

一开始，网课限定在10分钟左右，上课的学生只有五六个，但"课堂秩序"仍然不好控制。老师和孩子们隔着屏幕，这边老师讲着，那边孩子就走神了，或者他的兄弟姐妹也凑到镜头前，或者孩子要上厕所……不过总算时间不长，课程就在聊天中度过了。

有了经验后，老师们在"空中教学"中逐渐找到了窍门，教材教具的准备也开始丰富起来，屏幕另一边的孩子们也跟着适应了这种"视频通话"的模式，网课上得还算顺利，并且课时也逐渐增加，后来还尝试了线上批改作业。

随着疫情控制趋于稳定，3月底，满掌乡小学复课了，昙花一现的网课就此结束，只留下了一段特殊时期的特殊记忆。

入冬时，学校举行了一次爬山比赛活动。对于牧区的孩子来说，爬山就像是家常便饭，一点也不新鲜。班玛多杰决定重拾起这项运动，因为学校周围都是山，组织起来很方便，而且因为疫情原因，孩子们被封闭得太久了，需要去野外透透气。

其实，校园和野外也仅是一墙之隔而已。

活动当天，阳光明媚，师生们在操场整队集合，班玛多杰简短地倡议了一番，大家就像麻雀一样叽叽喳喳地飞出了校园。

沿着学校边的高速公路西行200米，穿过涵洞，就是山脚下，然后开始有组织地攀爬。一个小时后，当所有人都到达山顶，老师向孩子们发出召唤：在这山巅，你们看到了什么？体会到了什么？想对大山说些什么？

"我要像牛羊一样的强壮，成为有用的人。"

"我想当画家,画出美丽的家乡。"

"不要放牛放羊,我想去北京上大学。"

"我要努力学习,走出大山,看看外面的世界。"

……

稚嫩的声音满怀着激情,淳朴的愿望寄托着志向。

党的十八大以来,国家对西藏农牧民实行了从学前教育到高等教育的"三包政策",教育资金、资助资金累计达到180多亿元,资助学生1102万人次。在这里,"最好的房子在学校,最好的体育活动场所在学校,学历最高的人也在学校"。全区共有各级各类学校3195所,在校学生88万多人,学前教育毛入学率达到了87%,小学学龄教育入学率达到99.9%,义务教育巩固率达到95%。

第三节　救护乡亲　不虚此生

"80后"个体村医贺星龙,是一个身负使命的人,这个使命就是治病救人。

作为一名医生,治病救人是本职,为什么要上升到"价值使命"的高度?那是因为,这使命不仅是他个人的意愿,也是周边28个村子、4600多户村民的意愿。

近20年来,在缺医少药、生死有命的贫苦山村,贺星龙跋山涉水、履险蹈危,以至诚无私的精神救人无数,积累了无上功德,也书写了一名基层共产党员的伟大情怀。

只有深入到那个七沟八梁的黄土山村，重走那些弯弯绕绕的陡峭山路，问问无数离了他就无法活命的乡亲，才会发现，包裹在他身上那种朴素而真切的爱，是多么珍贵、纯洁和深沉。

身负使命

为什么他会是那个肩负使命的人？他的医者仁心和其他医生又有怎样的不同？一切还得从贺星龙小时候的经历说起。

贺星龙是山西临汾大宁县徐家垛乡乐堂村人。大宁县地处吕梁山南麓黄河东岸，许多自然村散落在黄土地上，乐堂村正好位于两省三县的交界处。大宁县属国家级贫困县，而乐堂村又是十里八乡出了名的穷村子。这里环境封闭、土地贫瘠，条件十分艰苦。

贺星龙是家里的老大，家境贫寒的他，早早就体会到生活的艰辛。在这个土生土长的黄河娃的童年记忆中，乡亲们因贫病交加而生离死别的悲惨场景，给他留下了深深的印记。

贺星龙12岁那年，爷爷得了重感冒，连续几天高烧不退，家里也没什么药可吃，就一直扛着。

这病搁在城里根本不是什么大事，但在山沟沟里，则意味着一场灾难。因为村里没有医生，没有医院。村民们但凡有个头疼脑热的，都会自己扛着，实在扛不下去了，才会去70里远的县城看病。

他的爷爷也是这样，烧了好几天，无医无药，只是靠一些土办法缓解着，结果病情越来越重。家人赶紧找邻居借了辆三轮，把老人送到县医院。

医生立即进行抢救治疗,但老人的病因耽搁时间太长,引发肺部感染等一系列并发症,最终没能抢救过来。

"娃呀,好好念书,长大了学医。"爷爷临终前对他说的这句话,他终生难忘。

贫穷的概念,既包括经济或物质上的稀缺与困顿,也包括突如其来的变故、灾难造成的打击,而疾病就是后一种。它如此普通常见,又如此神秘可怕。人们可以忍受缺衣少食,抵御天灾人祸,但却挡不住生老病死。

人间行路难。

这件事,在贺星龙的心底撒下一粒种子,那就是长大后成为一名医生。

1996年初中毕业后,贺星龙毅然选择报考了医学专业,并被运城市卫校录取。本来是一件大喜事,但他却愁眉不展。原来要交3000元学费,这对他家来说简直是一个天文数字。

到哪里去弄这笔巨款呢?母亲拿出所有积蓄,只凑了300多元。实在没办法,只能向亲戚朋友、乡里乡亲去借。

看着母亲四处求人,这个沉默倔强的少年第一次感到无地自容。那段时间,他无时无刻不在自责:我是不是太自私了,为了当医生,就把整个家庭拖垮?

他想要放弃,理想对他这样的家境过于奢侈了。

就在贺星龙以为上卫校无望的时候,转机出现了。

乡亲们知道这件事后,纷纷出手相助。你家凑50,他家凑30,有的给了他的母亲,有的直接送上门来。林林总总,终于凑了

3025元。

"这娃有出息,是村里的骄傲,我们得帮一把。"

"学医好啊,学成了可以回来给大伙瞧病。"

就这样,乡亲们汇集绵薄之力,把贺星龙送上了学医之路。

穿百家衣,吃百家饭。贺星龙深知求学之路来之不易,也深感家乡父老对他寄托的希望和期待,因此从不敢懈怠,学习异常勤奋,终于以优异的成绩毕业了。

毕业后,他在大宁县医院实习了两年,这时候母校希望他留校工作,一些大医院也有着不错的就业机会,但他考虑再三,决定回到家乡,在村里当一名村医。

"当年乡亲们凑钱供我上学,就是想有一天能给他们看病,我怎么能辜负他们的期望?"

必须回去,不仅是为了良心!

2000年,贺星龙回到熟悉的家乡,站在那日夜思念的四孔窑洞前。这是他的家,更是他未来的诊所。他将在这里悬壶济世、救死扶伤,为四邻八乡的患者服务。

心潮澎湃,踌躇满志。

父母一向支持他的决定。在这山沟沟里开诊所,虽然挣不了什么钱,但治病救人的工作受人尊敬,还行善积德,家里也有面子。

很快,他在县卫生局考了乡村医生资格证,一家人还没高兴几天,烦心的事就来了。开诊所,场地呢?四孔窑洞可都是有数的,唯一空的第二孔窑洞,是准备给贺星龙娶媳妇用的。

父母已合计,反正是留给儿子的,怎么用都是用,于是让贺星龙把窑洞布置成诊所。

有了办公场地，但还缺基本用具——药品和医疗器械，这又难倒了贺星龙。到哪儿去筹钱呢？总不能还去借吧？

他父亲把家里仅有的两只羊卖了，还有刚收的几百斤玉米也卖了，勉强凑了千把块钱，让贺星龙拿去买了听诊器、血压计……

贺星龙向一个老同学借了2000元，购回了一些常用的药品。

就这样，乐堂村，也是附近20多个村的唯一一家卫生所开业了。没有鞭炮与鲜花，没有开业仪式，贺星龙开始在窑洞中坐诊了。

村里有了诊所的消息不胫而走，陆续有乡亲慕名而来求医问药。

一开始，贺星龙延续了在诊所看病的习惯，等着病人上门，但当不断有病人家属打电话来，希望他能上门看病时，他才意识到"坐诊"的方式有很大的问题。

首先是那些行动不便的患者需要上门服务，其次是这里的交通太糟糕了，山多路远，而且全是山路小道，平时走着都危险，更何况是患病的人呢。最后，村里老年人居多，很多都是空巢或者孤寡老人，基本是无依无靠。对他们来说，看医生治病的事，想都不敢想。

恍然大悟的贺星龙，立即找了一块木头牌子，用A4纸打印上"有病打电话 二十四小时上门服务"几个字贴上去，然后把牌子挂在窗外醒目的位置。

这是贺星龙对乡亲们的承诺，也是他内心深处的呼唤。他终于把心里话"说了出来"，而且他要说到做到。

从那一刻开始，贺星龙才真正进入了我们印象中的"村医"的角色：肩挑背扛，爬坡过坎，无论寒暑日夜，几乎大部分时间都在"医路"上度过。

村民们只要一个电话，他就背上两个30多斤重的药包，踏上翻山越岭的出诊之路。一开始靠步行，后来医治范围不断扩大，病人也越来越多，他又弄了辆自行车，但还是不方便，再后来就换成摩托车。

没多久，四邻八乡都知道有了这么一位"摩托医生"。

医百家

在乡亲们知道这位"摩托医生"之前，其实对村医这件事怀有深深的疑虑。

诊所刚开的时候，老乡们并不怎么信任这个穿着半旧圆领衫，黑黑的脸膛，一说话露出一口白牙的年轻后生。

"这个年轻娃娃能看啥病？""卫校毕业的，也就能看个头疼脑热吧？"

他们宁愿去烧香磕头，也不找他看病。

话传到贺星龙耳朵里，他有点沮丧，但更多的是无奈。不怪大家不相信，他确实没多少经验，只能慢慢来。

一方面，要鼓励乡亲试试看；另一方面，他自己也需要积累经验，把学到的知识真正用到解决病痛上。

他先给家里人和亲戚看，看好了，家人们就帮着宣传，现身说法。乡土社会虽然信息不发达，但传统的口口相传的方式却十分有效。渐渐地，这个小诊所有了名气，找他看病的人多了起来。

那段时间,家人其实也挺担心的,每次贺星龙出诊,总不忘提醒一句:"星龙啊,咱能看就看,不逞能,不行就让他们去大医院看。"

贺星龙虽然理解,但也很无语:你们还是信不过我啊……

为了打消大家的顾虑,贺星龙还自己贴钱给大家看病,没钱拿药就先欠着,掏不出诊费就不要了。他还印了4000张宣传单,上面写着"贺星龙免费上门看病",找人在集市上发……

总之,就是让乡亲们相信他能看病、看好病,而且是真心想为乡亲服务。

村里有位叫张立山的老人,已经被大医院下了三次病危通知书,最后一次从县医院回到村里,家人已经打算准备后事了。抱着最后试一试的想法,家属找到贺星龙,请他来治治看。

贺星龙本来也没抱什么期望,但还是答应下来。他想,哪怕是能在护理上做一些事,帮助老人减轻些痛苦,那也值了。

他挎上药箱,立即赶到老人家。量体温、测血压,然后打针输液。为了让病情稳定下来,他索性住在老人家,一住就是半个月。就这样,每天周而复始的治疗,以及细致耐心的护理,硬是把老人给抢救过来。

这件事成了最好的广告,乡亲们觉得这个年轻人简直神了,连"阎王爷要收的人都能给抢回来"。

"我这十几年的关节炎,瞧瞧去!""等等,我是20多年的糖尿病人,一起去。"

乡亲们相约而行,一时间,贺星龙的诊所里排起了长队。

徐家垛村的贺德明,是一名参加过解放战争的残疾军人,也是一个孤寡老人。常年独自生活,而且还患有严重的前列腺增生症,需要靠排尿管才能正常小便。

这个无依无靠、外人见了想躲的老人,却成了贺星龙最常服务的对象。

老人的病不定期发作,很多次发病都在半夜。徐家垛离乐堂村有20多里路,可贺星龙胆子大,不怕脏不怕累,几乎是随叫随到、任劳任怨。无论白天黑夜,无论狂风肆虐还是大雪封路,贺星龙一直坚持着他的承诺,上门为老人诊疗,一坚持就是十几年。

老人逢人就说:"星龙就是我的恩人。"

上村五保户残疾老人冯对生,没什么亲人,也没个像样的家,一直暂住在一所闲置的学校里。下肢残疾的他,靠着微薄的救济金维持生活,还要长期和疾病抗争。由于没人照顾,他的脚踝骨头发生溃烂,这让本来就贫苦不便的生活更加雪上加霜。

贺星龙经常上门给老人看病,一开始是打针输液的简单治疗,后来发现他的脚踝骨溃烂了,就增加了换药、护理等工作。他三天两头去,还给老人带一些吃的和生活用品,既治病治疾,也救急救贫,和亲人没两样。

老人逢人就说:"星龙就是我的儿。"

"你到底图啥呢?不挣钱不说,还不嫌麻烦,不嫌苦累!"有人不解地问他。

"图个心安……"不善言辞的贺星龙,总是用简单的一句话结束这样的谈话。

很多人没有照顾危重老人的经历,更别说是不相干的人了,所以很难理解贺星龙的所作所为。但只有他自己知道,每当看到这些无依无靠、在病痛中挣扎的人,爷爷临终时的嘱托就会浮现出来。

能够在乡亲们最无助、最难受的时候,给出哪怕是一丝一毫的帮助,对贺星龙来说都是莫大的欣慰和满足。

2013年12月的一天,乐堂村被大雪覆盖,白茫茫一片。几条纵横起伏的小路,因为有人走,被踩出一段一段黑褐色的线条。没有风,湿冷异常,天空仿佛凝固了,只有零星飘落的雪花才让人感到时间的存在。

贺星龙的诊所里却是一番"热闹"景象:一大早就陆陆续续有患者上门,贺星龙给他们诊断、开好药,需要输液的就直接留下来输液,不大的窑洞里顿时显得拥挤起来。

这时,他的手机响了。接通电话,原来是附近村的一个老乡打来的。他两岁的孙子发高烧,以为没多大事了,没想到加重了,已经有抽搐的症状。贺星龙连忙跟媳妇交代了一下,背上药箱,跨上摩托就出发了。

山里的小道本来就不好走,再加上雪后路滑,贺星龙出了意外。在进村的一个拐弯处,摩托车一个侧滑,他连车带人翻进了路边两米深的排水沟里。

这一下摔得可不轻,他躺在沟底眩晕了好一会,然后被一股刺痛痛醒。他发现脚和膝盖蹭破了,脱下鞋和袜子,脚已经肿了起来,血渗透了袜子。

幸好有老乡经过,把他救了上来。老乡想送他去医院,但被他拒绝了。

"我就是医生,没事没事。我还有急事!"

然后,他收拾起药箱,扶起摩托车,再次上路。终于,他及时赶到病人家里，没有耽误孩子的治疗。

看完病回到家里，他才有工夫处理自己伤势，包扎好伤口了，吃了一些消炎药。第二天，一瘸一拐的贺星龙，又准时出现在诊所里，又"大大咧咧"出现在出诊的山路上。

因为出诊而发生的各种事故，让贺星龙落下了不少病，特别是他的右脚踝，因为一次事故造成关节骨折，后期恢复得不理想，留下病根，碰上天气变化或者走得太久，就会隐隐作痛。

因为常年风里来雨里去，这个村医也成了一个"典型"的病号：关节炎、脊椎侧弯、胃炎，才40来岁，就"一身毛病"——更准确地说是"职业病"。

可是他根本停不下来，到底是什么让他如此忘我地投入其中，贺星龙自己也说不清楚，他就是放不下那份牵挂。

最大的牵挂

这份牵挂就是他那贫瘠又美丽的家乡，是那些可怜又可敬的父老乡亲。

贺星龙不是没想过离开，比如云县城开个诊所，不比窝在村旮旯里强！他们一家四口，有两个孩子还在上学阶段，正是需要花钱的时候。媳妇在县城打工，收入也不高。作为一家之主的他，自然应该承担起更多、更大的责任来。

可他倒好，不仅没能把日子过滋润起来，反而经常贴钱行医，搞得生活一直紧紧张张的。

为了增加点收入，家里的农活一直没敢撂下。他家有4亩地，种了点玉米、向日葵，还养了两头驴。

农忙时节，他也会背着竹筐和农具，戴着草帽、撸起袖子下地干活。乡亲们看见了，有时会调侃几句，"贺大夫亲自下田啦！""星龙，你这身打扮是要给谁看病啊？"……贺星龙就跟他们嘻嘻哈哈一番。

老实说，他确实不经常下地，这并不是说他四体不勤五谷不分，更主要的还是诊所工作忙，病人是没有办法预料或拖延的。因此，除非到了农忙时他会抽空帮忙，多数时候，他对他的家庭的贡献实在不敢恭维。

贺星龙心有愧疚，觉得对不起妻子和孩子，让他们跟着自己吃苦受罪不说，偏偏自己还不能经常陪伴左右。羞愧、自责，甚至苦闷，排遣这些不良情绪的办法，只能是通过救治一个个乡亲，看到他们重获健康、恢复生活、燃起希望……

生活，就是解决一个又一个问题的过程。该来的问题还是会来的。

一次，他跟卫校的老同学聚会，席间大家畅谈着各自毕业后的工作和家庭，难免有人炫耀在县城的体面工作和收入，或者去外面世界闯荡的刺激，一番比较，似乎只有他这个村医的工作最差劲，混得毫无生气。

媳妇也常劝他，你看你那个在县城开诊所的同学，每年得有好几万元收入，工作体面，孩子上学也好，咱为什么不学学人家，也搬到城里去？

同样的话一个人说，那是唠叨，如果不同的人说，就代表一种价值取向，贺星龙感到了精神刺痛和思想的松动。他想重新做一次选择，离开村里，去县城试试。

曾经的初衷和誓言，让他不堪重负。

贺医生一家就要搬走了，去县里发展，那里给人看病收入高……他想走的消息不胫而走，乡亲们慌了神。

很多人给他打电话，说了很多祝福的话，也透着浓浓的不舍和惋惜，乡亲们是真心不希望他走。

一个大娘挎着一篮鸡蛋走了几里山路，找到贺星龙的诊所。一进门，贺星龙就认出了她，这是他经常出诊的邻村的一名困难户。

大娘拉着他的手说："星龙啊，你走了我们这些留在村里的老家伙就只能等死了！还有那些留守的娃娃，生病了能找谁？你可不能撇下我们啊！"

看着老人颤抖的手和婆娑的双眼，贺星龙感慨万千，也羞愧难当！

积压的情绪仿佛找到倾诉的对象，纠缠的心结瞬间被打开。"婶子，我哪儿也不去！就在这里给大伙瞧病！"他几乎是不假思索地回答道。

……

晚上，贺星龙把这个决定告诉妻子。他说，当年要不是乡亲们帮衬，哪里会有他的今天。如果想挣大钱，就不会上了学又回来。"不是大伙离不开我，是我离不开他们！我不能忘了家乡人的恩情！"

妻子既感动又生气，感动的是丈夫的善良和真诚，生气的是丈夫的固执和"不求上进"。

面对妻子的不理解，贺星龙无言以对。

窑洞里的灯光昏暗而迷离，印着夫妻俩愁云惨淡的脸庞。

贺星龙把手插入头发，用力攥了攥，然后长舒了一口气说道："乡亲们是把命交给我了，我怎么能走，打死我也不能走。"

他站起身，开始活动腿和膝盖，那是他的关节炎又发作了。

妻子不由得心一酸，起身去里屋看熟睡的孩子。她走出来对他说，"我带着娃去县城住吧，让娃住校，这样一来方便照顾，二来也让你省心……你就守好诊所吧"。

贺星龙的眼睛湿润了，"会好起来的，相信我。"他对妻子说。

孩子开学前两天，妻儿要搬去县城了，在村外的长途汽车点送别时，贺星龙坚持着微笑。大包小包、人头攒动，两个孩子有些兴奋，没有太多即将分离的不舍。车辆发动一刹那，妻子的眼泪终于没忍住，扑簌簌落下来。

贺星龙坚持着他的平凡事业，为了不辜负家人和乡亲的期待，也为了那份朴素而炽热的情感——一名基层共产党员的责任和信念。那是一颗服务人民的初心，经过不断磨砺，变得更加纯粹、真挚。

2017年，长年扎根基层的村医贺星龙光荣当选党的十九大代表，并到北京参加了这次历史性盛会。

他还当选为乐堂村党支部副书记，肩上的担子重了，责任更大了。以前，他的天职就是怎么给老百姓把病看好，现在不但要把乡亲们的病看好，还要关注他们的生活、需求和心声。

他带领村民引水、修路、引种经济果木，还帮助推销农副产品等，一门心思投入到带领全村脱贫致富的大事业中。

随着脱贫攻坚战的深入推进，村子的各项事业逐渐兴旺起来，村民的日子越过越好，年轻人也越来越多了。特别是医疗事业，大宁县从光伏发电收入中拿出一部分钱补贴乡村医生，让医生们看得见前途，愿意扎根农村、服务村民了。

县里还给每个村都配备了标准化的卫生室。心电图设备、健康一体机、血压仪，远程会诊的设备一应俱全，药品由乡镇卫生院零差价提供……这些改革，也让贺星龙的诊所完全换了模样，不仅硬件升级换代，软件上还可以通过医联体进行远程诊断，用上了大城市的优质医疗资源。

而且，村民们全部纳入农村合作医疗，人手一张医保卡，到贺星龙的诊所看病，直接刷卡领药，再也不用赊账了。农村医保制度的不断完善，让农民因病致贫、返贫的情况大幅降低。

近年来，山西省逐步推进县域医疗卫生一体化改革，重点是逐步将村卫生室纳入县级医疗集中管理。受这一改革举措的影响，全省开始全面完善、扩充基层医疗体系。

2019年，大宁县就招聘了42名村医，保证了全县84个行政村都有合格的村医。像贺星龙那样一个村医管十几个行政村的历史永远地翻篇了。

贺星龙的妻子也加入到这项事业中来。她经常在丈夫的诊所里帮忙，两个孩子住校后，贺星龙就带着妻子一起学习准备，最后两人一起参加国家考试，双双拿到了乡村全科助理医师资格证。现在，妻子也成了一名村医，在离家30多里路的岭山村做医生。

"人活着到底图个啥？"事业有成的贺星龙常常问自己，是挣钱，成为城里人，过享受的生活？如果按照这些标准看，他显然是不成功的。但回想自己所做的事情，以及这些事情带来的家乡和百姓的改变，他又觉得充满了成就感和自豪感，感到此生无悔了。

"钱是没挣下，但活下了4000多乡亲，值！"就像他曾经对乡亲们说的这句话，直率中透着深情。

第八章 文采飞扬 颂小康

中国特色社会主义文化，源自于中华民族五千多年文明历史所孕育的中华优秀传统文化，熔铸于党领导人民在革命、建设、改革中创造的革命文化和社会主义先进文化。三种宝贵的文化资源，积淀着中华民族最深层的精神追求，代表着中华民族独特的精神标识，是激励全党全国各族人民奋勇前进的强大精神力量。

引子

思想文化是民族的血脉,是人民的精神家园,更是美好生活的重要组成部分。党的十九大报告提出要坚持中国特色社会主义文化发展道路,激发全民族文化创新创造活力,建设社会主义文化强国,并把"中国特色社会主义文化"与"中国特色社会主义道路、理论、制度"并列,文化建设被提到了新的历史高度。

中国特色社会主义文化,源自于中华民族五千多年文明历史所孕育的中华优秀传统文化,熔铸于党领导人民在革命、建设、改革中创造的革命文化和社会主义先进文化。三种宝贵的文化资源,积淀着中华民族最深层的精神追求,代表着中华民族独特的精神标识,是激励全党全国各族人民奋勇前进的强大精神力量。

党和政府紧扣我国社会主要矛盾的转变,坚持以不断满足人民美好生活的需要为主旨,着力解决文化领域不平衡不充分发展的矛盾问题,各项工作取得了新成效,社会文明程度不断提高。

以文化人,滋养百姓精神生活。丰富多彩的文化服务、艺术实践以精品奉献人民、用明德引领风尚。从中华优秀传统文化创造性转化,到传承红船精神、井冈山精神、抗战精神等革命文化,再到弘扬抗美援朝精神、"两弹一星"精神、98抗洪精神、塞罕坝精神等，不断凸显社会主义核心价值观，高扬新时代主旋律，中华民族的文化自信愈加坚定。

以物载道，筑牢文明实践基础。我国基本建成覆盖城乡、便捷高效的现代公共文化服务体系，公共文化服务效能和水平显著提高，人民各项文化权益得到有效保障。公共图书馆、文化馆、文化服务中心如雨后春笋般林立，人民享有文化资源及服务程度极大增长，文化产业蓬勃发展，文化新业态、新模式不断涌现，成为文化繁荣的强大支柱。

以合为本，推动中华文化走向世界。从"中法文化年""中俄文化年"等活动到"一带一路"沿线国家的文化交流合作，从"孔子学院"的文化交流与智力碰撞到中国国家媒体的国际化传播，文化及产业领域的对外开放步伐明显加快，中华民族的智慧结晶和世界文明进一步交融互通，以"人类命运共同体"为价值理念的中国故事、中国声音广泛传播。

第一节 守正创新"看门人"

2019年卸任故宫博物院院长后，单霁翔反而更加忙碌了，在各个高校、机构做演讲，弘扬中华优秀传统文化；著书立说，研究城市规划与古建筑以及文化遗产保护问题；发起录制《万里走单骑》真人秀综艺活动，以主持人的身份揭秘世界遗产背后的故事。他的头衔也不断丰富：中国文物学会会长、故宫学院院长、北京东城文化发展研究院院长、武当博物馆名誉馆长……

白天,讲故宫、说文物、话历史、谈文化;夜晚,灯下品茗释读,纵览中外古今,能量满满,充盈愉悦。虽然忙得脚不沾地,但对他而言并不觉得枯燥,总觉得意犹未尽,想做的事太多了。

有人评价他"是一个受人尊敬的传奇",如果从故宫博物院因他而"重焕青春"这件事上看,这个评价并不为过。但他不仅仅是故宫的"看门人",在这之前与之后,他还做了许多守护中华文化的工作,并在与文化的相濡以沫中相互成就。

"斜杠青年"老单,把文化遗产的尊严视为民族的尊严,并以此阐释、传递文化自信的宏大主题。

立文物碑

2003年1月19日傍晚,陕西宝鸡市眉县杨家村。村民王宁贤、王拉乾、王明锁、王勤宁、张勤辉吃过晚饭,按约定赶到村东头一座小土崖上。村里正在修路,土不够用,几人想到这里取土铺路。

当站在崖下的王拉乾用锹戳挖泥土时,突然戳出一个黑黢黢的洞口来。洞里空间看起来不小,好像还有东西。

王宁贤胆子大,抢先探头往洞里看去,这一看把他惊呆了:里面大大小小摆着许多鼎,形态各不相同,而且都是锈迹斑斑的。

"是青铜器!"他惊呼道。他之所以认得,是因为当地经常有文物出土,政府没少做宣传。

于是,其他人留下来保护现场,王宁贤赶回村里报告。第二天一大早，县、市文物局的考古人员就来到杨家村，经过对现场的细致勘察后，确认这是一处古代青铜器窖藏地，最后出土27件西周晚期的青铜器。

这些青铜器造型精美，形体硕大，并且全部刻有铭文。其中一件青铜逨盘，刻有350多个字，记载了一个单氏家族8代人经历西周12位君王的历史，对我国"夏商周断代"研究极有学术价值。这件西周青铜逨盘，后来被称为"中华第一盘"。

五位村民发现国宝的消息很快从县、市传遍全国，成为轰动一时的新闻。

3月4日上午，宝鸡市政府在杨家村召开表彰大会，王宁贤等五人披红挂彩登台授奖。下午，一辆由特警驾驶的防弹运输车，载着这批意义非凡的青铜器直奔京城。

因为护宝有功，王宁贤等人还被评为"全国杰出文化人物"，并受邀到北京参加了"宝鸡吉金文物展"的开幕式。

"宝鸡吉金文物展"在中华世纪坛举办，时任国家文物局局长的单霁翔也参加了开幕式。开幕式上，五位农民举起金色的小剪刀，为展览开幕剪彩。

当初这么安排，王宁贤他们觉得很"难为情"："有这么多领导，咋能让我们去？不行不行！"

但这么安排是单霁翔定的。他认为，作为这27件国宝的发现者和保护者，五位农民兄弟"最有资格"为这次展览揭幕。一句"最有资格"，打消了农民兄弟的顾虑。

开幕式结束后，单霁翔特意邀请五人吃了顿饭，一方面尽地主之谊，一方面感谢他们为保护文物做出了重要贡献。

单霁翔特别准备了西北风味和京味的两种菜品。席间，单霁翔和农民兄弟唠家常、聊民风，并时不时为他们夹菜。

五个人中，王宁贤老人曾患过脑膜炎，留下了左上肢无力的毛病。张勤辉从小患有小儿麻痹症，也是身带残疾。因为有这些不便，他这个局长自然而然地承担起为大家服务的工作，陪同人员想插手都插不上。

还有另一个原因，那就是发自内心的尊敬。

几位农民兄弟种地一年的收入只有两三百块，如此微薄的收入，并没有让他们在价值连城的文物面前失掉本心，而选择上报国家，这种精神怎能不令人尊敬。

他郑重地端起茶杯，以茶代酒，与大家一一碰杯："我代表文物局感谢你们！国家和人民也感谢你们！"

喝完这杯酒，他又想到了什么，问王宁贤他的残疾证带了没有。王宁贤说，当然带来，想着来北京能用得上。他从包里翻出有绿色塑料封皮的残疾证，有些奇怪地递给单霁翔。

单霁翔接过证件，翻到第一页，取出笔，在上面工整地写下了"国家珍贵文物保护功臣"几个字。

王宁贤接过证件，连声道谢。单霁翔连忙纠正道："要感谢的是你们啊！"

这顿饭吃到最后气氛有些凝重，特别是单霁翔，内心起伏激荡，久久不平。这是他第一次请发现国宝文物的人吃饭，但重点不在这里。重点是，这些普通群众为保护国家文化遗产所做的事情堪称伟大，背后的精神更加难能可贵。

他们的事迹值得铭刻，他们的精神更值得传扬。"应该为这些人树立丰碑！"单霁翔想,让更多人都能敬重、保护祖先留下的遗产。

几位农民兄弟都没出过远门,到过的最大城市就是眉县,连宝鸡都没去过。这次北京之行,国家文物局还为五人安排了一系列参观活动,让他们体验了一回为国护宝献宝的光荣与礼遇。

单霁翔随后还拍板决定,由国家出钱,送几位农民兄弟走出国门,"你们可以到罗马、巴黎看看,那里也展示着大量出土的文物"。

第二年,五位农民果然被国家文物局送往欧洲,进行了为期10天的观光考察。

为保护文物的人立碑的想法在单霁翔心里萌芽,一直到8年后才结成果实。

2011年,农民保护文物的事迹越来越多,仅宝鸡地区就出现了十几批群众发现珍贵文物并及时上交的事。这让单霁翔觉得时机已经成熟了。

在他主持下,国家文物局决定在陕西和云南挑选两个村,为"护宝功臣"立碑表彰,让他们的事迹传扬后世。在陕西挑选的村子,正是杨家村,主角就是王宁贤等五人,他们的名字和事迹被刻到了"文物碑"上。

这在全国尚属首次。

6月9日,在"宝鸡眉县杨家村群众保护文物碑"揭碑仪式现场,单霁翔和几位农民兄弟再次相逢,他们握手、拥抱,相互问候,既激动又感慨。

单霁翔说:"我这次来是兑现承诺来的,这么多年我一直惦记着。"

就这样，首个群众保护文物碑树立起来，碑文写道：

文物之功，惠于资政。民情之诚，宣之世风。宝鸡群众保护文物的行为，彰显了爱国守法、明礼诚信的精神风范，崇德尚文、重义轻利的道德情操。

其实，一开始碑文的内容不是这样的，通篇几乎都在赞扬各级领导如何如何，只在末尾才表扬了一下农民群体。

单霁翔看了后很不满意：文物碑是要弘扬事迹、彰显后人的，怎么成了为官员歌功颂德、拍马屁的东西？

他立即要求把表扬领导的内容全部删除，只讲农民事迹，"刻上每一位农民兄弟的名字，就是要告诉村庄的未来子孙，他们的前辈做出了值得骄傲、应该世代传诵的事迹"。

单霁翔还向时任陕西省副省长景俊海建议，在2013年杨家村青铜器窖藏发现10周年之际，在国家博物馆举办一场陕西宝鸡农民保护文物特展，请所有为陕西的文物保护做出贡献的农民都来剪彩。

2013年3月1日，这场名为"守望家园——陕西宝鸡群众保护文物特别展"的高规格展览如期举行。展览选取了13批群众保护的文物157件，精品之多、档次之高、规模之大，冠绝一时。

文化的坚持不仅仅是守护文物宝藏，更是在守卫民族的历史与文明。单霁翔希望，通过这样的展览，唤起全社会重视传承文化遗产的问题，让尘封的历史揭开神秘的面纱，让文明的光芒再现辉煌。

"战"午门

2012年初，单霁翔调任故宫博物院院长，从此成了这里的"看门人"，开始了他与紫禁城的7年情缘。

7年间，紫禁城里发生了太多与单霁翔有关的故事，让古老的宫殿与建筑摆脱颓废闭塞焕发出新生命，让历史文物走出故纸堆贴近时代与百姓，一桩桩、一件件，无不应验了社会上给这位新任院长贴的标签——"故宫掌门人"。

而他给自己贴的标签仍有一字之差——"故宫看门人"。

看，是看顾、照料、守护、捍卫的意思，这恰如他所从事的一切工作；门，则有着入口、门径、开关的意思，意味着通向故宫以及其他文化遗产的入口。

他所追求并为之不懈努力的事物，几乎都与"门"有关。

"'门'字里面写一个'活'字，成为'广阔'的'阔'，这是大家都知道的一个典故。在故宫博物院工作了7年多，我这个'看门人'只做了一件事，就是将'活起来'的'活'字写入故宫的大门，让故宫文化遗产资源走近人们的生活，走向更广阔的空间。"单霁翔曾对媒体解释说。

正因如此，讲述单霁翔执掌故宫的这段历史，不妨就讨巧地讲讲他和故宫大门的故事吧。

故宫的门，最先说的就是正门。正门即午门，呈"凹"字形，居中向阳，位当子午，故名午门。午门是皇帝家的大门，象征着皇家门面，是一个很神圣的地方。清朝时，普通百姓即使在门外逗留、观望都是不允许的，更别说进入里面了。文武百官觐见皇帝，到了午门,在下马碑前文官下轿武官下马,一律步行通过午门进入皇宫。

到了现代,故宫对外开放,成为所有人都能够观瞻的地方,即使如此,午门的三个门洞,中间的门也仅有如国家元首这样的贵宾才能进出,一般观众只能走两边的小门。

不过,还是有人不信邪,想要硬闯一闯这道过去只有皇帝才能走的大门。

一次,单霁翔被一位东北来的老大爷拦住。这位大爷带着一大家子人来北京旅游,到了故宫,看到恢宏雄伟的建筑,震撼之余,突然犯起了轴,非要走一走午门的正门,工作人员怎么劝说都不行。围观的游客看热闹,一度造成了门前拥堵。

单霁翔正好在附近巡视,闻讯赶过来。一见面,老人就拉着他的手说,俺这个老革命第一次来故宫,估计也是最后一次来,故宫早就没有皇帝了,老百姓也能参观了,为啥放着大门不让进,偏得走小门?

老人的想法让单霁翔哭笑不得,他只能耐心地给老人做思想工作:紫禁城虽然可以随便参观,但有些规矩依然要遵守,一方面是为了保护文物遗址,另一方面也是尊重历史和文化。

"就像是去部队大院,那个正门也不是平常通行用的,你得走两侧的小门。"这样一比喻,老人终于理解了,和家人开开心心地"进宫"参观去了。

这件事也让单霁翔意识到,在如何对待我们的文化遗产的问题上,国人还有许多懵懂的地方,根源还是缺乏尊重之情和尊重之道。

参观故宫,是很多来访的外国元首的一项标配行程。外国贵宾在中方官员的陪同下,能够乘车通过午门的正门,直接进入故宫参观。

这么多年来,包括中方人员在内,都对这项特权没有提出过异议。单霁翔来了之后,情况发生了改变。他想,当普通参观者步行在这座昔日的皇家宫殿中时,一队车队在斑驳沧桑的青石路上呼啸而过,那是一种什么感觉?百姓会怎么想?

在这片有着近600年历史的世界著名的古建筑群中,乘车成了一个大问题,它不仅隐含着权利公平,更象征着对于文化遗产乃至国家文化的尊重问题。

就拿故宫的工作人员来说,单霁翔上任不久,就对员工停车问题做出改革:私家车必须停放在宫墙之外,所有人都走路或骑自行车上下班。当然,故宫里增设了电瓶车,用于工作活动以及日常参观需要。

就这样,拥有1500多名员工和830多辆私家车的故宫,把车辆彻底"请"了出去,所有人一律平等,不仅杜绝了一个极大的安全隐患,也使得整个参观秩序和环境得到了明显改善。

当初提出这项改革措施的时候,很多人抱怨单霁翔"不近人情",秘书也提醒他,要不要有所保留,比如主要领导可以"网开一面"?

"故宫这么大,没有车,到时从南到北赶会议,您能跑得动?"秘书急了。

"必要时可以用电动车。"单霁翔早就想好了对策。他对秘书说:"英国白金汉宫、法国凡尔赛宫以及日本的皇宫,都不许车辆穿行，这是一个文化尊严的问题！"

对内，作为"掌门人"的单霁翔可以强力搞"一刀切"的改革，对外就没那么简单了。

他曾多次向上级部门打报告，希望能取消外宾的特权，让他们的车队在故宫门前一律停下来，步行入内。然而得到的回复始终是："这是对外国贵宾的特别礼遇。"

单霁翔憋了一肚子火，讲道理讲不通，他感觉自己必须做点什么，让有些人认识到这种做法的荒谬。

机会很快来了。

2013年4月25—26日，法国总统奥朗德访华，其中，加强文化遗产保护成为中法两国领导人会谈的主要内容之一。

26日，奥朗德偕女友到故宫参观。当总统的车队即将进入故宫时，单霁翔站了出来。

他跟前来警戒的警卫解释："我们早就发布过公告，全社会都知道，机动车不能开进故宫博物院！"

但警卫说，他们接到上级的命令是"开进来"。

眼看礼宾车队就要开进来，单霁翔急了，就和警卫说："那咱们就各自做好各自的事。"他命令故宫的保安立即将午门关了起来。

10分钟后，总统的车队到了，奥朗德及随行人员下了车，站在午门下仰视高高的城门。单霁翔在门口迎接，引导总统一行走过长长的门洞，随着宏伟广阔的建筑群映入眼帘，总统一行的脸上顿时露出崇敬的表情。

最终，上级并没有因单霁翔的"擅自决定"而问责他。相反，有了这次坚持之后，此后无论是什么贵宾，参观故宫时一律都遵守步行的要求了。

当年10月,印度总理辛格访华期间也参观了故宫,考虑到他年事已高,有关部门希望故宫能破例一次,让其乘车进入。但在单霁翔的坚持下,最终选择了一个折中方案:辛格在午门前下车,换乘电动车。

在浩瀚的历史与文化面前,不允许任何权力逾越基本的敬畏和礼仪,这才是大国文明应有的样子。

以前,不少到故宫参观的外国领导人,当他们坐在车内驶入雄伟壮丽的故宫时,却全然不知,还问故宫怎么还没到。

单霁翔觉得,这恐怕还是我们自己的原因,故宫悠久的历史没有得到外宾应有的了解和尊重。"故宫是中华民族文化和华夏文物的重要代表,她是有尊严的,不论是谁去拜访她,都必须恭敬。"

这其实是一种相互的"亏欠",一方面来自观众,另一方面则来自文化遗产自身,也就是它们的管理者们。

为了弥补"亏欠",单霁翔一直在努力,特别是对于故宫自身,如何让它的尊严得到真正的体现呢?

初掌故宫之时,这里仍有大量的文物沉睡在库房里,大面积的区域未对外开放,更不要说文物修缮保护的滞后、展览展示条件的简陋混乱,很难让观众有尊严地参观故宫,让故宫有尊严地接纳观众。

在单霁翔的领导下,故宫开启了一系列大大小小的改革,拆除临建、乱建,恢复生态、修缮环境,增设售票窗口、座椅和公厕,预约参观、电子售票,有序办展、高质量办展,数字故宫、线上饱览,以及开发文娱周边,让文物历史"活起来"……

"让观众有尊严,让文化遗产有尊严",这句话不是简单说说,单霁翔执掌下的故宫,日益成为他所期待的样子,实现了从"藏品导向"转向"社会需求导向",从"藏品为本"转向"以人文本"……

那段时间,单霁翔总是忙得脚不沾地、风尘仆仆。到了下午5点半关门前,都会有一个清理工作,有时他也会参加。他和100多名值班人员按照固定路线,逐一清理确认,关闭一道道院门、宫门,最后到神武门结束。

确认红墙内不再有人了,监控摄像就全部启动。然后,他再带一部分人巡视四周,确保红墙外的一片广阔的地方也没有异常情况存在。

忙完了这一切,就接近傍晚了。夕阳西下、月亮升空的时候,故宫静静地隐入夜色,带着神秘和宁静的美,凝视着一位布衣布鞋的老者缓缓走出红墙。

行万里

2019年4月,单霁翔卸任故宫博物院院长一职。退休后的他并没有闲着,5月,他受聘为故宫学院院长,继续充当中华历史文化的传薪者。

紧接着,他发起并挑大梁的文化综艺真人秀节目《万里走单骑——遗产里的中国》第一季得以立项。于是,从2020年下半年开始,他全身心投入到栏目内容创作中,以"导览人"的角色,寻访世界文化遗产,行吟于文化传承和人间烟火中,累并快乐着!

此前,文化遗产上综艺,最成功的莫过于央视的《国家宝藏》

节目,这个节目单霁翔也有参与。通过演绎每一件文物的前世今生,让观众感悟传统文化的深厚底蕴和无穷魅力,让国宝文物"活起来"。

《国家宝藏》节目的成功,掀起了近年文化类综艺创作的高潮,也彰显了主流媒体在传承社会文化方面的重要作用。

为此,浙江卫视一直在酝酿此档节目,也早早和单霁翔保持着接洽。

一开始,单霁翔对于是否做这档文化综艺节目是比较犹豫的:既期待能够多一些类似的节目,能够以鲜活、时髦的方式吸引更多年轻人关注,又担心缺乏目标的盲目娱乐或者过度娱乐化,会冲淡主题,失去本意。当然,还有一个客观原因,他还是故宫的"看门人",肩负重任,一刻也不敢懈怠。

现在,卸去故宫博物院院长一职,他可以自由支配的时间多了,参与这个节目的时机成熟了。

栏目方可以说是为他量身定做了这档节目,节目名称取自《三国演义》中"千里走单骑"的故事,命名为《万里走单骑》,意味着单霁翔作为"主角",将要寻访更广阔的文化遗产地,内容呈现空间也从室内转移到室外。

单霁翔所要做的,就是"输出"——把他这么多年来在文物、文化遗产保护和传承上的积累和沉淀,重新梳理、组织、传播出去。

单霁翔很中意这样的感觉:行走,走到现场去,而不是对着空气说;交流,与遇到的人、认识和不认识的人都要交流;参与,参与各种场景。

他坚持不演、不背，本色出镜；对于其他参与者，比如演艺界的明星们，他则希望他们又演又背，以达到更自然而深入的现场互动与交流。

这样的"双标"，目的只有一个，就是让这个节目被大家喜欢。

在故宫工作时，他就对借助媒介的力量弘扬传统文化感受颇深。那时，通过《我在故宫修文物》《国家宝藏》《上新了，故宫》等节目的助力，600年历史的古老故宫及故宫文化，成功突破次元壁，成为让年轻人亲近本国文明与传统的一个重要符号和载体。

这些经验让他决定再次行走，聚焦世界文化遗产，守护中华历史与文化精髓。

就这样，由中国文物学会与浙江卫视共同发起《万里走单骑》节目第一季，单霁翔和他的真人秀团队历时5个月的时间，寻访了浙江良渚、西湖，福建鼓浪屿、土楼，云南景迈山古茶林，四川都江堰等10处世界文化遗产以及两处正在冲刺申遗的文化地标。

团队成员与人文学者、申遗专家、挖掘者、保护者、研究者、居住者不期而遇，相约同行、轻松对谈，不断挖掘、呈现世界遗产的隐秘而伟大之处。

同时，他们还为每一处世界文化遗产都定制了一场"文化后援企划"，让国人重新认识这些隐藏的文脉和宝藏。

在拍摄第一站良渚古城遗址，节目组和团队成员到了现场后都傻了，因为没有东西可拍！有人问：良渚在哪儿？回答是：在脚下，所有都在土里面。

但单霁翔却乐滋滋的，一点也不担心。他把事先准备好的布鞋作为"见面礼"分发给韩雪、黄觉、马伯骞，宣布成立"布鞋男团",并手挽手做了一个简单的舞蹈动作,然后带领大家开始探秘。

"为什么选择良渚作为第一站?因为这里实证了中华五千年文明史。很多人都觉得这是一个常识,但是这个结论在良渚申遗成功之前,却没有真正走向世界。"单霁翔一路边寻访边讲解,既当导游、学者,又当游客、学生,常常不苟言笑,但总是语调轻松,而且总能时不时爆出一些有趣的掌故和话题。

到都江堰录制节目的时候,每天至少3万步的行程,让"布鞋男团"的几名成员吃不消了,大家决定"罢穿"布鞋,改穿各自带的运动鞋、登山鞋。唯独单霁翔精神饱满,并不觉得腿脚吃力,蹬着他的布鞋健步如飞。

"老单,穿布鞋走这么些路,您脚不疼吗?"大家都很好奇。

单霁翔笑着答道:"习惯了,我以前在故宫也是这么走的。"关于他的鞋,网上流传的段子是,他执掌故宫期间,走遍了故宫的每一间古建,仅鞋子就穿坏了20多双。

"因为我年轻啊,我才66岁,离老年生活还远着呢。"他的一席话逗得大家捧腹大笑起来。

节目组策划了一个小活动,请现场观众给主持修建都江堰的李冰写一封信,没想到,晚上就收到了26封信,大部分都是年轻人写来的。有人写了两页纸,密密麻麻的,由衷地感恩都江堰对后世带来的益处。这种真情实意令单霁翔十分感动。

在鼓浪屿拍摄期间,他厘清了一个困扰已久的问题,即对待世界遗产应持何种理念。"过去我们经常争吵,保护重要还是利用重要?今天看来保护不是最重要的,利用也不是最重要的,传承最重要,把今天的文化遗产真实性、完整性传给下一代才是最重要的。"他说。

清晰传递出这一理念之后,他仿佛变得更加坚定与执着,所有的行动和思考也越发具有指向性和感染力。这位曾经的故宫看门人、现在的世界遗产推广人,立志于让更多年轻人爱上中国文化,让中国的文化遗产以鲜活的姿态走向世界。

第二节　为时代造像

"写意"新天

2021年国庆节后的一周,在革命圣地延安,一个以弘扬延安精神为主题的个人作品展如期举行。天空阴沉沉的,无风微凉,但延安革命纪念馆内一片炽热。参观者怀着崇敬的心情品评一件件雕塑作品,瞻仰革命先辈,缅怀他们的丰功伟绩。

这些红色主题雕塑作品的创作者是全国政协常委、中国美术馆馆长吴为山,他正忙着向参观者讲述每件作品的创作过程。

《延安·延安——毛泽东、周恩来、朱德》创作于2019年,是根据延安时期三位革命家的一张照片创作的;《浩气长存——刘志丹、谢子长、习仲勋》也是同一年创作的。这些作品主要体现了陕甘边革命根据地革命者并肩战斗的烽火岁月和革命情谊……

每一位伟大人物,吴为山都能说出一段最令他感动的故事,以及为此经历的一次又一次的灵魂与精神洗礼。

此次展出的 70 余件作品中，精选了他的 38 件作品，其中既有毛泽东、周恩来、朱德、彭德怀、习仲勋等无产阶级革命家塑像，也有雷锋、焦裕禄、孔繁森、南仁东、袁隆平等英雄模范、时代楷模。

"通过塑造革命领袖、革命前辈雕像，来礼赞中国革命这一段伟大的波澜壮阔的历史。"谈到策展初衷，吴为山说。

作为一名追求"以人民为中心"的当代艺术家，他一直在努力尝试，在自己的作品中体现中国共产党人劈风斩浪、斗志昂扬的精神风貌，把这种真挚的革命情怀和高度的艺术性进行最纯粹、最贴切的融合。

"让延安精神永放光芒。"这个想法成为他近几年艺术创作的主题之一。

从 1985 年开始第一次创作大型雕塑——为家乡、革命老区盐城创作《东进》雕塑，到 2021 年创作一系列歌颂中国共产党的红色主题作品，他一直坚持"为人民画像，为时代立碑"，已累计创作 600 余件作品。

2019 年 3 月 14 日，习近平看望参加政协会议的文艺界社科界委员时强调，文艺工作者要"为时代画像、为时代立传、为时代明德"。

"延安·延安——吴为山革命主题雕塑作品展"的开展，也是为了纪念这个日子。在接受当地媒体采访时，吴为山坦言"展览来到延安是交作业的"，是来汇报他是如何践行党的文艺路线的。

一天前，"吴为山院士工作站"在延安鲁艺文化中心揭牌。这个"院士"头衔是"法兰西艺术院通讯院士",吴为山是继著名画家吴冠中之后就任该院通讯院士的第二位中国艺术家。他还同时享有其他艺术机构、高校颁发的"荣誉院士"头衔。

鲁艺是新中国文艺的出发地,中国美术馆是中国艺术的最高殿堂和鲁艺的传承单位,与延安保持着密切联系。2016年,在吴为山的倡议下,中国美术馆和鲁艺携手,先后在这里举办了"艺术为人民""中国美术馆典藏活化利用系列展"等多场高水平展览。

每次驻足宝塔山下,徜徉于延水河畔,吴为山的内心都会油然而生一种蠢蠢欲动的情绪,这种情绪有些复杂,夹杂着景仰、嗟叹与憧憬,这种情绪也很简单,就像游子归家一样,是一股亲切、温暖、熟悉的味道。

"没有一个地方会比延安更加特别了,它不仅是革命的圣地,孕育了代表性的革命精神,更是广大文艺工作者心中的圣地。"这里是他进行艺术创作的摇篮。

延安精神、鲁艺精神,核心就是用艺术来表现人民、歌颂人民!吴为山是这么理解的,也一直以此作为自己艺术创作事业的初心。

谈到初心,不妨让时光回溯到20世纪70年代末、80年代初。中国大地经历了十年沉沦,终于吹响改革开放的号角,一个吐故纳新的崭新时期到来了。

当下海经商热潮席卷全国,时任南京师范大学雕塑教研室主任的吴为山也曾产生过动摇。是像有些老师一样改行开公司,还是坚持家传文化的影响,继续从事"诗书耕读"式的艺术创作事业?

一个偶然事件,让他做出了选择。

1991年，书画家林昌午邀请吴为山为他的父亲——"当代草圣"林散之塑一尊70厘米高的胸像，打算陈设于次年开馆的林散之书画陈列馆。

接到邀请后，吴为山激动得一夜没睡好。年仅29岁的雕塑家，要为一位文化巨匠塑像，压力可想而知。

为了准确地把握林老的精神气质，他认真研读老先生的诗歌著作，品味他的书画作品，一度达到废寝忘食、走火入魔的程度。

雕塑完成后，林昌午在塑像前驻足良久，神情肃穆，然后说了一句话："父亲活了。"简单的话语，表达了最真诚的褒扬。

这件作品，点燃了吴为山在雕塑艺术创作上的信心。多年来，他一直思考如何将中国文化精神通过雕塑创作独特地表达出来。这一想法源于近现代以来中国艺术发展的一大主题——中西合璧。

吴为山切入这一主题的途径，是把中国艺术的写意手法，与西方艺术的写实技法相结合，开创一种"写意雕塑"的艺术形式。基于这种新颖的艺术理论与范式，他自然而然把创作对象锁定在"塑造中国文化名人"的方向上。

"一个民族没有文化、没有精神是支撑不住的，暂时的经济腾飞也是泡沫。"年轻的雕塑家当时对媒体记者说。

这成为他40多年艺术生涯的初心——做历史人物雕像，并希望用一个雕塑的丰碑建立一个精神的丰碑，来影响、教化当代和下一代的年轻人。

他说，这是"为时代造像""为文化造像"，为了让民族文化、民族精神生生不息。

于是，他争取机会为费孝通、钱伟长、季羡林、杨振宁等大师塑像，并在与大师们的接触、交往中收获了许多人生启迪与感悟。

1995年，他为社会学家费孝通塑了一尊铜像，费老为之题词道：得其神胜于得其貌。由此，两人展开了长达10年的忘年交。

在多达50余次的交往过程中，费老对他说过许多隽言挚语，其中有一席话，令他终生难忘。"人的一生当中把一件事情做好就很不容易，你要塑造一代知识分子的精神风貌，孔子时代、鲁迅时代和我们这个时代的知识分子都是不一样的，要重在塑造他们的神。"

这番话伴随吴为山的艺术人生，影响深远。

吴为山应季羡林资料馆之邀为季老塑像，为此去北大拜谒这位心仪已久的国学大师。当季老走出书房迎接他时，他立即对老人的形象气质怔住了，"这不就是一尊典型的东方智叟塑像吗？"

出于艺术直觉，他瞬间就想到了创作思路：准确、平实、不带任何夸张将他塑出来，就是极好的作品！

后来，季老对吴为山的作品十分喜欢，并称赞他"独辟蹊径，为时代塑像，为文化塑像"，同时勉励他"要将文化精神融入历史发展生生不息之长河中，扬中华之文化，开塑像之新天"。

扬中华之文化，开塑像之新天——让吴为山的创作视角，由现代文化名人扩大至历史文化名人，因为他们不仅是中华历史中的民族脊梁，更是华夏文明的标志性符号。

"我要用手中的泥土、用雕塑的手法把他们塑造出来，去留住哲学家的思考、科学家的思维、教育家的思想，以表达我对祖国五千年文明的敬意。"吴为山暗暗立誓。

历史，不能忘

2005年12月15日，冬日里的古都南京，寒风凛冽，北风飒飒。吴为山走在江东门的街道上，凝视着周围的建筑与行人。

"1937年的南京城，好像也迎来一个特别冷的冬天，老百姓忙着筹备年货迎接新年，在动荡岁月中体味难得的祥和……"他的思维跳跃着，转而陷入沉闷和压抑之中。刚从旁边的侵华日军南京大屠杀遇难同胞纪念馆走出来的他，满心满眼全是当年那场劫难的惨状。

两天前的12月13日，正是南京大屠杀纪念日，前来纪念馆悼念的人络绎不绝，吴为山也是其中的一员。时值纪念馆扩建，吴为山受邀为扩建工程创作一组主题雕塑。

年初，在全国两会上，政协委员赵龙呼吁，每年12月13日举行国家公祭，国家领导人参加公祭活动，将纪念南京大屠杀遇难者的活动上升为国家行为。

"这么重大的题材，如此重要的地点，塑什么合适呢？""是站在南京看待这座城市的血泪，同情当年市民的苦难遭遇，或是站在国家民族的方位，看待吾土吾民所蒙受的劫难？"

吴为山苦苦思索，希望能找到一条主线，统摄起这沉重宏大的主题，而且要超越一般意义上的纪念或者仇恨。

江东门位于南京城西，是当年的大屠杀现场之一。纪念馆扩建时，又在地下挖出一批遇难同胞的尸骨。吴为山站在这片埋骨之地，远眺江水滔滔，气血翻涌，刹那间仿佛抓住了什么。

构思阶段，曾经有人向吴为山建议，把这组雕塑做成侵华日军拿着钢枪刺刀肆无忌惮杀戮百姓的场景。但他拒绝了这个建议：这么创作虽然能够直观地呈现血腥杀戮和侵略者的兽行，但容易流于表面，缺乏含蓄性和深刻性。

不是描绘杀戮，才是铭记这段历史的最好方式。吴为山追求的，是既要表现历史，同时还要有反思和进行价值判断。

他想，凝固平民悲怆的形象，表现祖国母亲蒙难，呼唤民族精神崛起，祈望和平，这些应当是整个作品的表现核心。

明确了作品立意后，他展开了大量的调研、采访以及研究工作，一些幸存同胞的讲述，让他永生难忘。

从准备到创作，吴为山用了近两年时间，终于创作出那组影响深远的雕塑作品。

这组雕塑中，有一个场景最令他无法释怀。在这个名为《最后一滴奶》的作品中，婴儿趴在死去母亲的身上吸吮最后一滴奶水，距离母亲两米外的地方，另一个年龄稍大的男孩坐在地上大哭。小男孩叫常志强，成为这个家庭的唯一幸存者。

当吴为山和这位年迈的幸存者促膝长谈时，他几度哽咽，不忍聆听。

当时，常志强的三个弟弟都被刺刀刺死，妈妈也被刺穿肺部。他哭着把尚在襁褓中的弟弟抱到妈妈身边，让弟弟吃最后一滴奶水。天寒地冻，泪水、血水、奶水冻凝在一起。等红十字会人员来收尸时，母亲和孩子已经冻在了一起……

这组雕塑的主题雕塑名为《家破人亡》，表现了一位受难的母亲怀抱着死去的孩子仰天长啸的场景。雕塑高12.13米，意喻1937年12月13日日军发动南京大屠杀。

吴为山解释说，这位遍体鳞伤的母亲，象征祖国大好河山千疮百孔、斑斑驳驳，但她又是巍然屹立的，象征着我们民族永不倒下的精神。

雕塑应当一目了然而又层层引人进入，让悲情意识由内生发。

第二组雕塑《逃难》系列是一组群雕，表现了21个典型人物，有踉跄无助的老人、妇女、儿童，也有纯朴的普通市民、知识分子，他们都来自大屠杀的真实记录。

创作时，吴为山尽可能通过形象的身体语言，把在屠杀中逃亡的平民的内心世界表现出来。"你看，他的手痉挛了，这是面对日军血腥屠杀时，一种极度惊恐的状态。"

《逃难》之后是《冤魂的呐喊》，那是一座被劈开的山或城门，一个冤魂手指着苍天，向上苍哭嚎，代表了所有遇难者、受难者内心想要发问的样子。

这三组雕塑组成一个悲惨的乐章。

"我有一个强烈的欲望，要复活那些受屈的亡灵。"

吴为山在每一组雕塑上都写了诗，其中有这样几句："我以无以言状的悲怆追忆那血腥的风雨，我以颤抖的手抚摸那三十万亡灵的冤魂，我以赤子之心刻下这苦难民族的伤痛。我祈求古老民族的觉醒。"

2007年12月13日，南京大屠杀70周年纪念日，吴为山为侵华日军南京大屠杀遇难同胞纪念馆创作的大型组雕正式亮相。这组作品，让每一位参观者都感受到了极大的震撼。

这组雕塑后来被韩国收进了教科书，它们的模型被耶路撒冷犹太人遇难者纪念馆、俄罗斯国家艺术科学院收藏、陈列。

2014年12月13日,在我国首个国家公祭日上,这组作品再次成为焦点,当中央电视台播音员把雕塑下面的诗句朗诵出来时,公祭现场肃穆哀痛,冤魂的呐喊与警钟的鸣响直冲天际,所有人都为这悲壮震撼的画面所感动。

很多年后,回忆起那些难以平静的创作经历,吴为山不记得度过了多少彻夜难眠的夜晚。他经常神游在南京城里,仿佛穿越回那个悲怆的年代,在枪炮轰击与哀鸣声中喘息、挣扎……

吴为山到访南京的机会更多了。每次回到这里,只要时间允许,他就会去侵华日军南京大屠杀遇难同胞纪念馆追悼缅怀,无论清明节还是日常出差的日子,无论阳光明媚还是阴雨绵绵,去那里仿佛成为一种习惯,重温那段历史也成了一种责任。

他到世界各地办展巡讲,都会讲到这一组雕塑,"世界上许许多多不同职业不同年龄的人,看到这组雕塑,了解南京大屠杀历史,都会流下眼泪"。

它们之所以感人、震撼,是因为这是基于人性的视角而发出的呼喊与警示,更因为这不仅是中国人民的灾难,也是世界人民的灾难。构建人类命运共同体,每个人都有责任把历史上的灾难讲给世界听,让悲剧不再重演。

文化的力量

2017年国庆前夕,巴西巴拉纳州库里蒂巴市向中国送上了一份颇为别致的"生日贺礼"——一个位于城市中心区州政府和市政厅前的"中国广场",而一座代表中巴文化交流融汇的孔子雕像也于广场落成仪式当天隆重揭幕。

这尊孔子像，正是该市市长拉斐尔·格雷卡——一位自称"孔子粉丝"的外国政要向吴为山"讨"来的。

那是此前的一次访华中，格雷卡市长偶然看到吴为山做的孔子像，感到异常兴奋与亲切。他找到吴为山，表达了他对这位东方先哲的仰慕之情，希望把这尊微笑的孔子塑像立到自己的家乡——远隔万里的库里蒂巴市。

吴为山被这位政要的热情和真诚打动，欣然同意了这个富有文化交流意义的"邀请"。

雕像运抵库里蒂巴时，格雷卡市长亲自去机场迎接，当打开塑像的层层包裹，看到那张熟悉的面孔，他情不自禁地拥抱了"孔子"。

随后，他又亲临现场视察安装落成工作，直到看着褒衣博带、面露微笑的孔子像稳稳竖立在广场中央，这才放下心来，慢慢品味。

在9月30日举行的雕像揭幕仪式上，格雷卡市长饱含深情地说："孔子哲学是全人类的哲学，他的许多思想对我产生深远的影响，甚至为我的施政给予重要的指导意义。"

有朋自远方来，不亦乐乎。正如这位中国2000多年前的先哲所倡议的，孔子像被立在异国他乡的"中国广场"上，饱含着中巴人文交流的特殊情感与温度。

2018年马克思诞辰200周年，吴为山为伟人塑像。德方的邀请是在两年前发出的，当时吴为山正好到德国访问。

德方最初的想法是塑一尊儿童时期的马克思像，由母亲搀着。

吴为山一听就有了想法，这可不是他心目中的这位伟人的形象，也不是他想塑造的样子。

"马克思是思想家、哲学家，他的塑像应该和他的身份相符嘛！"他心想。大胡子、长头发、睿智的眼神，这些才是大家公认的伟人形象。

他当即向德方提出，要做就做大家所熟识的马克思的形象。

德方设想这个塑像高约两米，立在一处三角地上。吴为山去那里看过，发现地方太狭小，不仅没有开阔的前景，背景也不够"深厚"，更显示不出脚下"坚实的大地"了。

他觉得更应该做一尊高大的雕像，比如总尺寸在 5.5 米高，正好契合马克思 5 月 5 日的诞辰日。

吴为山的方案最终获得德方的认可。后来德方选定了特里尔市一处古罗马时期的广场——西蒙教堂广场，就在马克思故居附近。广场开阔了许多。

有市民提出，放一座社会主义现实风格的雕像，和古典主义的西蒙教堂广场风格不搭；而且，很多人对于马克思主义也有不同的看法……

为了消除民众的种种顾虑，当地政府特地建了一个同尺寸的木质仿制品竖立在广场上，向民众展示效果，后来大家看着看着，也就习惯了。

在塑像创作过程中，也发生了一个小插曲。

当时，雕塑的稿子已经经过德方审定，泥塑被运到山西的工厂去铸铜。吴为山突然意识到，这件重要的作品还缺了一道重要的"工序"——从远视、平视到仰视，用不同角度去观察，以确保作品完美地体现这位伟人的精神特质。

原来,因为塑像尺寸较大,他在工作室内的创作一气呵成,却忘了把它移到室外进行更多视角的观察和修正。

他立即联系工厂召回泥塑品,着手进行修改。当时正值一月寒冬,他把雕塑摆在室外开阔地,搭上脚手架,穿着蓝色工作服,裹上一条赭红色的大围巾,一干就是一天,直到冻得手指僵硬、脸庞麻木了,才完成了再创作的过程。

这尊雕塑,从初稿到最后定稿,他花了近两年时间。塑像揭幕当天,有近万人参观,媒体记者云集。很多人好奇,"全世界无产阶级和劳动者的导师",在中国艺术家眼中是怎样的形象?他们还想间接感受一下,马克思主义与中国社会结合的现实状况。

塑像高4.4米,重2.3吨,被放置在一个1.1米高的基座上,仪态伟岸、栩栩如生。与普通的站立雕像不同的是,这尊雕像采用马克思行进中的姿态,从容前行,尽显伟人之姿。

吴为山运用中国现代写意雕塑手法,不仅准确表现了马克思的身形,更刻画出了马克思的精神世界。

德国总理默克尔曾问吴为山:"你塑孔子,又塑马克思,他们的共同点是什么?"

吴为山答道:"他们都是世界历史上的伟大人物。"

吴为山认为,无论是孔子、老子还是马克思,他们都有优秀的品格,这种品格就是爱、和平、共同发展,这些优秀品格是人类社会共同追求的一种价值观。把这种东西展示出来以后,全世界都会喜欢,也都能够接受。

"这种价值正是我们今天构建人类命运共同体的基本核心。"他强调说。

2018年9月下旬，法兰西学院艺术院主席、88岁的当代雕塑大师克罗德·阿巴吉应中国文化和旅游部邀请，来华为国家主题性美术创作项目雕塑专题班学员授课。

其间，他专程拜访了自己的"老朋友"吴为山。两人相差32岁，但"忘年交"的友谊却保持了很多年。

还记得几年前的一次访华，他偶然在中国国家画院花园里看见一座青铜雕塑。那是一位身材颀长、长衫美髯的老者形象，手里拿着笔和纸，正在远望临摹。

雕像运用了中国画的写意手法，含蓄而传神，一下子抓住了阿巴吉的目光。他立即拿出速写本开始临摹，并用汉字抄写下作品的名字——黄宾虹。

回法国后，他在巴黎偶遇访法的吴为山。聊天中，他拿出临摹的黄宾虹雕塑的速写，向这位中国同行夸赞道，这是他在中国发现的一件非常出色的雕塑，并询问吴为山是否知道这件作品的作者是谁。

吴为山哑然失笑，告诉阿巴吉这正是自己的作品。

老先生非常兴奋，立即热烈地拥抱这位年轻人。"没想到，没想到，我以为它的作者有一百岁了。"

素昧平生，偶然相遇，两位雕塑家就这样"浪漫地"成为知音。

此后，两人在艺术上的交流与合作变得频繁。2014年在法国巴黎中国文化中心举办的"心灵对话"的雕塑合展中，吴为山的代表作《老子》与阿巴吉的代表作《旅行者》成为整个展览的符号，布满艺术之都。

吴为山的《老子》《孔子》作品被摆放在最重要的位置，阿巴吉的作品则簇拥在四周，体现了他们对中国文化、中国艺术以及中国圣贤的尊重。

这些安排让吴为山深受感动，一方面感慨这位"法国知音"对中国文化的尊重，另一方面也加深了他对于自己作品价值的认识。

"我们要懂得自己的文化，识得自己的宝，要更好地、有信心地宣传自己的文化。"

摊开双手，吴为山的右手大拇指比左手大拇指长两厘米，这是三十年手持塑刀、用拇指塑形烙下的印记。笑容和煦，眼神清亮，他一直用心观察生活、理解百态，赋予每件作品以灵魂和深邃。

"中国文化走出去，不仅仅是中国文化的需要，更是世界的需要。中华文化的优秀会在中华民族伟大的艺术创造当中来体现，通过美的形式来体现。"他说。

第三节　山水田园两相知

生命就在那里

三四月间，万物生发、乍暖还寒，恰是樱花最生机盎然的时节。这些粉色精灵花瓣粉白，花蕊橘黄，花茎翠绿，星星点点，幽香淡雅，令人神迷。

樱杏桃梨次第开，亦道春风为我来。

樱花丛中，少女一袭雪白长裙，挎竹篮、曳裙裾，款款而行，素手攀折花蕊，竹篮满眼深红。

采撷归来，濯溪水、敷纱网，一个个只开了七分的花朵被小心地清洗晾干，然后取一平底陶盆，一层西湖龙井一层花朵辅设起来，花与茶各取其味，你侬我侬。

熏香5小时后，花朵被移入加热的鹅卵石上烘烤，低温杀青。杀青3小时后，取出干花密封保存，樱花的制备工作就算大功告成了。

这些樱花，成为少女田园栖居、诗意山水的一味佐食，她或者在篱边树下沏一壶花茶，独享劳作之后的踏实与宁静，或者酿一瓮樱花蜜，在一片绯红的轻云下，品尝花瓣入膳的美食，一切质朴自然，天真烂漫。

田园少女名叫李子柒，她把樱花采摘酿制的过程拍成了一部名为《樱花赞》的视频放在网上，樱花的烂漫加上唯美的画面，以及对于传统制作手艺的精细再现，一下子捕获了如潮好评。

借着这部视频作品，一个曾经寂寂无闻的乡土少女成功破圈，此后步步逆袭，成为一名中华田园文化、传统美食、非物质文化遗产的代言人。

李子柒本名李佳佳，"李子柒"是她QQ空间的网名，"子"是赶时髦取的字，"柒"是她的幸运数字。

这个数字是否给她带来好运不得而知，但农家子弟的困窘和少年失怙的威逼，却是促使这个四川绵阳的农家姑娘跨过坎坷、摆脱贫穷的最大护佑，也形成了她固执、敏感、能吃苦的性格。

作为一个学历不高、阅历尚浅、才疏学浅的女孩子，当她经历了外面世界的一番闯荡，又阴差阳错地回到农村之后，迎面而来的除了乡土社会的自然淳朴，更有落后贫瘠的生存考验。

大概从2015年开始，李子柒尝试进入短视频创作领域，她想用短视频的方式记录自己的生活——田间劳作，庭院养禽，灶下事炊，和奶奶相依为命，这些是她的全部，也是她最熟悉的世界。

每个人都想表达自己对生活的理解与热爱，李子柒也不例外，但她一开始的想法比较简单。她的世界是川东的乡土村落，充斥着青山碧野、曲径溪流、堰塘围篱，可以是田野牧歌的美好，也可以是荒村野店的破败，全在于以何种眼光去看它。

2016年，新浪微博推出一项扶持原创内容作者计划，李子柒决定抓住这次机会。3月，她用手机拍摄了第一个视频《桃花酒》，讲述了从采摘、晾晒到加工制作的桃花酒酿制过程，作品内容简单，画面粗糙。她把视频先发在美拍上，后来又移到微博上，但反响一般。

她还开了一家淘宝小店，销售一些家乡特产。

第一部作品问世后，她看到了短视频在获取流量（关注）上的价值，也意识到提升视频拍摄制作水平的重要性。

关于内容，田间劳作以及田园生活的主题过于宽泛，那么就从最"日常"的生活——做饭或者说美食切入。关于拍摄制作水平，无非就是更换专业设备以及学习专业技能。

想明白这些，她立即找视频达人寻求帮助，并在对方的建议下添置了相机设备，开启了从策划、表演到拍摄、剪辑的创作之路。

那是一段煎熬、挣扎的时光，也是在绝望中找寻光明的日子，她变得更加沉默，这种内敛而又澄清的状态，后来成为她所有作品最鲜明的特征及表现手段之一。

作品中,万物喧哗唯独伊人缄默,她把声色留给了自然、田园、稼穑、食材、器物以及技艺中。构成乡土中国、田园生活的诸多符号,被她发掘、再造并记录下来,凭借着追根溯源、不省其繁、一饮一啄皆成世界的精神,复现出人们心目中久违的、充满烟火气的乡野风景和田园风光。

《樱花赞》是李子柒的处女作,而《兰州牛肉面》则是她的成名之作,让她真正成为一名"中国传统美食"的网红达人。

作为一种西北地区的美食,兰州牛肉面名气很大,也良莠不齐。它的汤鲜香醇厚、面筋道爽口,一清、二白、三红、四绿、五黄的搭配缺一不可,想要做出道地的口味却并不简单。

作品中的李子柒是怎么做的呢?不是从揉面、准备配料开始,而是从熬汤起步,所有的工序都不分简繁,一一呈现。

处理牛肉牛骨,精选卤料,处理熬汤用的土鸡,吊汤……仅熬汤这一步,就让人味蕾萌动、兴趣盎然。

她会突出田园意象的营造:摘洗好的蒜苗、白萝卜、香菜等食材,置于院中的石台上控水。一群雏鸡在旁边叽叽喳喳觅食。

她还会"炫技":展示和面(包括蹾面、撑面)中的各种讲究以及手法,比如一种叫作"盘算盘珠子"的手法,对于不谙面食制作或者不了解中国饮食文化的人来说都堪称奇巧,惊艳刺激。

在最吃功夫的拉面环节,李子柒表演了颇为地道和娴熟的技巧。她将饧好的面剂搓成条,滚上铺面,反复抻拉、倒手、摔打(倒手一次叫"一扣",扣数越多面就抻得越细,例如一般毛细 8 扣,细面 7 扣,二细 6 扣),十几秒内一把纤细顺滑的面条就成型下锅了。

最后，筋道的面条配上熬好的牛肉汤，再放入切好的牛肉片、萝卜片，撒上葱花、香菜，滴几滴辣椒油，再来两勺提味增香的米醋，一道色香味俱全的传统美食就做成了。

2016年11月，李子柒把作品上传到新浪微博上，这部近5分钟时长的中长视频很快引起了网友的关注。吃货们惊呼，一碗面条制作居然如此讲究，卖相如此令人垂涎。

几天后，该视频的全网播放量就达到5000万次，点赞数超过60万条。

李子柒的微博粉丝数也迅速扩充到30余万人，而这之前她的粉丝数不足10万人。

这部视频，她前后拍摄了3天，此前还专门跟面馆的甘肃师傅学艺一个月，前前后后各种投入不小，也收到了无远弗届的传播效果。

《兰州牛肉面》不仅毫无保留地对这道传统美食进行了"复现"，更是唤醒了大众对于身边饮食文化的新兴致与新期待，也让李子柒真正走上了"古香古食"美食短视频的创作道路。

延续"古香古食"的风格，她又把镜头伸向了水稻、西红柿、黄豆等常见农作物，一两年间，陆续记录了20多种作物的育种、种植、发芽、开花、结果以及采摘的全过程。

这个系列视频被冠名"一物一生"，是她对生命的记录与表达，展现了一种久违了的真实的美感，也因此受到越来越多网友的喜爱。

一个仰慕者曾经登门拜访并问她：为什么要拍它们？水稻的一

生、西红柿的一生，对我们有什么意义？

她说，因为它们就在那里。

的确，生命就在那里，与我们朝夕相伴，让我们予取予求，我们却一直疏于呵护与体察，忽略了万物的本质和生命共情的意义。

记录一株植物的生长、一道饮食的制作乃至一件器物的创造，就像在演绎生命的流转与变迁，生灭转递、时序更张。它讲述的不仅是岁月的积淀和文化的结晶，更是一个民族的文明传承与精神依托。

时代给了我一阵风

李子柒的视频风靡海外，是从粉丝们的自发搬运开始的。国内网友发现了这个古香古色的美食博主用"古法"烹制菜肴，惊喜之余，迅速把视频分享到海外社交平台上。

田园风、慢生活、超级治愈的内容，对于不懂中文的外国网友来说，充满了神秘感的诱惑。这个东方女子所展示的神奇技艺、诗意田园和烟火人间"杀伤力"十足，能够令人仿佛回到遥远的世代、农耕文明下的生活日常。

这个中国姑娘逐渐汇集了越来越多的外国粉丝的关注。那时候李子柒还没有海外社交平台账号，他们不得不去网络上搜索她的视频资源。她的视频没有太多解说或对话，完全凭借细腻的记录、电影质感的画面和"世外桃源"的意境打动人。

即使如此，仍然有网友不甘心，想找到翻译后的版本（比如视频中出现的中文标注），以搞明白这些方块字所表示的奇奇怪怪的名称和含义到底是什么。

李子柒后来在海外社交平台开设账号，其实是被"逼出来"的。她一开始并没有想要那么大的舞台。

随着作品不断搬运到海外平台上，一方面让越来越多外国网友知道了这么一位秀丽、聪慧、几乎无所不能的中国姑娘；另一方面也带来版权和造假的问题。有人甚至冒充她发布视频，称她的奶奶病了，向网友发起捐款。

李子柒看到山寨视频后惊呆了，她必须维权，制止这种欺骗粉丝的行为。而最直接的办法就是在海外社交平台开设账号，直接上传正版内容，在维护自身利益的同时，保护粉丝的权益不受损害。

于是，她注册了海外社交平台账号，发布的第一个视频内容就是"自我介绍"，以正视听。此后，她找来海外代运营公司，专门负责她的视频内容的海外分发、账号管理工作，但并不做特别的推广。

而且，所有视频内容国内外一致、同步发布，并没有为了迎合海外网友而制作不一样的内容。

但恰恰是这些抛开了语言隔阂的内容，让不同国家、民族的人更容易注意到内容本身，无论是美食还是传统手工艺，很自然地引起了大家的兴趣。一个个代表中国优秀传统文化的视频作品，被看懂、读懂，被吸引、欣赏，从而引发普遍性的情感共鸣。

这种来自外部的对于中国传统文化的强烈共鸣，是李子柒始料不及的，对她无疑是巨大的鼓舞。

2017年，随着影响力波及海外，她开始拍摄手作视频，将目光聚焦到传统手工艺与非物质文化遗产领域，家乡的美食文化已经不能满足她投射并弘扬中国文化的愿望,她希望发掘和传递出更加真实和富有生命力的中华文化内涵。

一年间,她一共拍过两万多条素材,制作的作品频频触网、破圈,不断收获海内外网友对中国文化投来的惊讶、赞许和钦慕的声音,她本人也在全世界圈粉无数。

李子柒曾为了拍视频专门去浙江温州学习东源木活字印刷,那次体验让她大为震撼。原来真正意义上会操持那门手艺的只有两个人了,传承岌岌可危。

而且,手艺人一旦年纪大了,手不稳了,就不能做了。而年轻人坐不住,也静不下心去学。

"很多非遗文化,像极了一个垂暮的老者,站在历史长河中不断回望,就是那种无力感。所以它们需要被很多人看见,需要被很多人关注。"在后来的视频创作中,李子柒尽可能把更多精力转移到对非物质文化遗产的关注和推广上来。

她不想敷衍,不想为了产出而产出,更不愿成为资本逐利的棋子,她更愿意重返传统乡土的文化土壤和精神家园,真真正正做好非遗保护这件事。

"你想要过什么样的生活,源自你是否愿意为之努力。美好的生活其实就是内心对它的热爱和向往。"李子柒希望能尽最大努力输出更好的内容,在很多年后,让人们想要查找一项非遗内容时,能够去参考她的作品,并发现她所介绍的内容都是对的、准确的。

这也意味着,她以后需要花更多精力学习非遗技艺,"只有我真的学会了,领悟了,才能更好地传播给其他人"。

从初涉短视频到成为顶流创作者,从美食、手工艺到非遗乃至主题更宏大的文化自信自强，李子柒一步一步潜心钻研、忘情投入，用一帧又一帧古朴雅致、意象万千的画面，为网友描摹着田园生活的画卷，讲述着先人智慧的流溢与古老技艺的传承。

很多人对中国传统文化感兴趣，理解与表达的方式参差多态，李子柒也想表达一种既发自本心又能够响应时代的"理解"，用一种类似格物致知的方式来认识中华传统文化与文明。

"时代给了我一阵风"，她认为自己不仅赶上了短视频的风口，也赶上了时代勃发的大潮。

没有一段路是白走的

2021年9月第四个农民丰收节时，央视《鲁健访谈》栏目采访了李子柒。在这个农民的节日里，她被聘请为四川农耕文明形象大使。这是继成都非遗推广大使和首批中国农民丰收节推广大使之后，李子柒再获殊荣。

她在节目中聊了自己的过去，介绍创作灵感和来源，回应了一些社会关注的问题，并对未来做了简单的勾勒。

她谈了很多与爷爷有关的故事——那个教会她各种生活技能和恬淡生活态度的老人。她很想念他。

在拍《水稻的一生》时，她从播种到收获，耙田、抛秧、插秧、守水、巡水，全程亲力亲为。当观众为之感到惊讶时，她却解释道："小时候爷爷耙田，经常让我站到上面去压耙，因为我的体重刚好可以把耙压得不深不浅。"

李子柒小时候主要跟着爷爷奶奶生活。爷爷奶奶一辈子待在农村，没有固定收入，只能靠爷爷做一点木匠活勉强维持生计，奶奶则做点农活，养点鸡鸭。

爷爷还干着乡厨的活，李子柒于是经常跟着他去跑流水席，从一开始烧水打下手，到后来帮着切菜、配菜，再到后来能上锅蒸一些东西。

流动的乡厨，带来不同口味的交流，不同食材的搭配，不同理念的碰撞，形成了看似雷同实则百花齐放的群宴文化。

乡厨是中国乡村饮食文化的重要符号，这样的文化熏染了李子柒，让她学到的不仅仅是做饭和厨艺。

生活的经历让她慢慢学会了必要的技能，更准确地说是生存技能。"求生本能逼迫你必须学会一些东西。"李子柒说，只有这样才能帮上爷爷，挣到一点钱，给自己交学费。

爷爷在过年的时候要糊灯笼，李子柒就跟在后面看。灯笼糊好后串为一串，然后用一根高高的竹竿顶起，拿到街上贩卖。当李子柒因为贪玩在街市中迷路时，只要抬头看到那不远处的灯笼，就知道爷爷在那里，彷徨的心灵顿时安定下来。

卖完灯笼，爷爷就会带她去茶馆歇脚，一边喝茶，一边看着熙攘的人群，和她说笑。

奶奶外向乐观，相比较而言，爷爷则沉默寡言，不会把"爱"挂在嘴边，只是默默对她好。

但李子柒还是遇到了交不起学费的时候，奶奶别无选择下，找到了当地的妇联，希望他们可以救助一下这个可怜的孩子。

妇联的人把她接到自己家，拿鸡蛋给她吃。她吃惊地问道："这鸡蛋可以吃？"因为以往小子柒家的鸡蛋都是拿到集市上去卖钱的。

妇联的人也很惊讶:"当然可以!放心吃,以后每天都有!"这种温暖的瞬间充溢了她幼小的心灵。

在妇联的帮助下,李子柒顺利上了学。

爷爷过世后,家里过得更难了,李子柒觉得她应该要尽快赚钱挑起家里的经济重担。于是她辍学在外面打工了一段时间。

没有学历年纪还小,到了大城市真的是举步维艰,眼看着就要活不下去了,她侥幸找到了一个餐馆服务员的工作,一个月基本工资只有 300 元。

最困难的时候,她就睡在桥洞、公园的躺椅上,有一顿没一顿的是常事。

即使如此,她居然资助了一个平武的孩子上学念书。之所以这么做,是因为她忘不了妇联的阿姨带给她人生的那束光。

"有人给我的世界一束光,我知道它能给人带来多大的温暖。"

很多人不理解李子柒为什么那么迫切地传递一些内容、价值,她说因为她是"被那束光照耀过的人"。

为了多赚钱,她跟一个师傅学习打碟,对她来说,学打碟不是出于兴趣,仅仅是因为别人说可以多赚一点钱。学成之后,她就从服务员转行到酒吧做打碟的工作,这时候她就赚得多一点了,起码可以养活她和奶奶两个人。

正是在餐厅当服务员的经历,让她又学到了一些当时看来没什么用的知识。她对于做菜的用料、工序、色香味等等有了新的心得。学打碟,则让她学会了音乐的简单编配和乐理知识,成为后来做视频的一项必要技能。

回过头来看,她走过的每一步、学到的知识和技能,后来都找到了恰当的用途,是她人生道路上的有价值的经历,虽然过程中难免坎坷与挫折。

"我觉得我是一个特别幸运的人。好多事情就是机缘,你没有一段路是白走的。"她在和主持人鲁健对话时说。

作是一个自媒体人、短视频创作者,她觉得自己以后会长期生活在农村,守护好属于她的那个小天地,和奶奶相依为命,不希望被打扰。

奶奶始终是她视频作品中的唯一配角。事实上,生活中,除了出差或者在办公室忙工作,李子柒其他时间都和奶奶在一起。"老人年纪大了不等人,所以还是得取舍。"

她会有意识地记录一些镜头,因为很多东西错过了就没了,那些往往是最有生命力的时刻。

而恰恰是这些富有生命体验的记录,提供了一种"减少焦虑"的效果,让远离田园乡土的现代都市人能够有机会回归自然、感受生命,重温田园牧歌。

这或许就是李子柒和她的作品的生命力所在,"我是怀着敬畏之心来对待我们的传统文化、传统手艺,我觉得它只会随着时间的推移越来越沉淀,而不会消失"。

她视频中的农村,简约宁静、美轮美奂,正是她想象中的田园乡土该有的样子,或者说,是她希望以后自己生活成那个样子。这就是她想要的生活,虽然现在还没实现。

"我生活在农村,我的衣食住行等一切其实都是我的素材和灵感,生活在继续,日子一年又一年。"

李子柒说，这就是"李子柒"这个名字或者品牌背后的本质与灵魂。

对于未来的生活，李子柒想做好三件事：一是跟乡村振兴和共同富裕相关的一些事情，就是做一个可复制、可传播、可循环、可推广的一个试点，真正帮助老百姓增收；二是继续继承、传播非遗传统文化；三是做青少年引导方面的事，塑造他们正确的世界观、人生观、价值观，鼓励他们善于抓住人生的每一个机会。

2020年8月，李子柒入选全国青联委员，这让她有机会了解到许多优秀的同龄人的故事。他们的故事丰富了李子柒的眼界，也给了她追寻梦想、不断前行的目标和动力。

目标之一，就是通过创作优秀的短视频内容，传递正能量，帮助青少年塑造正确的价值观。

对于"李子柒"这个IP，她目前最大的想法就是做好保护，保护好这个名字。她说："这三个字的未来未必要有太高的商业价值，因为它是把双刃剑。"

"以后我觉得可以慢一点，尽量把自己想做的每一件事情做好，陪好我想要陪的人。"她不断描述着自己理想中乡村的样子，"就像我视频里拍的那样，自己有一个院子，里面想种什么就种什么，四季都有吃不完的水果、蔬菜，四季都是花香"。

第九章 强军强国 铸小康

2021年,中华民族第一个百年奋斗目标已经实现,全体人民正斗志昂扬、信心百倍地向着全面建成社会主义现代化强国的第二个百年奋斗目标迈进。强国与强军,历史性地统一于新时代中国特色社会主义的伟大进程中,谱写了经济实力和国防实力同步提升的时代篇章。国防和军队建设正乘风破浪,沿着中国特色强军之路,向着聚力实现建军一百年奋斗目标奋勇前进。

引子

实现民族复兴,是中华民族近代以来最伟大的梦想。这个梦想是强国梦,对军队而言就是强军梦。巩固国防和强大人民军队,是新时代发展中国特色社会主义、实现中华民族伟大复兴的战略支撑。

中国国防和军队现代化进程,始终与国家现代化进程相一致,与经济建设和全面建成小康社会进程相一致,与中华民族伟大复兴的战略进程相一致,是强国与强军的高度统一。

当前,世界百年未有之大变局加速演进,新冠肺炎疫情对国际格局产生深刻影响,我国安全形势不确定性不稳定性增大。世界新军事革命迅猛发展,既为我们提供了难得机遇,同时也带来严峻挑战,不断强化我军现代化建设的使命感和紧迫感。

党的十九大以来,党中央和中央军委就国防和军队现代化作了新的战略筹划和安排。十九届六中全会审议通过的《中共中央关于党的百年奋斗重大成就和历史经验的决议》指出,党提出新时代的强军目标,确立新时代军事战略方针,制定到2027年实现建军一百年奋斗目标、到2035年基本实现国防和军队现代化、到21世纪中叶全面建成世界一流军队的国防和军队现代化新"三步走"

战略。新时代的强军目标，为抢占世界军事变革先机主动，加快国防和军队现代化，加快强军征程提供了坚定的方向和坚实的保障。

2021年，中华民族第一个百年奋斗目标已经实现，全体人民正斗志昂扬、信心百倍地向着全面建成社会主义现代化强国的第二个百年奋斗目标迈进。强国与强军，历史性地统一于新时代中国特色社会主义的伟大进程中，谱写了经济实力和国防实力同步提升的时代篇章。国防和军队建设正乘风破浪，沿着中国特色强军之路，向着聚力实现建军一百年奋斗目标奋勇前进。

第一节 定海神针

"兵王"来了

2021年12月27日，安庆师范大学礼堂，安庆市2022年春季征兵高校毕业生征兵报名启动仪式现场。

主席台上，一名黑瘦精干的老兵正在深情讲述，台下400多名师生屏息聆听，掌声不时响起，学子们的脸上泛着敬慕、眼中透出光华。

"我有一个理想，那就是一定要在部队里干出一番成绩！"老兵说，自己家境贫寒，初中毕业后参军入伍进入火箭军某导弹旅，一干就是34年。正是这超过了三分之一人生的军旅生涯，让他练就了为国砺剑的过硬本领，从普通老兵成为"八一勋章"获得者。

老兵说，他很羡慕学子们现在的学习环境，能够学而成才、学以致用，更好地服务社会、报效国家，而参军报国是他作为普通一兵可以分享给大家的崇高目标之一。

"我所有的收获和成就，都得益于部队这所大学校的培养，希望你们也能积极投身军营，在这座'大熔炉'里淬炼成钢。"

老兵的报告是一部精华版的军旅生涯，更是一个精彩励志的人生故事，深深感染了现场师生。

报告结束后，学子们踊跃报名应征。学校统计后发现，报名应征人数一下子从最初的20多人增加到140多人。

"他的分享让我深知作为一名中国人，保家卫国是我们每个人的责任。"

"清澈的爱，只为祖国。"

"珍惜韶华，积极投身强军的伟大事业。"

"努力做祖国建设有用之才、做军队建设的栋梁、做新时代革命军人，为实现强国梦、强军梦贡献一份力量。"

同学们纷纷表示，要向"兵王"学习，积极投身到强军兴军的伟大事业中去。

老兵是个"兵王"？没错，这场报告的主讲就是一位货真价实的"兵王"，确切地说是"导弹兵王"。

也只有"兵王"，才有如此强大震撼的感召力，让校园学子们萌发出沙场追梦的梦想，立志于把青春献给军营，践行新时代军人的使命与担当。

老兵叫王忠心，光荣退休前为火箭军某导弹旅一级军士长，曾多次受到习近平总书记接见，是总书记"一眼认出的老兵"；2017

年荣获"八一勋章",是迄今唯一获此殊荣的战士代表;2019年入选"最美奋斗者"名单。

他的军人履历堪称传奇,他的军旅生涯见证了我国导弹部队的辉煌征程。

一个几乎不会犯错的"超级士兵",却脱胎于一个文化水平不高的普通农村青年,既让人感到不可思议,又似乎在情理之中。

回看王忠心的成长轨迹,会发现他和很多年轻人一样,也有过青春的迷惘、不善言辞的自卑,有着朴素的家教和贫瘠生活的煎熬。然而,早年艰苦生活的磨砺,反而塑造了他不甘平凡、不屈于命运、吃苦好学的品格。

生活既然无法磨灭一个人的意志,就必然促使其不断强大。

为了磨炼意志,王忠心选择了最需要吃苦、最能锻炼人的地方——部队,希望能在这里学到本事,干出点名堂,成为有出息的人。他参军入伍的想法就是这么简单。

一个只有初中文凭的农村青年,想要融入这支火箭军最早组建的部队中,成为一名真正的军人,并不容易。但王忠心有一颗炽热的心,他喜欢这身军装,想要扎根军营,因此从义务兵转志愿兵成了他当时最大的奋斗目标。

转志愿兵,有一条"捷径",那就是走技术骨干路线,成为一名"有学问的军人"。为此,他报考了第二炮兵士官学校,一边备考一边完成作训。

功夫不负有心人,他成功考取了第二炮兵士官学校的发动机专业。当一向严厉的老班长李炳华笑呵呵地把这个消息告诉他时,他大脑一片空白,几乎不敢相信这是真的。

考上军校，对于一个从农村来的兵意味着太多！他真的考上军校了，这是他们同期兵里第一个考上军校的。在收到军校录取通知书前一周，他还获得两本专业操作上岗证书。

战友们对他的成绩既羡慕又钦佩。

两年军校的学习紧张而又充实，王忠心沉浸在知识的海洋，体会着憧憬已久的大学校园生活，第一次认识了大山之外的世界。

校园生活带给他最大的收获，不仅仅是专业知识，更是让他找到了人生的方向，找到了为之奋斗的目标。

军旅题材报告文学作品《老兵王忠心》一书，记录了王忠心在军校学习时的点点滴滴，比如带给他人生指引的那部小说。

那是一次偶然听到广播剧中一个名叫"孙少平"的农村青年的奋斗故事后，王忠心内心受到的震撼以及顿悟。这个青年和他有着何其相似的出身与经历，同样为了摆脱贫困、挣脱枷锁而与命运不懈抗争。

王忠心后来才知道这个青年是小说《平凡的世界》中的主人公。于是，他听完了这部长篇小说联播，还去青州城的书店里买来原著一气读完。

他学会了思考人生，他找到了解决迷茫的办法，未来他也要像孙少平一样活着。

军校毕业后王忠心回到部队，进行为期一年的岗位实习。他同时接到了一项新命令——调整为测控专业的测控号手。

测控号手，就像是导弹发射前给导弹做"体检"的人，那是导弹部队最难上手的岗位之一。

一辈子当精兵

王忠心至今还记得第一次见到导弹时内心的震撼和激动。

刚接到岗位调整命令时,他其实有一点失落,虽说作为导弹部队的一分子,需要熟悉不同型号的导弹武器操作,掌握不同导弹的操作岗位技能,但这和他学的导弹发动机专业毕竟关系不大。

而导弹测控可是一个要求有深厚数理化功底的技术活,涉及高等数学、高能物理、微电子技术、机械识图方方面面,不仅专业性极强,而且对理论和实操的要求都很高。

"我能干好吗?"他有一些兴奋,更多的是忐忑。

重返军营时,他没能再见到班长李炳华。老班长在他毕业前一年已经退役,临走时还专门给他留了一封信。

信中说,你在考试前还能做到该复习时复习,该训练时训练,就冲这一点,我就相信你一定成,因为无论多大的诱惑,你都能守住本分!

"守住本分,就守住了长远。"老班长的信让王忠心感动、感激,纠结之情一扫而空。他暗下决心,一定要学习好各型导弹专业知识,成为完全掌控它们的主人。

为学好专业基础知识,王忠心在宿舍、食堂、营区甚至医院,废寝忘食地阅读专业教材,背诵默画电路图、气路图、液路图、控制流程图等图纸。

为提高实际操作技能,他每次训练都一丝不苟、不厌其烦,仅一个电缆插拔动作就练了上千次。

碰到专业难题或异常故障状态,他便没日没夜铆在测试库房刻苦钻研，直到学懂弄通。

凭借着顽强的毅力，他不断朝着一个优秀的技术军人的目标前进着。

很多人觉得不解，他哪来的这么大的毅力或者驱动力，去钻研艰涩枯燥的技术问题，去记住那些堪比大城市地图的电路图。很多人宁愿在室外操作流汗，也不愿意在屋里埋头"跑图"。

特别是他当班长以后，经常会碰到新兵们问他诸如此类的问题，但他自己也说不清楚。要有一个明确的目标，要有不达目标誓不罢休的狠劲，这些是王忠心给出的答案。

但还有一点他也许忽略了，那就是他有一种保持专注力的能力。

他做事的专注程度超乎常人，看书时忘记吃饭睡觉、忘记打针吃药，钻研技术难题时不眠不休、没日没夜，作训时一丝不苟、一毫不差。这种专注能力，是促使他能够持续投入专业领域并取得成功的重要因素。

一次，部队对战略导弹进行为期3个月的延长寿命整修，导弹弹体重新组装完成后进行测试，一按下电钮，设备就跳闸。技术人员从头到尾反复检查，都没找到故障发生的原因。

于是，部队、厂家以及总装厂3家单位技术负责人都来了，一起会商分析，查找原因。会商了3天，还是没有搞清楚问题到底出在哪里。故障不排除，意味着价值上亿元的导弹不能用，更别提延长导弹寿命了。

一直在现场观察记录的王忠心判断，弹体应该没问题，问题肯定出在电缆连接环节。他仔细斟酌后决定向上级报告自己的推断：

"会不会是插头的问题？"

他的推断让技术专家们都愣住了，这个其貌不扬的士兵的想法让大家眼前一亮，仿佛在混沌中透出了一丝光明。

专家们迅速调整思路，觉得可以试一试。最终，他们在数以千计的电缆插头上真的找到了故障点，证明王忠心说对了。

这个结果也让王忠心悬着的心放了下来，他随后建议厂家对同型号导弹的插头进行技术改进，从根本上杜绝类似的隐患再发生。

就这样，故障被排除，导弹延寿计划顺利进行。王忠心在技术专家心目中的地位不一样了。技术专家感慨道："这个兵了不起！"

又一次，部队执行实弹任务。在发射前的检测中，一个系统指示灯突然不亮了。这种情况的故障比较少见，任务官兵们一时找不到解决办法，而眼看发射窗口就要到了。

王忠心主动请缨，把4张电路图展开，按照操作流程逐一推演、推敲排查。时间一分一秒地过去，战友们在一旁屏息等待，沉思良久的王忠心突然一拍桌上的图纸，肯定地说道："就是这里了！"

他把故障锁定在一块电路板上。

技术人员按图索骥，果然发现一个电容器被击穿了。换上新的电容后，指示灯顺利点亮，发射任务不会耽误了。

导弹准时发射升空后，战友们把王忠心抬起来抛向空中，以此向这位功臣表达敬意。

王忠心逐渐进入"巅峰状态"。他在战友们的眼中已经成了名副其实的"全能兵王"，几乎任何技术难题、疑难杂症，到他这里都会手到病除。大家有问题，第一个想到的就是找王忠心求助，而王忠心一出马，总能快速找到问题的根源，保障任务顺利完成。

王忠心在上级领导眼中，更不是一名普通的兵，而是发射场上的"定海神针"。他有着"庖丁解牛"般的本领，对任何导弹出现异常都能够迅速找出并排除故障，最终让导弹呼啸升空，精准刺向目标。

王忠心前后经历过3次武器换型、操作过3种型号导弹，"导弹换型，一切清零"，这是导弹技术兵最无奈的事情。然而他总能从头开始，学习新教材，熟悉新仪器，掌握新操作规程，最终做到了精通测控专业全部19个号位的操作本领，拿到"操作王""排故王""示教王"的"三王"桂冠。

他参与排除技术故障200多起，执行重大任务30余次，参加导弹实装操作1500多次，其间没有下错过一个口令、做错过一个动作、连错过一根电缆、报错过一个信号、记错过一个数据、按错过一个按钮、损坏过一件仪器。

这"七个一"，在基地部队至今无人能及。

他是把使命举过头顶、把责任扛在肩上、把事业装进胸膛，把青春、力量和智慧都献给军营的一个"专一"的人。

用他自己的话说，就是"一辈子当精兵"。

当好一辈子兵

一位导弹专家曾感慨道："战略导弹部队里，不能没有站在战略筹划高端的'钱学森'，也离不开千万个坚守末端岗位的王忠心。"

王忠心觉得这句话说到他心坎里去了，他始终不满足于自己当"兵王"，一个兵强了不算强，所有的兵强了这支部队才是真正的强大。

他不断总结经验，把自己几十年的学习体会、实践经验、操作技巧写成了一本"王氏学习法"，从实践到理论，又用理论指导实践。

这些实用的经验技巧受到战友们的热烈欢迎，大家争相复印这本小册子，很多人从中获得了极大的学习提升。

除了总结学习方法、分享学习经验，王忠心还学会了编"剑谱"。他和专家合作，将每套导弹装备的专业术语转换成官兵熟悉的语言，编写出《测控专业故障分析》《综合测试设备》等10多本教材，成为培养新兵、传承剑术的"剑谱"。

他还牵头成立了"士官工作室"，带领其他高级士官研究破解专业难题，编写新型装备操作规范，帮助单位选拔骨干人才。

在他的带动下，一大批一级军士长、"砺剑班组""砺剑标兵"竞相涌现。

"科技练兵模范战士"徐海波、"全国优秀大学生士兵"高明以及"战士理论家"王圣良、"导弹工程兵模范士官"龚晓斌等一批全军重大典型，全部都是他的学生。

2017年，火箭军青州士官学校聘请王忠心担任客座教授。该校于3年前开始探索士官任教制度。校党委意识到，只有培养更多高素质的士官教员，才能带出更多能打胜仗的士官骨干。

这个消息一出，立即在全校引发争论。

在操作技能方面，王忠心是全军闻名的"兵专家"。然而，按照职称评审标准,他学历不高,又缺乏院校教学经历,并不具备当教授的资格。

当时,该校与王忠心有类似情况的士官还有不少,他们大多学历不高,但入伍后练就了一身过硬的技术本领,可都是因为学历的问题无法参加士官教员的选聘……

师生们对于"战士能不能当教授"的问题的争论,看似是如何权衡学历、资历与能力的比重关系,其实核心在于——士官学校到底需要什么样的教员?

学校为此举行了一次办学思想大讨论,统一了思想认识:要破除"偏重理论研究,忽视实践操作"的思维模式,把懂打仗、会打仗的人调到教打仗的岗位上。

最终,当校领导把"客座教授"聘书交到王忠心手上的那一刻,台下响起雷鸣般的掌声。

被母校聘为"客座教授"的王忠心,现场为学员们讲授了干货满满的一课。借助现场器械和模拟示意图,他对不同型号导弹的性能参数、操作技能如数家珍,"接地气"的授课极具感染力,紧紧吸引着学员们求知若渴的目光,并引来10多位专家教授加入旁听。

在讲解专业知识的过程中,他还穿插讲述了自己的奋斗历程,分享自己从一名普通士兵成长为技术骨干、"全能王"的精彩故事。他用一个个极富青春色彩的关键词,为学员师弟们阐释忠诚、责任、坚守和奉献的意义。

他的话语朴实而饱含深情,感染了每个聆听者,掌声一阵又一阵响起……

2020年5月,超额服役几年后,王忠心还是到了功成身退的时刻。在退休仪式上,宣读完退休命令后,王忠心向着军旗、向着导弹敬上最后的军礼。即将离去,他想向战友们分享自己的一些人生感悟。

他说,我此生难忘的是军营,无悔的是军旅,无憾的是穿了34年的军装。"一个人的成长,一定是用无数的汗水浇灌而成;一个人的成熟,一定是经受了无数次的自我挑战;一个人的成功,注定是在每一天的坚持中铸就。"

他还说,即将离开这个光荣的集体,心头萦绕着军旅歌《红剑战歌》中铿锵的旋律——我们是英雄的红剑劲旅,我们是光荣的红剑劲旅。"历史的接力棒在你们手上,希望你们接续旅队光荣传统,为强军事业做出更大贡献,走好属于你们这一代人的长征路。"

而对于王忠心而言,他这么多年来一直都在做自己应该做的工作,尽的是身为军人应尽的义务。他不求万般荣誉加身,但求不辜负身上这身军装。

三十多年如一日,不断为中国军事建设添砖加瓦,他没辜负身上的军装,更是没有辱没"兵王"的称号。

第二节　铸"甲"为国

为了尊严

提起"两弹一星"元勋，有个人的名字并不为大家耳熟能详，然而这个人却是我国核武器事业的重要开拓者，被誉为"核司令"的程开甲，也是唯一获得"改革先锋"、国家最高科学技术奖、"八一勋章"、"人民科学家"等六大荣誉的科学家。

他的人生写照，正如他常挂在嘴边的两句话："我这辈子最大的幸福，就是自己所做的一切，都和祖国紧紧联系在一起。""最大的心愿就是国家强起来，国防强起来。"

这是一位经历过国家动荡、海外求学、科学报国曲折道路的科学家，奉献毕生心血为祖国铸就坚盾利甲后的肺腑之言，朴实真挚，洗尽铅华。

在浙江嘉兴，秀州中学开明的近代教育，在少年程开甲心中埋下了成为科学家的种子。抗战爆发、山河沦陷的那一年，这个刚刚考入浙江大学物理系的青年悲愤不已，一边潜心求学，一边苦苦思索国家、民族救亡图存的出路。

在浙大，程开甲受教于束星北、王淦昌、陈建功、苏步青等学界一流的科学家，这样的言传身教和环境氛围对他后来人生道路的选择产生了重要影响。

1939年，日本军机轰炸波及浙大，程开甲的衣服、被褥、书籍、笔记本都化为了灰烬。在劫后的硝烟中，程开甲在笔记本上写下了两行字："中国落后挨打的原因：科技落后。拯救中国的方法：科学救国。"

科技落后导致被欺凌蹂躏，解决之道就是要强大我们的科技——他找到了自己求索已久的答案。

1946年，程开甲怀揣着理想来到英国爱丁堡大学求学，并幸运地成为素有"物理学家中的物理学家"之称的玻恩的学生。

获得这个留学机会，与著名学者李约瑟的帮助有很大关系。

两年前，李约瑟曾到浙江大学访问，其间，王淦昌向他推荐过一篇程开甲的论文。李约瑟对文章极为赞赏，并把它推荐给物理学权威狄拉克，但狄拉克却对这个中国青年的研究成果颇为轻慢。

这种非科学的态度不乏歧视性因素，后来也给这名学术权威的声誉造成了影响。

不过，李约瑟广博的学识与资源却为程开甲打开了一扇大门。在他的帮助下，程开甲与许多国际物理学权威建立了交流的渠道，其中就有狄拉克、海特勒、薛定谔、缪勒、鲍威尔等科学巨匠，这对他后来的学术生涯产生了很大影响。

留学爱丁堡大学，成为玻恩的学生，正是程开甲开启学术生涯的关键阶段。

玻恩为人谦逊随和，有教无类，鼓励程开甲去认识更多学术界的朋友，让他出席各种国际学术会议。在玻恩的指导下，程开甲将超导电性理论研究确定为自己主攻的方向。

玻恩一生只带过4位中国学生，其中两位获得了"两弹一星"功勋奖章，另两位获得了国家最高科学技术奖。

留学期间，程开甲在生活上并不开心，因为他深深感受到来自这个所谓开明国家针对华人的歧视。

在英国,即使像他这样身处象牙塔内的学子也常常受到异样的眼光。"看不到中华民族的出头之日,海外的华人心中都很闷、很苦。"

这种状况也让他更加明白要把先进科技带回国的重要性。所以那段时间,程开甲利用一切时间去学习、实验、做研究,终日穿梭于图书馆与自习室之间。

1948年,程开甲被英国皇家化学工业研究所以年薪750英镑的待遇聘请为研究员,实际工作还是与玻恩一起合作搞研究,而这距他求学英国仅有两年时间。

第一次拿到工资后,他马上跑出去挑选礼物,他要送给国内的妻子和孩子,这个想法已经存在很久了。

他在一家商店看中了一件皮大衣,但等到结账的时候,商店的老板拒绝了他手中的支票,言语神情中毫不掩饰轻蔑之意,他根本不相信这个黄皮肤的中国人能买得起皮大衣。

即使程开甲告诉对方自己是某研究所的研究员,是有体面身份和职业的人,势利的老板还要打电话给银行核实支票的真伪。

这件事让程开甲的自尊心感到践踏。

这样的遭遇不止一次了。他刚来英国的时候,有一次去海滩游泳,几个中国留学生刚下水,英国人就立即上岸,还指着他们说:"有一群人把这里的水弄脏了。"

充满歧视和敌意的环境让程开甲逐渐抛弃幻想,认真思考未来的出路。

当时的中国国弱民贫,海外华人在异域他乡普遍没有地位,即使再聪明勤奋、再吃苦耐劳也被人瞧不起。对于他自己，虽然有了一份喜爱的职业，但再努力最多也只是一个"二等公民科学家"。

程开甲动了回国报效的心思。

1949年4月的一个晚上，程开甲在苏格兰出差期间观看了一部电影新闻片，影片讲述的是关于"紫石英"号军舰事件。

那是发生在中国国内解放战争期间渡江战役中的一次事件。国民党政权仍妄想凭借长江天险做垂死挣扎，纵容英舰游弋于我国内海和长江，于是遭到中国人民解放军的炮击。

看到中国人敢于向英国军舰开炮，并击伤英国军舰"紫石英"号，程开甲第一次有了扬眉吐气的感觉，压抑已久的情感仿佛找到了出口。

看完电影走在大街上，他挺直腰杆，眉头舒展，坚定了心中的想法。

"中国过去是一个没有希望的国家，我感到现在开始变了。就是从那天起，我看到了中华民族的希望。"

"紫石英"号军舰事件，让程开甲开始了解中国共产党和中国人民解放军。他给家人、同学写信，询问国内情况。先他回国的同学胡济民在回信中告诉他，国家真的有希望了！

于是，他决定回到祖国，投身于新中国建设的伟大事业。

当程开甲开始为回国做准备时，他的同学过来劝他留下说："中国穷，中国落后，中国没有饭吃。"

每当听到这样的劝告，程开甲立即会严肃地予以反驳，有时候还会发不小的脾气。"不看今天，我们看今后！"

他的恩师玻恩教授听说这件事后，虽然支持他回去，但也给他打了一针预防针:"中国现在很苦,你回去会吃许多苦头。"当看到他去意已决时,便提醒他说:"你回去的时候多带一些吃的吧。"

回国前,他经常跑去书店和图书馆,买了许多固体物理、金属物理方面的书籍和资料。他想,新中国刚建立,百废待兴,钢铁、材料一定很缺。这方面的知识和资料,国内一定非常需要。在他后来的工作中,这些书籍和资料发挥了重要作用。

1950年,程开甲毫不犹豫地放弃在英国取得的一切成就,毅然决然地踏上归国游轮,历经重重困难后,回到了百废待兴的新中国,开启了他报效祖国的人生之旅。

鏖战罗布泊

归国后的程开甲仍回到了自己的母校浙江大学任教授,后来又被调到南京大学,主要从事理论物理教学和研究。

1960年,他接到中央指令,担任第二机械工业部研究院副院长一职,参与原子弹研究,主要负责分管状态方程理论和爆轰物理研究工作。

从此,程开甲从学术界消失了,学校、家里都不见他的身影,此时的他已转战千里之外的戈壁荒滩——罗布泊。

按照中央部署,要在两年内进行第一颗原子弹爆炸试验。当时,无论理论还是技术都是一片空白。

令人气愤的是,苏联在1959年突然撕毁合约,带走所有的专家与仪器,留下一堆破铜烂铁和那句"再有20年,中国也造不出原子弹"的嘲讽。

罗布泊在成为中国核试验场以前,几乎没有生命踪迹。核试验基地马兰,名字取自马兰花,象征着顽强的生命力。

进入罗布泊之后,程开甲立刻起草了首次试验的总方案,并且把需要解决的问题分成上百个交给不同的人去完成。

不到两年的时间,一切准备工作就已经完成,全国齐心协力研制出上千台测试、收集数据的机器。

在第一颗原子弹爆炸的前夕,人们最担心是它爆炸时突然不响,放了一个哑炮。所以,保证第一颗原子弹炸响,就成了所有参试人员最关注的问题。

为了保响,程开甲建议采用静态爆炸的方式,将原子弹放在百米铁塔上进行启爆。同时,改变原来使用无线电遥控启爆的方式,采用铺设电缆、直接用电流引爆的手段。

他把所有的问题都揣摩透了,并且严格按照科学规程,确定了最终的试验方案和测试方案。

1964年8月26日开始,整个场区开展了轰轰烈烈的全面预演活动。这是一次完全按照实战要求的大练兵,既为了训练队伍,也为了检验场区的上千台仪器设备。

在这些不寻常的日日夜夜里,程开甲始终睁大了眼睛,注视着场区的每一丝风云变幻。

一次,有一台仪器上的指针在预演时发生了不正常的跳动,被张爱萍将军发现了。经过检查,原来是一个焊点出了一点小问题。对此,程开甲主动承担责任并进行了检讨。

面对越来越强烈的焦虑和担忧,程开甲宽慰大家要沉着冷静、一丝不苟,严格按照科学要求开展工作,"只要这样做到了,它不能不响！"

"它不能不响"，这是程开甲的宣言，也是他立下的军令状。话虽不多，但却气势如虹、振奋人心。

为了能掌握第一手资料，程开甲坚持到实验的第一线，并多次到地下核爆炸后的现场、测试走廊、测试间和最危险的爆芯去收集数据，指导工作。

1964年10月16日下午3时，一朵蘑菇似的巨大烟云渐渐升高，很快从各测点不断传来数据，综合分析数据后确认，一切正如程开甲所预想的那样，原子弹准时爆炸，试验成功了！

为了掌握地下核爆炸各方面的第一手材料，他和朱光亚等科学家毫不犹豫地进入地下爆心考察。他带头在刚刚开挖的直径仅有80厘米大小的管子里爬行，进入爆炸后形成的巨大空洞后，又不顾高温、辐射等危险，迅速投入到记录数据的工作中，终于拿到了中国地下核试验第一手完整的数据资料。

1700多台（套）仪器全部拿到测试数据，其中97%的测试仪器记录数据完整、准确，他这个靶场试验的技术总负责人终于长舒了一口气。

中国第一颗原子弹爆炸拿到全部测试数据，让世界再次刮目相看，因为美英苏等国第一次核试验只拿到很少一部分数据。

30多次的核试验，程开甲每次都身处一线去做检验。他清楚，举国之力都在为核弹准备，自己要珍惜每一次试验的机会。

原子弹研制成功后的两年八个月后，我国第一颗空投氢弹也试验成功，发展速度之快，震惊世界。此时，大家对于是否继续进行地下核试验，再次产生了分歧。

有人认为氢弹都爆炸了，没必要再搞地下核试验了。程开甲多次发言，阐述地下核试验对中国的重要意义，最终得到了大多数人的赞同。

地下核试验有两种方式，平洞试验成功后，程开甲又力主开展更有前景的竖井试验，并多次带队勘察调研场地。

1978年10月，我国首次竖井地下核爆炸试验成功。这次试验实现了全封闭爆炸，爆后取得样品在试验安全等方面获得满意的结果。之后我国地下核试验技术不断成熟，1980年以后不再进行大气层核试验，试验方式全部转入地下。

每次地下试验，程开甲都反复论证，慎之又慎，力求安全。而很多安全的论证是建立在程开甲自身"不安全"的工作基础上。

因看不到爆后的实际情况，程开甲心里不踏实，于是决定对第一、第二次地下平洞核试验进行零后开挖，以获得第一手资料。他强调要总结形成一门"地下核试验现象学"。

正是这种探索精神，在核试验的过程中，程开甲总能发现关键的现象，并提出具有创造性的方案，如研制250万次高速相机、X光测试项目、康普顿挡墙测试等，解决了一个又一个难题。

从1945年美国首次核试验到1996年全面禁核，全世界共进行了2047次核试验，其中美国1056次，苏联715次，中国只有45次，技术却同样达到了世界先进水平。

对此，程开甲总结的经验是：开拓创新。

研制和试验两者的有机结合，在国外的核武器发展过程中是相对薄弱的，这也是核武器研制和试验的"中国特色"，是一个关键性的创新。

核试验早期，中央专委就确定了"有限目标，技术先进"和"一次试验，多方收效"的指导方针。第一颗原子弹爆炸核试验，97%的测试仪记录数据完整、准确，得到了周总理的肯定。

在研究所的20多年里，被誉为"核司令"的程开甲，让茫茫戈壁开出了一朵朵绚烂的"马兰花"。他用一次次的巨大付出，使我国核试验科学技术体系能够建立并得到科学发展，核试验测试诊断的基本框架得以搭建，为我国核武器设计改进和运用做出了卓越的贡献。

一生奉献

1984年，由于年事已高，程开甲从戈壁滩回到了北京，担任国防科工委科技委常任委员。离开核一线后，程开甲没有停下脚步，他不仅在抗辐射加固和高功率微波领域继续努力，还不断为材料科学的发展提出新的研究方法。

他和大女儿合著了《超导机理》，共同研究材料科学的这一崭新领域。当时他们天各一方，他在打字机上一键一键敲出英文书稿，女儿协助做计算和校对，20万字的英文专著出版后，女儿又帮他用中文整理出版。

1999年9月18日，程开甲终于从幕后走到了台前，他和其他22位科学家一起获得了"两弹一星"功勋奖章。这些常年隐姓埋名、献身国防事业的科学家的故事才被公众所了解。

晚年的程开甲，在科学研究的道路上仍耕耘不辍，心系国防科技发展，为我国国防现代化事业贡献着自己的智慧和力量。

例如，利用"程-玻恩"超导电性双带理论，对赵忠贤院士和美国卡内基研究院毛和光发现的"压力诱发超导再进入"的新的重要现象进行研究；对"哥德巴赫猜想"这一世界难题提出新命题，开始了自己独特的思考。

"我还要努力不懈，不老常青。"是他常挂在嘴边的一句话。

在多年的工作中，程开甲还带出一支高水平人才队伍，培养出10位院士和40多位将军，取得了丰硕的科技成果。

对于晚年的成就，程开甲很谦虚，"我只是希望，我的建议、我的研究，能对我国的武器装备发展起到作用"。

程开甲的体育爱好不多，这或许和他的工作性质及经历有关，但有一项是他一直没有放下的爱好，那就是太极拳。

1960年冬天他因病回南京休养，为了早日康复回到工作岗位，他拜南京大学物理系教授魏荣爵为师学习了太极拳。此后，这项运动陪伴了他的终生。

除了太极拳，程开甲还钟爱钢琴和古典乐，这是他在英国留学时培养起来的爱好。晚年生活中，每当工作遇到困局，程开甲都会听听音乐，弹弹钢琴，在音乐中整理思绪，启发灵感。

2018年2月，浙江大学校长吴朝晖一行到北京看望程开甲，满头华发的程开甲即兴弹奏了一首《新年好》。欢快的乐曲，欢畅的交谈，尽显这位百岁老人毫无滞碍的思维和情感。

可以说，勤于动脑的工作性质让程开甲百岁时仍思维敏捷，广泛的兴趣爱好也让其身体康健，这无疑是他的百岁人生的奥秘之一。

程开甲的家朴实无华，让任何一个到访者都无法把它的主人与

"两弹一星"功勋奖章和"八一勋章"获得者联系起来。屋子不大，陈设简单而且没有什么修饰，入眼最多的即是书籍资料。这是那个年代的生活方式，简单、俭朴，与书香为伴，一直保持至今。

2017年央视《大家》栏目组走进程开甲家，为其拍摄纪录片。在这部传记片的片尾，程开甲在黑板上写下"Rome was not built in a day"。他解释道："罗马不是一天建成的，表示一个人要努力，要获得成就，不是一天的功劳。"

回顾百年峥嵘岁月，正是因为日积月累的努力，程开甲才能取得如此成就，不仅成就了我国核事业的发展，也成就了他的无悔人生。

2018年11月17日，101岁的程开甲走完了他无比辉煌的一生。那一年，他当选为"感动中国"人物，颁奖词这样写道：

空投、平洞、竖井、朔风、野地、黄沙，戈壁寒暑成大器，于无声处起惊雷！

一片赤诚、一生奉献、一切都和祖国紧紧相连。黄沙百战穿金甲，甲光向日金鳞开！

诚如斯言，程开甲一生为国铸盾，见证了中华民族一个世纪的风云变幻，把个人命运与国家民族复兴紧紧绑定，生命的琴键奏响了求是创新、爱国奉献的时代强音。

第三节　刀尖舞者

舞者

冬日的渤海湾天气晴朗，附近海域也风平浪静。

某机场内，数架歼-15舰载战斗机在跑道上蓄势待发，伴随着起飞指令下达，一架架战机依次加力、起飞，喷射火焰呼啸升空。

战机在空中盘旋几周，完成一系列操作后，精准降落在陆基模拟着舰区。

训练出奇顺利，没有出现一点突发情况，塔台指挥员放下无线电通信设备，用力拍了拍一旁的飞行教官曹先建的肩膀。

曹先建紧绷的脸上露出笑容。他没有和大家握手，因为手心里都是汗，内心的紧张和激动程度甚至比他当年处置那次致命的飞行故障还要厉害。他匆匆下楼，急着去召集这些刚下任务的学员进行例行会议，总结飞行体会，对他们的飞行逐一点评。

这是曹先建第一次担任教官，这些学员是他培养的首批学员，每一个都是他的宝贝疙瘩，不知倾注了他多少心血。首飞训练课目圆满完成，意味着这些小伙子距离飞鲨出击、制胜海天的日子不远了。

一想到这里，他怎能不兴奋、自豪。

作为海军特级飞行员、舰载战斗机飞行教官，曹先建早已是一位名副其实的"飞鲨勇士"。他从事飞行20年来，先后飞过9种机型，安全飞行1900余小时，出色完成过轮战值班、掩护侦察、海上维权等重大任务，先后荣立一等功1次、三等功2次。2017年当选为党的十九大代表，2018年被评为"全军练兵备战标兵"，2021年被表彰为"全国优秀共产党员"。

战斗机飞行员是精英中的精英，也是很多年轻人小时候的梦想，但因为选拔极其严格，真正能够成为其中一员的少之又少。

做着同样的青春梦的曹先建属于幸运者。2000年8月，高中毕业的他通过了空军招飞体检，如愿考入空军航空大学，成为一名战斗机飞行学员。从那时开始，翱翔蓝天成了他终身的追求。

2012年，我国第一艘航母辽宁舰入列服役，11月23日，"航母战斗机英雄试飞员"戴明盟驾驶歼-15飞机在辽宁舰上首次成功着舰，中国航母舰载机飞行员实现了从"0"到"1"的突破。

这在曹先建的心里带来极大的震撼和向往。作为一名战斗机飞行员，他一直期盼着能够尽快列装我们自己的航母，来保卫国家、保卫海洋，维护海洋权益。听到这个消息后，他兴奋地难以入眠，内心里跃跃欲试，也想参与其中，接受更高的挑战，"到舰上飞一飞"。

舰载飞行，是飞行员心中的神圣殿堂，也是世界上风险最高的职业之一。舰载机飞行员之所以拥有如此崇高的地位，是因为他们必须具备强烈的事业心、责任感和坚定的政治信仰，拥有优秀的心理和身体素质及杰出的驾驶技术。

比如身体素质，歼-15舰载机在钩住阻拦索的瞬间会产生巨大的载荷，对飞行员颈椎、腰椎和脊柱等会产生影响。同时由于惯性作用，血液加速流动，会造成眼球"红视"等身体反应，这些都对飞行员身体素质提出了极高的要求。

驾驶技术方面，航母上的跑道长度不及陆基机场跑道的十分之一，而且处于运动状态，战机必须精准落在甲板上的4根阻拦索之间，有效着陆区域仅有36米宽，每一次飞行都相当于经历一场生死考验。不仅考验飞行员的技术水平，更考验飞行员的心理素质和实战经验。

总之，这是一项十足的"刀尖上的舞蹈"，舰载战斗机飞行员就是"刀尖上的舞者"。

很快，海军开始在全军范围内遴选第二批舰载战斗机飞行员，憧憬已久的曹先建毫不犹豫地递交了申请，报名参加选试。

要想成为一名歼-15舰载机的飞行员，有几个关键条件缺一不可。首先，年龄不能超过35岁，并且要有足够优异的飞行经验，例如是否参加过军演，飞过多少种机型，总飞行时长等。此外，考核严格，会从现有飞行员中优中选优，并对他们进行全天候的身体、心理、综合素质的测试与监测，任何细微指标不合格就会被淘汰。最后，就算通过了这些检查，还只是初步达标，之后还会进行多次训练，在这个过程中还可能淘汰一批。

这样下来，要想成为一名歼-15的飞行员，必须是身心素质与技术能力全部拔尖才有可能胜任。

"只要祖国需要我，我愿意接受祖国的挑选。"这是一名老党员的觉悟。为此，曹先建必须放弃稳定的生活和发展前景，从零开始，和所有人一样参加层层选拔，面对种种测试与考验。

"要干就干最难的，要飞就飞舰载机！"这是一个追梦人的执着，曹先建没有忘记自己的心愿，他想让梦想变得更璀璨、更辽阔。

勇于追梦的人，必然会获得命运的眷顾。曹先建终于过关斩将通过选拔，如愿以偿成为一名舰载战斗机飞行员。

舰载战斗机与陆基战斗机的最大区别之一，就是很多飞行操作习惯都是相反的。对于新学员来说，这将是他们遇到的最大一道障碍。曹先建和战友们一点也不气馁，像他们这样的年轻人，其实已经是经验丰富、面对过生死考验的人了。最多不过是重新归零，再次接受一次全方位的挑战罢了。

为了实现"上舰"的目标，所有人都竭尽全力参加学习和训练。他们的榜样就在眼前，戴明盟等我国第一批舰载机飞行员，是如何做到"在刀尖上起舞"的？不也是没有教练员，人人都是教练员；没有教程和标准，所有的教程和标准都在飞行中摸索。这不正是中国军人、中国军队自力更生精神的体现吗？

曹先建一边争分夺秒、刻苦学习理论知识，一边认真执行每一次训练任务，利用各种机会向上过舰的飞行员求教训练中遇到的技术及操作问题，在短短的时间就达到了对各种仪表、设备"一摸准""一口清"的要求。

航母跑道长度不及陆基跑道的十分之一，在高空俯瞰就像一叶扁舟般渺小飘摇，这就要求飞行员必须对飞机的航线、高度、方向、速度、油门等一系列飞行参数精确辨识判断，操作也不能出一丝一毫的差错。

那段时间，为了达到精确判别和准确操作，曹先建几乎没离开过模拟器，除了吃饭睡觉，剩下的时间都在模拟器上练习每一个动作，重复一个又一个课目，直到动作到位、技术达标、操纵熟练了才肯罢休。

随着训练任务的顺利展开，曹先建的着舰技术越来越成熟，飞上航母的梦想近在咫尺。

然而，命运却跟他开了一个天大的玩笑。

2016年4月6日，渤海湾某军用机场，天气晴朗，风平浪静，是个不可多得的适合飞行的好天气。按照当天的计划，曹先建和战友要完成例行的陆基模拟训练，此时距离着舰考核不足一个月。

当他驾驶战机飞至360米高度时，飞机的飞控系统突发异常，机头瞬间上仰，他心中一沉，涌出一种不祥的预感！

紧接着，机体急速下坠，眼看着仪表上的时速从340千米，骤然跳到320、300、250……他立即采取紧急措施，加大油门，把推杆尽力前推，同时防止推杆支撑不住。

但险情并没有被排除，速度瞬间降到200以下。毫无疑问，战机遭遇了最高等级的故障，距离坠机只有短短十几秒了。

按照特情处置规定，飞行员应该立即跳伞，因为战机已处在跳伞逃生的极限高度了。

然而危急关头，曹先建的第一反应是如何全力保住战机！他竭尽全力加大油门，试图把下坠的飞机重新拉起升空，挽救这架造价数亿元的战机。紧急处置10秒无果后，他才出于本能地拉动座椅上的弹射手柄，被迫跳伞。

按照生存需要，他应该再早2秒钟，或者在高度300米左右的时候选择跳伞。由于高度过低，救生伞未能完全打开，他的身体重重地"砸"在了海面上。曹先建感到背部传来剧烈的疼痛，随后失去知觉。

救援直升机飞速赶到，与水面舰艇一起将身负重伤的他送回基地。

这次事故，造成曹先建腰椎爆裂性骨折，胸椎、尾椎等严重损伤，虽然性命无忧，但今后再飞的概率也极为渺茫了。

着舰

4月12日，曹先建在海军总医院接受了第一次手术，6颗钢钉、2块钢板打在了他的腰椎上。从昏迷中醒来，他第一句话是问医生，"我还能飞吗？"

医生给他泼了一盆凉水："这样严重的伤，以后能恢复一般的身体机能就很不错了，还想飞行，没大可能。"

医生的初步诊断，让曹先建备受打击。因为按照原计划，他将在20多天之后要参加着舰资格认证，然而现在一切都变成了未知数。

"那时候感觉就像比赛跑步一样，马上要到终点，却突然摔倒了。"多年后在接受央视记者采访时，曹先建苦笑着说。然后他继续补充道："我相信每个运动员都会爬起来，继续向终点冲过去。"

虽然说着豪言壮语，但当时的他内心里却焦虑得无法入眠。那段时间，曹先建整晚整晚地睡不着觉。看到陪床医生过来，他就问医生："这个伤能不能好？好了之后我能不能飞？能不能赶上下次上舰？"

医生非常理解这位特殊病人的心情，总是不住地安慰他："思考这些都有点太早，你先把伤养好。"

按照医疗团队制订的计划，曹先建需要在一年到一年半之后进行第二次手术，将植入的钢钉取出来，如果康复效果好，或许还能够重返蓝天。这让曹先建重新燃起了飞行的希望。

第一次手术之后不久,伤口还没完全愈合好,曹先建就在病床上开始了艰难的身体康复训练。

这时候,家人劝他转岗,但他拒绝了这个建议。"我的初衷是啥,是要完成着舰的,我要成为一名真正的舰载机飞行员。"他告诉家人,哪怕有一线希望,他都要为这个信念拼到最后。

他不想让人生留下遗憾。

住院期间,曹先建还听到了战友张超牺牲的消息。

那是在他出事20多天后,29岁的张超驾驶战机进行陆基模拟着舰飞行,飞机突发电传故障。飞参数据显示,从飞机突发故障到坠地,只有短短4.4秒。在这生死一瞬间,张超像曹先建一样,选择了尽最大努力挽救战机。但推杆无效,他被迫跳伞,坠地后受重伤,经抢救无效,壮烈牺牲。

战友的牺牲让曹先建万分悲伤,更让他打消了焦虑,坚定了奋力一搏的信念。他突然意识到,他不仅是为自己的梦想而战斗,更是为他牺牲的战友而战斗。

这是一种战斗力的接力,更是一种精神的接力!

此后,曹先建加大了康复训练的强度,训练的过程虽然困难重重,但他硬是凭借惊人的毅力坚持了下来。

为了赶上参加新一批舰载机飞行员着舰资格认证,他坚持要求医生把第二次手术间隔从最佳18个月减为8个月。

这时候,尽管主治医生对于曹先建今后到底能不能飞心里还没底,但曹先建已经不再纠结这个问题了,他全身心地投入到康复治疗中,他坚信自己还能重返海天!

2016年11月26日，曹先建如愿提前进行了第二次手术，手术中他做了一个梦，梦到自己驾驶着歼–15舰战机翱翔蓝天，舷窗外碧波荡漾，雄壮威武的航母舰队劈波斩浪……

手术很成功。3个多月后，经过医疗专家团队的检查鉴定，认为他的身体状况恢复良好，达到了复飞的条件。

曹先建激动地与医护人员紧紧拥抱在一起。谁都没有想到，这只折翼的雄鹰能够凭借顽强的毅力重获新生——在经历419天与伤病斗争和70天恢复训练后，他终于具备了重返海天的条件。

这个康复结果，无论对他个人还是医疗单位来说，都堪称奇迹。

战友们听到这个好消息后也十分佩服："他的飞行欲望特别强，从他身上你能感受到那种对蓝天无限的渴望。"

2017年5月30日，期待的考核期终于到来了。当天，迎着辽宁舰滑跃14°的飞行甲板，曹先建架着编号101的"飞鲨"战斗机顺利升空。技术操作早已烂熟于心，劫后复生的他表现出别样的沉稳，绕舰一转弯，二转弯，放下起落架，放下尾钩……战机精准钩住了辽宁舰甲板的3号阻拦索，一股巨大的力量"锁住"飞机，飞机很快就停在甲板上。

着舰成功！那一刻，曹先建抑制不住激动的心情，暗自呐喊道："我停住了！我挂上了！"

着舰指挥官戴明盟为101战机的飞行和成功着舰打出2.96分这一近乎满分的成绩。曹先建以近乎完美的着舰动作，正式成为一名合格的舰载战斗机飞行员。

打开座舱，曹先建走下战机。摘下头盔，汗水一滴一滴落下，他抹了把脸，微笑着向航母上的战友们挥手致谢，心里感到无比轻松畅快。"我们不仅要征服蓝天，要征服大海，更要征服自己。"他对自己说。

阳光透过卷积的云层照进海底，航母甲板上铺了一层细密的水汽，粼粼波光映射着飞机和战士的身影。又一架战机加速起飞，冲出甲板，轰鸣声敲击着耳膜，每个人都热血沸腾，眺望远方。曹先建享受着这一刻的美好，觉着自己生命的全部意义就在这里了。

执教海天

随着人民海军使命任务的不断拓展，海军航空大学某基地训练团正式组建，曹先建也成为最早的一批舰载战斗机飞行教官。

训练团成立伊始，百废待兴，什么都要从搭建基础开始。缺乏教材，他们就学习理论，结合训练经验制定教学大纲、编写训练材料；缺乏标准规范，他们就钻研空域精细化管理知识和案例，梳理出各项操作规范并在实践中不断完善；缺乏组训经验，他们就根据建设要求和实战需要采取不同的培养模式，边训边改，不断调整优化流程，提高训练质量和效率。

那段时间，这些曾经的王牌飞行员和普通学员一样忙于训练，除了白天训练，晚上还带着分配的"课题"继续研究，周末、节假日也不休息，要抽空编教材，给学员讲评讨论，始终处于满负荷运转的状态。

曹先建也进入这种高强度的脑力和体力结合的工作中。因为舰载战斗机的操作技术与陆基飞行完全相反，他花费了很多精力用于纠正学员以前的飞行思维和习惯，灌输舰载飞行的理念。但这种"改习惯"的工作并不好做，特别是要真正把新的飞行理念渗透到学员的内心里、骨子里，是一项不小的挑战。

他发现很多学员在操纵舰载战斗机模拟器进行着舰飞行时，都是习惯性地减速收油门，这可是舰载飞行的"大忌"。学员们也反映，到了基地以后之前的飞行经验似乎不管用了，很多操作跟从前学的不一样，要养成教官要求的"新的肌肉记忆"太难了，仿佛每一个科目、练习都困难重重。

针对大家的困惑，曹先建决定先从普遍的"毛病"入手，找准问题出在哪儿，然后以点带面，帮助大家尽快适应新的飞行规范和操作要领。于是，他带着学员看视频，一个步骤一个步骤地分析讲解动作要领，讲清讲透后再飞模拟器，然后就是反复训练进行强化，帮助大家尽快形成肌肉记忆。

每次模拟飞行结束后，他又拉着学员钻进讲评室，逐帧回放视频，判读飞行参数，对整个飞行情况进行总结评估。

在教官这种近乎苛刻的标准要求下，飞行学员们爬沟过坎，克服一个个挑战，不仅适应了新的飞行技术要求，也筑牢了基础技能，舰载飞行操纵能力迅速提升。

"只有严格遵守'精准、守纪、零容忍'的飞行铁律，才能确保飞行训练安全，打通训练与实战的链路。"曹先建常说。

每当训练遇到瓶颈，曹先建就会跟大家分享自己突破困境的方法，以此树立学员们的信心。

"不要跟别人比，要跟自己比。"

"只要克服一个问题，这个架次就是成功的。"

"每一个架次、每一次升空，都要有所收获。"

他的谆谆教导，不仅增加了大家的信心，也鼓舞着整个团队的士气。因为曹先建就是这样一步一步走过来的，而且对他来说，重返海天尤其不容易，这是幸运、是奇迹，更是执着于目标的回馈，怎能不倍加珍惜？

随着学员们在飞行技术和心态上趋于稳定，曹先建开始带领他们进行单飞、夜航等科目训练。飞行前，他都会跟同架次的飞行员提前沟通，做好协同。训练结束后，他会把每个架次的飞行情况整理出来，根据每个人的训练问题调整教学方案和训练科目。

让更多年轻学员跳好"刀尖上的舞蹈"，驾驶"飞鲨"叱咤海天，成为他军旅生涯的最大追求。

"超越昨天的自己，才能战胜明天的挑战。"曹先建说。这不仅是他个人的人生宣言，也可以说是基地训练团所有舰载机飞行教官的成长写照。

2020年11月初，海军航空大学某基地训练团首批"生长模式"培养的飞行员成功着舰航母辽宁舰，通过航母资质认证。着舰后，飞行学员都会向舰面官兵挥手致敬，向他们的教官竖起大拇指，表达喜悦。

他们手中的航母飞行资质证书来之不易，是对陆基起降、触舰复飞、阻拦着舰、滑跃起飞等数十个架次飞行课目考核合格的认可，标志着他们正式加入了被誉为"尾钩俱乐部"的舰载战斗机飞行员序列。

目前，我国新一代舰载战斗机飞行员选拔培养模式，已从由成熟的三代机飞行员改装的"改装模式"，变为直接从飞行学院毕业学员中选拔的"生长模式"。接受该培养模式的首批飞行员成功着舰,实现了单批认证人数最多、平均年龄最小、飞行时间最少、培养周期最短的历史性突破。

伴随着人民海军走向深蓝的壮美航迹,以戴明盟、曹先建、袁伟、张超等海天英雄为代表的舰载机开路者、探索者,执教海天、为战育人,不断为中国航母输送更多优秀舰载机飞行员。他们织就"刀尖舞者"的成长摇篮,也见证着人民海军走进深蓝。

党的十八大以来,海军部队牢固树立起实战实训、联战联训、科技强训、依法治训的鲜明导向,常态深闯远海大洋、常态直面强敌对手,部队核心战斗力持续增强;一路披荆斩棘,付出巨大牺牲,不断从胜利走向胜利,逐步发展成为五大兵种齐全、核常兼备的战略性军种。

第十章 安全基石　佑小康

当今中国，国际地位日趋提高，综合国力大大增强，国际话语权和影响力与日俱增。与此同时，非传统安全问题依然存在，不确定风险的挑战持续增大。居安而念危，则终不危；操治而虑乱，则终不乱。坚持总体国家安全观，为全面建成和巩固小康社会建设成果提供了坚强后盾。

引子

经济安全决定着高质量发展,社会安全决定着和谐安康,生态安全决定着生活质量,文化安全决定着文明素质……"小康"程度和水平的提高,意味着对国家安全提出了更全面的要求。

当今中国,国际地位日趋提高,综合国力大大增强,国际话语权和影响力与日俱增。与此同时,非传统安全问题依然存在,不确定风险的挑战持续增大。居安而念危,则终不危;操治而虑乱,则终不乱。坚持总体国家安全观,为全面建成和巩固小康社会建设成果提供了坚强后盾。

"十三五"以来,我国平安建设的体制机制逐步完善,风险防控的整体水平稳步提升,人民群众获得感、幸福感、安全感不断增强。创新社会治理体系现代化建设,为"中国之治"提供有力支撑。强化突发事件应急体系建设,防灾减灾救灾能力全面提升成效显著。国家安全体系主体框架、理论体系不断完善,安全工作协调机制日益健全。国家安全为全面建成小康社会创造了稳定和谐的社会环境,凝聚了四面八方的资源力量,提供了源源不绝的动力保障。

第一节　家在玉麦守国门

"三人乡"

西藏山南市隆子县玉麦乡，曾经是一个只有一户人家、三个人的"神奇"乡镇。这里虽然高寒苍凉、人丁稀少，却是方圆3644平方千米国土的门户所在。而几十年如一日守护这国门的，就是这个"三人乡"的主角——卓嘎、央宗姐妹和她们的父亲桑杰曲巴。

玉麦乡位于隆子县境东北部，喜马拉雅山山脉北麓。每年11月至次年5月，是大雪封山时期。美丽而贫瘠的玉麦乡，人居条件相当恶劣。

1960年，老民兵、共产党员桑杰曲巴出任玉麦乡乡长，成了这里的第一任乡长。

1962年10月，中国打响对印度的自卫反击战，桑杰曲巴牵着牦牛，带领乡里的青壮牧民们参加了支前，为前线部队运送弹药和给养。

"金珠玛米（藏语"解放军"）为我们驱赶外敌、夺回家园，他们流血牺牲。我们为他们运送物资，义不容辞。"桑杰曲巴对乡亲们说。

日啦山云遮雾绕，每年从11月至次年5月都是大雪封山期，大雪封堵了玉麦和外界的联系，也将漫长难熬的孤寂与艰难留存在了这里。乡亲们在冰雪消融的时候，牵着牦牛、驮着家当、赶着羊群翻过日啦山山口，不愿再回到玉麦。

没多久,这里就剩下了桑杰曲巴一家人。一年夏天,他赶着牦牛翻过了日啦山山口,买回来一块红布和一块黄布。年幼的卓嘎和央宗以为父亲要给她们做新衣服,却看到他在油灯下用剪刀把红布裁得方方正正,又从黄布上剪出星星,做成一面国旗。

这是玉麦的第一面国旗,他把它高高地插在了自家的屋顶上,还举行了升旗仪式。

女儿卓嘎和央宗的出生,为桑杰曲巴一家的艰辛岁月带去了不少欢乐。看着孩子们一天天长大,桑杰曲巴总不忘给她们讲述驻守这片土地的特殊意义。

"有了它,那些外人就不敢轻易来这里了。"在放牧和巡逻的间隙,老人指着自家屋顶上的国旗对姐妹俩说。

妻子曾抱怨,玉麦看病、上学都不方便,不能因为这只有一户人的地方而误了下一代。桑杰曲巴不说话,只是执拗地坚持着。

后来,妻子和三女儿因为环境恶劣、缺医少药而先后不幸故去。玉麦乡就只有父女三人艰难生活。

每年11月之前,桑杰曲巴都会翻过日啦山,从隆子县城把一家人生活所需物资运到雪山另一边的曲桑村,然后赶上10多匹马,用5天的时间再次翻越日啦山,最终把一家人的口粮运回玉麦。

运粮的路途中,常有马匹跌落到深不可测的河谷,但因为心里有玉麦,桑杰曲巴从来也都没有恐惧和退缩过,而他带给女儿们的礼物,除了一些报纸便是一些布料。

他让女儿通过报纸识字、了解外界的信息,又用布料为她们做衣服,尽力做成军装的样子,让她们在跟随自己放牧和巡逻时能多出几分神气。

10多年时间过去了,卓嘎和央宗都长成了高原上格桑花。女大当婚,可是出嫁就意味着要离开玉麦。桑杰曲巴对女儿说,这里是我们的家,没有人在,家里的东西是保不住的,必须要有人在,才能看好家!你们要是嫁出玉麦,那么谁来放牧守边?

于是,姐妹俩向阿爸发誓,要嫁都嫁在玉麦,一生守在玉麦,让五星红旗永远在祖祖辈辈放牧的土地上飘扬。

后来,卓嘎35岁、央宗27岁才结婚成家,这在当时的边境牧区,几乎是不可思议的晚婚了。

就这样,父女三人、一户人家继续护卫国门、放牧守边,把国旗刻画在了玉麦乡数千平方千米的国土上。

1988年,当了29年乡长的桑杰曲巴光荣退休,大女儿卓嘎接了他的班,成为玉麦乡第二任乡长;妹妹央宗则接替姐姐卓嘎,成为玉麦乡副乡长兼妇女主任。

除了这些,玉麦的苦,还是一如既往。自1964年到1996年的32年里,玉麦乡仅有桑杰曲巴一户人家。

但桑杰曲巴告诉女儿,一切都会变得好起来。

1996年,从15岁开始就给玉麦乡送信的邮递员白玛坚带着妻子搬进了玉麦乡,自此,玉麦乡有了两户居民,并逐渐发展为1999年5户22人,2001年7户25人,2006年7户30人,2009年8户32人,2011年8户35人,2016年9户32人……

而卓嘎在自己的岗位上一干就是23年,央宗在自己的岗位上一干就是17年。

1997年,新华社首次对玉麦乡进行了报道,桑杰曲巴和女儿卓嘎、央宗一家人放牧守边的事迹传遍了祖国大江南北。因为雪山阻隔,当时尚未婚嫁的卓嘎,竟然收到了7麻袋求爱信,而来自内地的信件也翻越崇山峻岭来到央宗面前。

虽然生活艰苦,日子孤寂,但有祖国,家就有希望。最终,卓嘎和央宗都找到了意中人,组成了各自的家庭,共同放牧守边。

2001年9月,桑杰曲巴最大的心愿实现了——玉麦通往山外的公路修通了。这条穿越日啦山山口的公路,让玉麦不再孤单和遥远。

第一辆汽车开来时,桑杰曲巴激动得流下热泪,他坚持让女儿搀扶着等在路边,父女三人都向这个"铁牦牛"献上了哈达。卓嘎沿着这条公路坐着"铁牦牛",去了一趟毛主席的故乡湖南。

也是这一年,桑杰曲巴幸福地坐着"铁牦牛",沿着这条公路去了一次拉萨。因为身体原因,他不能像其他藏民一样戴着护具、披挂饰物走去心中的圣地,但总算见到了一直向往的布达拉宫、大昭寺。

归来时,大雪纷飞,这位一辈子生活在雪域高原、爱国守边的老人走了,没有留下任何遗憾。

临终前,老乡长对着家人和乡亲们留下了自己的遗言:"你们不要因为玉麦苦,更不要因为我走了就离开这里,这是祖辈生活的地方,更是祖国的土地,一草一木都要看好守好。"

他的话至今让玉麦人记忆犹新。而玉麦也因为这对放牧和巡逻的藏家父女而闻名全国。

时光流逝,岁月催人,卓嘎、央宗姐妹俩已难以承担起巡山护边的重任。令她们欣慰的是,央宗的儿子索朗顿珠在亲人的言传身教下，渐渐明白了父辈坚守的意义。作为玉麦乡历史上第一位大学生，他2017年大学毕业后毅然回到玉麦成为一名公务员。

索朗顿珠说："父辈们是不拿枪的战士，我愿意像他们一样，将守家护边的理念传递下去。"

总书记回信

2017年10月29日清晨，玉麦乡晴空万里、秋高气爽，卓嘎、央宗姐妹穿着最隆重的节日盛装，一大早便赶到村路口，等待一封重要的回信。

党的十九大召开之际，姐妹俩专程给习近平总书记写信，汇报了她们在父亲的带领下不畏山陡路险、交通闭塞，扎根玉麦几十载为国守边的故事，讲述了玉麦乡从当年的"三人乡"到如今9户32人的喜人变化，表达了同乡亲们一起继续坚持放牧守边、报答党恩的决心。

十九大闭幕后没几天，习近平总书记就在百忙之中回信了。这个消息，对卓嘎姐妹、玉麦乡干部群众以及西藏各族人民而言，都是一件令人欢欣鼓舞的大喜事。

受自治区党委书记吴英杰委派，自治区人大常委会副主任、区党委宣传部常务副部长张晓华带着习近平总书记的回信来到玉麦，宣读回信内容。

习近平总书记回信说："在海拔3600多米、每年大雪封山半年多的边境高原上，你们父女两代人几十年如一日，默默守护着祖国的领土，这种精神令人钦佩。""祖国疆域的一草一木，我们都要看好守好。希望你们继续传承爱国守边的精神，带动更多牧民群众像格桑花一样扎根在雪域边陲，做神圣国土的守护者、幸福家园的建设者。"

习近平总书记的回信，让玉麦乡沸腾了！

"总书记说，'祖国疆域的一草一木，我们都要看好守好'。这也是父亲当年和我们说过的话。"聆听回信内容，卓嘎不禁眼眶湿润，回忆起父亲当年的谆谆教诲。

"家是玉麦，国是中国。祖国不会忘了我们。"央宗说，"我们说的话总书记都能听到，让我们更加坚定了守边的信心和决心"。

半个世纪前，正是父亲桑杰曲巴带着卓嘎姐妹，一家三口孤独守护着玉麦，才成就了如今玉麦边防巩固的大好局面。对于一乡只有一村、一户人的他们来说，来自祖国的认可，比黄金都珍贵！

这是一家人的坚守，更是几代人的传承。往事一幕幕浮现。

卓嘎、央宗姐妹俩永远不会忘记，为了继承阿爸的遗愿，她们再苦再累也没想过要逃离玉麦。这片土地不长庄稼，她们就和阿爸一样，赶着牲畜出山驮粮。为了过上好日子，她们起早贪黑放牧，挤奶，做酥油、奶渣等食品。

这里不仅有高寒、缺氧等环境问题，还有出行、就医以及与外界交流等诸多不便。每当累得受不了时，姐妹俩就聊一聊阿爸在世时的故事，再踩一踩脚下的这片土地，想着想着就又有了生活下去的力量，想着想着就有了守下去的信心。

还记得一年夏天，姐妹俩随驻军官兵一起在边境线上巡逻，扛着国旗的卓嘎被一阵狂风吹倒，国旗也被大风卷走。央宗为了追回国旗，不慎跌入湍急的河水中，被战士救起时已被冻得瑟瑟发抖，小腿血流不止。但她什么也不顾,只是把国旗紧紧抱在胸前,说着:"国旗在,家就在。"

于是,卓嘎从父亲肩上接过玉麦乡乡长的职务,一干就是20多年。央宗则接替了姐姐的工作,一起守护玉麦的蓝天白云、山林草原,一起建设她们的家园、祖国的门户。

得知习近平总书记给卓嘎姐妹回信,也令玉麦乡党委书记达娃格外激动。2011年,他从卓嘎手中接过乡长的职务,继续发挥"领头雁"作用,带领乡亲们守边富边奔小康。

"玉麦并入国家电网,解除了水电不稳定的困扰,基层社会保险公共服务平台、无人自动气象观测站等相继投入使用,生活一天比一天舒适。"达娃说。

西藏自治区全面实施以"神圣国土守护者、幸福家园建设者"为主题的乡村振兴战略,取得了令人欣喜的成果。

在全区范围内,一方面是青稞、牦牛、藏猪、饲草、蔬菜、乡村旅游等一批富民产业蓬勃发展;另一方面是易地扶贫搬迁与守土固边相结合,边境小康村建设如火如荼。

一场精准脱贫攻坚战以摧枯拉朽之势全面推进,无"穷"之路越走越通畅!

玉麦通向外面的山路修得越来越宽,玉麦第一个大学生回来参加家乡建设,玉麦第一批蔬菜大棚拔地而起,大家终于能吃到自己种的新鲜蔬菜……

玉麦,成为自治区打赢脱贫攻坚战的重要战场,乡村振兴战略积极推进的典型代表。

同时,在卓嘎姐妹的带动下,无论是乡里的工作人员还是牧民,人人都是义务巡边员,放牧、巡边、守边已成为大家的自觉行动。牧民们不断翻越平均海拔四五千米的大小山口,徒步进入无人区,用双脚丈量边境线,绘制出"玉麦乡边境无人区里程图"。

格桑花绽放

收到习近平总书记回信后,因为基础设施建设的跟进,道路拓宽了,积雪清除了,玉麦乡迎来首次冬季不封山,这让当地群众感受到了前所未有的变化。

以往出玉麦千难万难,特别是临近冬季,冬藏都是牧民们最头痛的事,必须准备好整个冬季需要的物资、食品,但大雪封山成了巨大的障碍。

现在路通了,大雪封山的历史永远过去了。牧民冬天随时可以出山买生活用品、新鲜蔬菜、粮食,生活方便多了。卓嘎有三个女儿,两个在拉萨和山南读高中,一个在江西南昌读大学。"以前孩子们放假回来都要牵着马翻山去接,来回需要3天时间,现在能直接坐车到家门口,再不用翻山走路了。"卓嘎感慨道。

曾经杳无人烟的玉麦乡,终于打破了长年沉寂,变得繁忙热闹起来。公路通了,来玉麦的人也越来越多了。他们有的来工作,有的来经商,有的来参加建设,这些人的到来,加速了玉麦的发展、改变着玉麦的容貌。全乡由原来的一户人家发展到9户32人,拥有7台车辆,餐馆、旅馆开了起来。竹器、藤镯等手工制品走出大山,销往内地。

卓嘎姐妹俩的日子越过越红火。她们既可以享受到边民补贴、生态公益林补偿金、草场补贴，又有在村里工作的工资，乡里还给她们的家人提供了工作岗位。

2017年底，玉麦乡人均年收入达到5.58万余元，远超全区平均水平，其中政策性收入占30%以上。

现在，乡里并入国家大电网，告别依靠小水电站用电的历史。而且全乡所有人家都实现了无线网络覆盖，乡里的家庭旅馆和小卖部都能使用微信支付。

从"三人乡"到"小天堂"，玉麦每天都在发生变化，今非昔比。

对玉麦这个"小天堂"的未来发展，乡党委书记达娃充满了信心。他认为，随着商品流通量加大，群众经营性收入、牧业收入、运输收入、手工艺收入还会进一步增加，大家伙的日子一定会越来越好。

2018年3月，卓嘎和央宗一起当选"感动中国"2017年度人物。10月19日，她们被授予"时代楷模"称号。

年底，姐妹俩和玉麦乡的9户32人全部搬出了世代居住的石头房子，搬进政府帮助建设的钢筋混凝土结构的"农家别墅"，过了一个温暖明亮的藏历年。这样的日子以前做梦都想不到，现在却一一变为现实，大家的脸上都洋溢着幸福与满足。

住进新房的牧民们对未来充满了期待，每个人都在编织着各自的梦想。央宗计划以后开一个甜茶馆，再卖一些鸡血藤手镯、竹编制品等工艺品，这样一来生活肯定没问题了。而且儿子索郎顿珠如今已经成了玉麦乡的一名公务员，她就更没什么要操心的事了。

没过多久，央宗的愿望就实现了，不过她开的不是甜茶馆，而是一家小商店，每天的营业额能达到1000元，生意越来越好。

每天早上，除了给牛挤奶，她大部分时间就是守在店里，照顾生意。而姐姐卓嘎还是习惯在山上放牛羊。但有一项工作姐妹俩都不会耽误，那就是与驻守官兵一起上山巡边。

"我们虽然上了年纪，但绝不会丢下守土固边事业，这些年我们也在动员周围群众一起守土固边，我们会沿着阿爸的足迹，做神圣国土的守护者、幸福家园的建设者。"央宗说。

2019年9月，卓嘎荣获第七届全国道德模范"全国敬业奉献模范"，被评选为"最美奋斗者"。

10月的北京，鲜花如海，红旗招展。恰逢新中国成立70周年，卓嘎姐妹也来到天安门广场，观看了盛大阅兵式和群众游行。山河壮丽、万众欢腾，这珍贵记忆让她们永生难忘。

2020年10月，央宗获得2019年度全国三八红旗手标兵荣誉称号。

卓嘎、央宗姐妹的事迹还被拍成电影、电视剧。

截至2020年12月，玉麦乡已有67户234人。他们也像感动中国组委会给予卓嘎和央宗的评语那样，加入了守护祖国边陲的英雄群体。

日出高原，牛满山坡。家在玉麦，国是中国。中国是老阿爸手中缝过的五星红旗，中国是姐妹俩脚下离不开的土地。高原隔不断深情冰雪锁不住春风，河的源头在北方，心之所向是祖国。

日出而作，日落而息。作为老共产党员，卓嘎和央宗的信仰就是共产党。她们以牧代巡，呵护着玉麦的每一寸土地，依旧传承着阿爸桑杰曲巴的爱国护国热情。

"让五星红旗永远在我们祖祖辈辈放牧的土地上飘扬。"姐妹俩说。

第二节 兴安大地 绿色丰碑

血洒无名山

他是共产党人优秀品格的追求者、捍卫者,林区林业重大工程建设的探索者、实践者,林区生态保护建设的指挥员、战斗员,也是大兴安岭人精神的诠释者、代言人——这是内蒙古原大兴安岭重点国有林管理局党委对一名优秀共产党员的评价。

是什么人享有如此崇高的赞誉,被深情地喻为大兴安岭人精神的代表?

他一定是一名做出重大贡献或牺牲的共产党员,一定是一名饱含绿色情怀、扎根林海深处的林业工作者,一定是一名在兴安大地上执着坚守、追寻绿色梦想的"兴安之子"。

他就是根河林业局副局长于海俊,因为扑救森林雷电火灾不幸牺牲,被追授"全国优秀共产党员"称号。

他平凡又伟大的人生轨迹里,为我们展示了什么是绿色情怀、绿色梦想,什么是扎根林海、生命守护……

2019年入夏以来,内蒙古大兴安岭林区持续高温、干旱少雨,雷暴活动频繁,雷电火情频频出现。而且火情多发生在偏远地带，高山陡坡，林形复杂，且远离水源，往往给火灾扑救带来极大困难。

6月19日15时07分，根河林业局上央格气林场突然发现雷电火烟点。烟点即是火情，火光就是命令。片区分管干部恰好不在。十万火急之下，于海俊换上工作服到防火办请命，"让我带队上吧！"

于海俊带领60名专业扑火队员紧急奔赴起火点。由于火情发生地较为偏远，尽管一路疾驰，伛赶到火场时已经过去了近3个小时。

此时，山火已演变成树冠火，浓烟和火苗在松木和腐殖层之间穿梭，正在加速蔓延。于海俊迅速判断火场形势，制订了"一点突破，两翼推进"的扑火作战方案，立即组织队员开始全力扑救。

由于方案科学、措施有效，经过全体指战员2个多小时的奋力扑救，在20时20分左右，两翼力量顺利"扣头"会师，火场胜利实现合围，外围明火被扑灭。

当大家终于可以喘一口气、休息一下的时候，于海俊的神经还是紧绷着，初战告捷，但胜利远未到来。一些倒木和站杆（死而未倒的枯立木）上残留的星火还在闪烁，随时可能复燃。

于海俊一边查看地图，一边用GPS定点坐标，测量火场面积。有队员拿着手电跟在于海俊身边为他照亮。"要彻底清理好火场，确保不发生复燃，受灾面积不再扩大，越快越好！"他告诉队员们。

于海俊出现场的标配大家都很熟悉。每次到火场，他都是身着迷彩服，GPS挂在脖子上，手持对讲机，迷彩服工装口袋里必然揣着那本厚重的笔记本。

GPS主要用来测量拐点,并把拐点坐标标记在地图上,以便任务结束后进行数据比照分析,研究林火形成和演变发展的科学规律。

笔记本则用于记录他参与扑救的一些要点、细节和感悟,他给这个烟熏火燎、磨损严重的本子起了一个名字——"林火扑救记事"。

于海俊带领队伍从北往南逐段排查余火,布置火场倒木清理工作,开设隔离带,防止火场死灰复燃。此时,距离处置火情已过去将近5个半小时,大家都未曾休息片刻。

21时左右,正带领队伍在前方清理余火的护林防火管理处副主任郑晓强,突然听到对讲机内传来呼喊,"快来人!砸到人了!"

郑晓强赶紧顺着喊声跑过去,结果看到了被站杆砸倒昏迷不醒的于海俊。原来,一根10余米长、30多厘米粗的过火的站杆,意外被风刮倒,正好砸中了经过这里的于海俊。

郑晓强立即组织队员将站杆锯断后挪开,发现于海俊的左腿已经骨折,头部也有伤,但伤情不明,需要赶紧送医救治。

于是,大家伙一边帮他摘下破碎的眼镜,取下手里攥的GPS定位仪,一边迅速做了一副简易担架,把于海俊抬上担架往山下送。

此时天已黑透,浓烟弥漫,下山没有路,环境复杂,走起来都特别艰难,更何况抬着担架。于是,二十几个人在前面用砍刀开路,15个人轮番替换抬运担架,争分夺秒,都想着尽快把老于送去医院。

途中，于海俊有过短暂的苏醒，郑晓强安慰着他说伤不严重，还用毛巾沾上水擦拭他的嘴角。然后他又陷入昏迷。

经过一个半小时的颠簸，于海俊终于被送上了120急救车。急救车呼啸而去，扑火队员们虽然满怀牵挂，但还是默默地返回火场继续战斗。郑晓强给大家鼓劲说，于局长会安然无恙的，他一定会平安归来。

返回火场下车时，队员们发现了于海俊留在车上没吃完的半包饼干和半瓶水，那是统一配发的给养……他们想不到，这竟成了于海俊留给大家的最后的纪念。

就在奔赴医院的最后一段路上，于海俊永远地"睡着了"。他56岁的生命历程定格在大兴安岭北部群山的这座无名山峰上……

镌刻誓言

内蒙古大兴安岭林区地处高纬度大陆性季风气候区，是我国最大的国有林区，面积达10.67万平方千米。这里雷电火灾频发，是国家一类重点火险区，护林防火历来是林区的头等大事。

这里近5万名干部职工中，专业、半专业扑火队伍达1.2万多人，驻守在147处偏远林场、原始林区、自然保护区等重点火险区。

2012年5月22日，汗马自然保护区内发生雷电火，于海俊带队援外扑火，这是他到根河林业局工作后首次参加扑火战斗。

丛林秘境，山高水急，既是大自然馈赠的宝库，又是充满危险的无人区。在这里，既要懂得生存法则，还得尊重自然法则。

于海俊凭借多年森林调查的经验，教队员们用铁饭盒焖米饭，区分山、峰、岭，认识各类树种和植物……他渊博的林学知识和丰富的野外工作经验给大家留下深刻印象。

2017年5月2日，毕拉河林业局北大河林场发生森林火灾，于海俊再次带队支援。战斗间歇，队员们躺在火场外围休息，性格温和的于海俊第一次发了火，让所有人员马上转移到河边宿营。这时，大家都累得不想动，而且去河边得走一段路，很麻烦，但碍于"于局长"的命令，只得不情愿地转移到河边。

到了后半夜，山风突变，林火复燃，很快吞噬了他们原来要宿营的地方。大家天亮后重返火场时才发现，都感到后怕不已，同时也更加佩服于海俊的专业能力和严谨的工作态度。

这次扑火行动后，于海俊专门写了一份《毕拉河从营地旁流过》的经验总结，并制作成PPT分享给大家。

2018年6月22日，乌玛林业局伊木河林场发生森林火灾，又是于海俊率领队伍连夜乘坐直升机直奔火场。

当时机舱内有一个大吊桶，为了腾出空间，大家先把吊桶搬出机舱。在搬运过程中，一个铁块坠落砸中了于海俊的脚。于海俊强忍着疼痛没吱声，怕影响队伍士气。于是，一直坚持了十几个小时，直到扑火作战结束。

队伍休整时，他才顾得上自己的脚，想处理一下，结果鞋子怎么也脱不下来，脱下来后脚已经肿得不成样子。大家劝他下山，他却笑着不肯走，"我要和兄弟们在一起！"

在日常工作中，他是一名林业干部和专家；在扑火救援现场，他是一名指挥员和战士；在危急险重的时刻，他更是一名有着30

多年党龄的共产党员，一个不曾忘记誓言、信仰和使命的忠诚卫士。

牺牲前一天，于海俊参加局党委"不忘初心　牢记使命"主题教育研讨会。他在交给党组织的学习心得汇报中写道："作为林业人，必须把改善生态环境质量作为义不容辞的责任，坚决担起建设美丽根河的历史使命，坚持最重的担子自己先挑、最硬的骨头自己先啃。"

他是这样说的，也的确是这样做的。

事发当天上午，于海俊先后参加了林业局组织的节能宣传周和森林调查设计技能比武活动，还配合上级3个工作组在根河局开展业务工作。当听到发生火灾后，尽管不在他分管的战区内，他还是第一时间主动请缨，上了扑火一线。

"防火有界，扑火无界，无论是哪个局着火、谁分管的战区着火，我们就是一个目标、一条心，全力守护好这片大森林。"这是于海俊生前常常说的话。

他不仅这样说，也这样做到了。

于海俊的办公室不大，破旧而略显凌乱。掉了漆的桌椅，磕了碴的瓷杯，沾满泥垢、烟尘熏染的扑火服、水靴，各类文件、书籍，一件件都仿佛在告诉来访的人们，它们的主人是一个专心事业的人，专心为林区、为老百姓干点儿实事儿。

克己奉公、干净干事。他没有挂在嘴边，却一直是这么做的。

于海俊分管根河林业局天保工程、资源管理、森林经营、调查设计、湿地及动植物保护、政务服务等项工作，他满脑子都是工作。在根河林业局工作8年来，他带领扑火队参加扑救火灾12场

（次），其中援外扑火5场（次），本局扑火7场（次），圆满完成了每一次扑火任务，用生命诠释了一名共产党员的责任与担当。

"胸怀林海，三十二载不忘初心忠诚坦荡可昭日月；林业才俊，五十六年牢记使命担当作为正气乾坤。"听闻于海俊牺牲的消息，一名曾经采访过他的老林区新闻工作者写下这样的挽联。

著名作家叶梅在唁电中写道：揪心于大火，为大兴安岭祈祷安宁！致敬英雄局长，守初心、担使命的绿水青山守护者，为扑火队员祈愿平安！

32个春秋，于海俊先后7次被评为"优秀共产党员"，2次被评为"劳动模范"，1次被评为"优秀党务工作者"，他牢记习近平总书记"筑牢祖国北疆万里绿色长城"的殷切嘱托，把根牢牢扎在了大兴安岭这片沃土。

魂归林海

于海俊是内蒙古赤峰市翁牛特旗人，1987年7月从内蒙古林学院毕业后来到内蒙古大兴安岭森林调查规划院工作。熟悉他的人都知道，他是一位善于钻研业务、实事求是的"业务尖子"。

在规划院工作期间，夏季，于海俊和同事们扛着七八十斤重的背包钻进林区，爬高山、穿密林、趟河道、走沼泽，搞测绘、做设计；寒冬，他带领外业调查人员深入北部原始林区，住荒山野岭，喝刨冰水，吃冻白菜和土豆，如期完成了防火工程基础设施勘察设计任务。

1998年，国家启动一期"天保工程"的时候，规划院承担了国家林业局、林管局下达的各项工程规划设计任务。于海俊作为规划院副总工程师、规划设计室主任,深知此项工程浩繁复杂,战略意义重大,在时间紧、任务重的情况下,他带领全体设计人员投入到紧张的工程设计中。

当时,加班加点成了工作常态。于海俊作为领导干部更是以身作则,身先士卒,经常是困了就洗把脸,累了就在桌子上打个盹儿。办公楼离家不足200米,但他忙得什么都顾不上了。马上过年了,眼看着于海俊已经一周没有回家,妻子只能把换洗衣物和洗漱用品给他送到办公室。妻子看着他憔悴的面庞心疼地哭了,于海俊却埋怨妻子不该来。

一期"天保工程"从零开始,没有现成经验或者具体模式可供参考,作为设计项目负责人的于海俊,就充分结合林区实际,大胆采用综合分析模式和成熟的技术经济理论,推广先进设备、先进技术科技项目,使之应用到具体设计中,应用到工程建设实施中,加快科技成果转化为生产力。

从图里河、甘河两个试点林业局的规划,到林区"天保工程"实施方案,从各林业局森林分类,到公益林、商品林建设规划,无不凝聚着他的辛勤的汗水。他带领团队几乎勘察遍了林区的每个角落,为上级决策和工程建设单位施工提供了翔实的基础依据。

多年来,于海俊负责并参加的林业工程规划设计、森林资源调查规划设计、生态环境工程设计和测绘项目共有100余项,其中完成了"天保工程"设计32项,8个项目获评全国和省部级优秀科技成果奖,主编或参编完成论文、著作10余篇(部),他还先后获得过"内蒙古自治区优秀科技工作者"等近20项荣誉。

2009年，于海俊被聘为全国森林工程标准化技术委员会委员。他先后参与编制了4项国家林业行业标准；创造性地提出"补植补造"概念及森林经营措施，这些都被成功纳入《东北内蒙古国有林区森林培育实施方案》和检查验收办法。他主持设计的"吉南工程造林总体设计""阿尔山林业局苏河人工速生丰产林基地总体设计"等成果，多次在国家、自治区和管理局获奖。

2011年1月，于海俊调到根河林业局工作，肩负的责任更重了。但他是一个把责任和压力埋在心底的人，习惯于用扎实工作和专业精神去迎接每一个挑战，攻克每一个堡垒。

"一个人活在世上应该有所追求，我的追求是让青山常绿，家园更美。"他接受了组织的任命，也接过了这份嘱托与信任。

在林业局，他先后主持推动构建起根河局森林资源监管"一体两翼"新格局，走出了生态保护建设良性发展的新路子；确立了科学合理的管护方式和管护建设目标，建立健全了森林管护机构和四级管护责任体系。他积极推动阳坡造林，要求"造一片、成活一片、保证一片"，让万亩荒山荒地披上绿装。

他用一个个具体的行动、一项项突出的成果，交出了一份份沉甸甸的答卷。

工作的调整，也让于海俊和妻子刘文庆开启了长达8年的两地分居的日子。

牙克石火车站，是内蒙古大兴安岭重点国有林管理局驻地，也是去往根河的始发地。刘文庆已经不记得自己有多少次穿梭在车站站台上，登上那趟熟悉的绿皮火车，赶200多千米的路去看望丈夫。

当时，曾和丈夫打过一个赌：谁手中攒的火车票多，就说明谁去看对方的次数多。没想到的是，这个赌约最后却只成了回忆。

妻子深深理解丈夫对事业的挚爱，更知道丈夫严于律己的性格和作风。她尽量不去打扰他的工作，每次去看他都是快去快回，自费往来，不占公家一分便宜。于海俊也是如此，在有限的探亲假中，全部乘坐绿皮火车往来，在路上耗上八九个小时。

刘文庆原来想等丈夫退休后，把他们攒的火车票做成一本纪念册，记录他们夫妻这段聚少离多的日子。丈夫走了之后，这份纪念册很快就做好了，她把它摆在卧室的床头，经常翻开看看。每一张车票都承载着一段记忆，让她能够短暂地忘却悲伤，再次回到那段岁月中去。

她说："海俊的一生把一切都给了工作、给了林区，我们值！"

第三节　漫漫航程　浩浩壮歌

护航"磨刀石"

劈波斩浪，扬帆远航，对个人意味着梦想、冒险与意志，对国家则意味着主权、安全和实力。早在15世纪初叶郑和七下西洋，到现代海军驰骋于远海大洋，中国大航海的征帆从不畏惧风浪险阻。

随着中国经济的发展，对外贸和海外能源的依赖日益加重，保护远海运输航线和海外利益的需要愈来愈强烈。维护世界海上战略通道的安全,深入推进改革开放和国家"走出去"战略,成为中国国家安全、战略利益的集中体现之一。

亚丁湾——连接东亚国家和西欧及北美东海岸的重要航线,这里每年有2万艘各国船舶、1000多艘中国商船经过,却因海盗活动而冲突不断,引发国际社会关注。为了维护国际航行安全和本国利益,中国从2008年开始派出军舰到此护航。

亚丁湾护航,是我国军事力量首次赴海外维护国家战略利益,首次赴海外履行国际人道主义义务,首次在远海保护重要运输线安全。

经南海,过马六甲海峡,跨越印度洋,至亚丁湾、索马里海域,4400海里的海上航路,中国海军护航编队迄今已走过13年征程。

2020年4月28日,中国海军第35批护航编队从舟山某军港起航,向亚丁湾进发。编队由导弹驱逐舰太原舰、导弹护卫舰荆州舰和综合补给舰巢湖舰组成。其中,巢湖舰服役7年,荆州舰服役4年,太原舰是入列一年多的"新兵"。

此次护航任务面对的形势尤其错综复杂:周边国家疫情防控严峻,亚丁湾海盗活动趋势抬头,潜在安全威胁接连不断。对编队来说,这是一场疫情肆虐下的逆行远征,也是一场风险交叠的安全大考。

离开码头后,护航编队走一路、练一路,沉着应对海盗袭扰等各种安全威胁。

当地时间5月26日,我国商船"冬之虎"号在亚丁湾遭遇数十艘海盗小艇袭击，护航编队立即启动反海盗部署，巢湖舰前出70海里，采取有效措施让商船成功脱离海盗追击。

这不是巢湖舰第一次成功护航。2009年，巢湖舰在索马里以东海域成功解救被劫持的中国商船"德新海"号。2010年又分别成功接护新加坡籍"帕密"轮、中国商船"乐从"轮。编队官兵与海盗斗智斗勇，兵不血刃，化解了危机。

当地时间7月2日，受季风影响，亚丁湾海域风高浪急，海面能见度低。马耳他籍"亚当·阿斯尼克"号多用途船、巴拿马籍"创新之路"号半潜船和2艘巴哈马籍油船，先后向中国海军护航编队发出信号，希望提供护航帮助。

护航编队迅速响应，采取伴随护航与区域护航结合的方式，连续两天派出直升机空中巡逻警戒，并延长了护航里程，最终将4艘外籍商船护送至预定海域，完成第1317批护航任务。

当地时间8月5日，护航编队收到香港"海洋能源"号商船的求助电报。该船一名船员左腰部剧痛，并伴有呕吐症状，希望获得医疗援助。

编队指挥所快速反应，派巢湖舰前出驰援。经过3个小时的高速航行，巢湖舰与"海洋能源"号商船顺利会合。医疗队员快速搭载小艇，将消毒后的药品送至商船。

"感谢海军！向你们致敬！"商船船长和船员站在船舷边，向着远去的高速小艇使劲挥手。

9月23日，亚丁湾东部海域，暖阳下的海面波光粼粼，仿佛有万千根银针在穿梭。中国海军第35批护航编队和第36批护航编队在此交汇，进行分航。

信号弹齐发、汽笛长鸣，两支编队纵队并行，官兵们挥手互致敬意。

分航后，第35批护航编队将对有关国家进行友好访问，第36批护航编队开始独立执行护航任务。

第35批护航编队圆满完成使命，交出一份优秀答卷：全程170天不靠港休整，航行10万余海里，完成27批49艘中外船舶伴随护航等任务。

担任指挥舰的太原舰，以及曾创下海军出访时间最长、访问国家最多纪录的荆州舰，为首次护航，均出色地完成了使命任务。

如今，在护航行动这块"磨刀石"上，中国海军在远海兵力运用、组织指挥、兵力投送等方面，经受了全方位的锻炼，执行多样化军事任务能力得到全面提升。

历史一页

建设强大的人民海军，寄托着中华民族向海图强的世代夙愿。海军能不能走出去、走得远，是衡量海军建设发展水平的一个重要标志。亚丁湾护航，迈出了我海军兵力走向远海的历史性一步。

2008年12月26日，中国海军翻开历史一页：首批护航编队出发赴亚丁湾、索马里参加护航任务，全程不间断航行，历时124天，在遥远陌生的海域与海盗较量，捍卫国家利益和公民海外安全，创造了中国乃至世界海军史上的奇迹。

首支威武之师由南海舰队参谋长杜景臣少将任指挥员，武汉舰、海口舰和微山湖舰编队，由800名官兵组成，于2009年1月

6日按计划抵达亚丁湾海域。

当天,护航编队就接到上级命令,为4艘中国商船护航。这些商船在得知祖国的军舰将来保护他们时,早早就提出申请并前去等候。当舰载直升机飞临其中一艘商船上空时,看见商船的甲板上用白漆写着四个大字:祖国万岁!

这是我国船员表达对祖国以及自己海军的朴实而真挚的情感!

2009年2月9日,遭海盗劫持的天津远洋渔业公司"天裕8号"渔船,经过多方协调终于获释。护航编队授命为其护航。会合时,"天裕8号"渔船已被洗劫一空,食物、饮用水断绝,油料耗尽。海口舰穿过3米高涌浪,克服重重困难,成功给渔船进行了海上补给,让我国船员在元宵节当天吃到了来自家乡的汤圆。两天后,"天裕8号"渔船在海口舰的伴随护卫下,顺利抵达安全海域。

2009年3月1日,希腊籍商船"织女一号"请求中国海军护航。之前,"织女一号"商船曾随其他国家海军航行,但因速度太慢而被抛弃。这艘商船虽然是外籍,但船员基本都是中国人。

护航编队果断决定给予护航。直升机运送6名特战队员登上"织女一号"商船,破例为其实施随船护卫。夜幕降临后,商船陆续遭受了数拨70余艘可疑快艇的袭扰,特战队员先是发射闪光弹、爆震弹,将快艇驱离。当仍有快艇不顾警告快速逼近时,队员们果断开枪,击溃了袭扰,也打击了海盗的嚣张气焰。

此次任务成为护航编队使用枪弹数量最多的一次。

一直以来,各国海军在护航行动中并未建立统一的合作机制,大多是按照国际惯例提供必要的人道主义帮助。而且由于采用的护航方式不尽相同,护航达到的安全系数也存在较大差别。即使划定了"安全走廊"，由军舰集中提供巡逻保护，但在此区域遭到海盗劫持的情况仍然时有发生。

中国海军则灵活运用区域护航、伴随护航和随船护卫三种方式。其中，伴随护航是基本的护航方式，也是最主要使用的方式。

对于中国海军护航编队来说，自从第一批护航编队解缆出海的第一天，就已经明确了自己的目标：只要参与护航，决不让一艘船舶掉队。

至于护航中的一些特殊情况，例如不能按计划抵达，放弃因船速过低或故障掉队的船只，在中国海军中不仅没有发生过，也根本不允许发生。

事实的确如此。中国海军首批护航编队，百分之百保证了所有被护船舶和人员的安全。这样的战绩保持至今。

2015年3月26日，也门告急！中国外交部随即宣布启动撤侨方案！

中国海军第19批护航编队接到命令后，迅速从护航状态转入撤侨准备状态。仅仅3天后，临沂舰便抵达也门亚丁港，展开第一次撤侨行动。

临沂舰舰舷悬挂的"热烈欢迎中国同胞登舰""祖国派军舰接亲人们回家"的横幅，让备受战火煎熬的同胞们喜极而泣，码头上的欢呼声此起彼伏，洋溢着作为一个中国人的尊严和骄傲。

不到10天，中国海军分5批撤出621名中国同胞和15个国家的276名外国公民安全撤离。中国政府此次快速反应、成功行动，彰显了中国作为负责任大国一切为了人民的形象。中国海军护航编队再次不辱使命，高效有序完成撤离任务。

2017年4月8日，正在亚丁湾、索马里海域执行护航任务的第25批护航编队接到通报：图瓦卢籍OS35号货船遭海盗劫持，海盗数量不明，1艘海盗小艇靠泊货船。

随即，中国海军护航编队玉林舰立即向其高速机动。午夜时分，抵达附近海域的玉林舰通过舰艇绕行、舰载直升机绕飞等方式进行观察，在确认所有船员均在安全舱躲避后，果断发起营救行动。16名特战队员在空中掩护下迅捷登船，以雷霆之势发动攻击，成功解救19名船员，并抓捕3名海盗。

这是我护航编队执行海外护航任务以来首次捕获海盗。被解救的外国船员举着中国国旗说："Thank you, China!"

在这条危机四伏的航向上，中国海军护航编队一次次往返巡逻、肃清航路，经历了太多惊心动魄的故事，也留下太多令人难忘的回忆。

在执行护航任务期间，中国海军还积极承担世界粮食计划署船舶的护航任务，执行马航失联航班搜救、向马尔代夫提供淡水等紧急任务，不断向世界展示中国负责任大国的良好形象，受到各国商船的高度赞誉。

"我是中国海军护航编队，如需帮助，请在16频道呼叫我。"如今，这样的通告已经在亚丁湾、索马里海域回荡了13年。"16频道"也成为中国海军的代码，成为中国的代码。

接力续航

远海大洋，中国海军不再是无名的过客。他们正在用实际行动诠释责任与担当，为维护世界和平贡献中国力量。

2021年10月17日，海军第38批护航编队与第39批护航编队在亚丁湾西部某海域举行了护航任务交接仪式。

"118、155编队分航！"随着第39批护航编队指挥员下达分航指令，乌鲁木齐舰、南京舰分别发射3发绿色信号弹，各舰同时鸣响汽笛。随后，两支编队驶向茫茫大洋，留下两道深蓝航迹。

20多天前，第39批护航编队从山东青岛起航，如期抵达亚丁湾预定海域，与凯旋之师第38批护航编队会合交接。而此时，第38批护航编队已连续5个多月奋战在远海大洋，完成了31批45艘中外船舶护航任务。

负责任大国的和平之师，再次扬威海外，为维护国家利益巡弋出击。

2021年12月14日，海军第39批护航编队安全护送卡塔尔籍油轮"库尔·阿拉迪"号、利比里亚籍货船"扬子12"号和新加坡籍油化船"复兴之路"号抵达预定海域，顺利完成第1457批护航任务。

2022年2月4日，完成任务交接与联合护航后，中国海军第39批、40批护航编队在亚丁湾中部海域举行分航仪式。自此，第40批护航编队正式担负亚丁湾护航任务。

第40批护航编队由导弹驱逐舰呼和浩特舰、导弹护卫舰岳阳舰和综合补给舰骆马湖舰组成，携舰载直升机2架、特战队员数十名，任务官兵共700余人。其中，呼和浩特舰是首次执行护航任务。

出发前，编队隆重举行誓师动员大会。官兵纷纷表示，将立足新起点、紧盯新形势、落实新要求，做到护航一路、训练一路、学习一路、提高一路，以优异成绩迎接党的二十大胜利召开。

接力助力，交替轮换，中国海军常态化护航继续谱写美丽华章。

"乘长风战恶浪，钢铁编队横跨印度洋，维护国家利益，保障运输通畅，勇敢水兵驰骋亚丁湾上……"护航线上，由官兵创作的《亚丁湾护航之歌》一直在传唱。有的人第一次听到这首歌时还是一个懵懂的学员，再次高唱时已经成了这片海的守护者。

每一次出征，护航官兵都是用这支慷慨激昂的歌曲，向祖国表达不负使命、必达目标的决心，向家乡亲人表达不畏险阻、保家卫国的壮志，向世界吹响中国海军护航远海大洋的号角。

这歌声饱含了多少海军官兵的无私奉献，多少海军家庭的默默支持，多少中华儿女的热切目光！

13年间，中国海军先后派出39批护航编队完成1461批7000多艘次中外船舶护航任务，让亚丁湾、索马里这片世界上"最危险海域"重新成为黄金航道，用实际行动展现了中国军队的大国担当。

13年间，中国海军护航编队先后与多个国家的舰队建立信息共享机制和指挥官会面制度，开展联合护航、联合演练140余次。高扬五星红旗的中国海军护航编队已成为过往中外船舶信赖的一支和平力量。

广袤的亚丁湾、索马里海域，见证了人民海军走向深蓝的航程。

从20世纪80年代中国海军首次挺进太平洋，到90年代广泛开展科技大练兵，再到新世纪加强信息化建设，中国海军建设发展如中流击水、奋楫争先。

深化国防和军队改革大开大合、大破大立，实现了我军组织架构和力量体系的整体性、革命性重塑。海军迎来新的历史机遇，发生历史性变革。

双航母编队列阵大洋，新型战略核潜艇、大型驱护舰、综合补给舰等密集入列，新型战斗机、预警机、反潜巡逻机整建制改装……海军远海防卫作战装备力量体系加快发展，近海防御作战装备力量体系不断优化，两栖攻击装备力量体系持续增强。

自建立以来，中国海军在党中央、中央军委坚强领导下，先后经受1375次战斗考验，坚决维护领海主权和海洋权益，打出国威军威，立下不朽功勋。

与此同时，中国海军在远海大洋肩负的使命与任务越来越重，从亚丁湾护航到联演联训，从大洋练兵到友好访问，既是维护安全秩序的和平之师，又是捍卫主权尊严的威武之师。在面向深蓝的国际舞台上，中国海军越来越开放自信，也越来越成熟担当。

后记

党的十八大以来,党中央高度重视脱贫问题,在习近平中国特色社会主义思想的指导下全面打响脱贫攻坚战,经过全体人民的努力奋斗,中国脱贫攻坚战取得了全面胜利,完成了消除绝对贫困的艰巨任务。

20世纪末,中国基本解决了农村贫困人口的温饱问题,向世界彰显了社会主义制度的优越性。进入新世纪后,党和人民上下一心、团结奋斗,如期完成脱贫攻坚、全面建成小康社会的历史任务,实现第一个百年奋斗目标,充分彰显了中国特色社会主义制度的强大生命力和创造力。如今,中国正意气风发地向着全面建成社会主义现代化强国的第二个百年奋斗目标迈进。这是一条中国式现代化的道路,其重要特征就是全体人民共同富裕;这是一次在新的战略机遇期下的重大挑战,其核心内容就是如何更好地维护和促进社会公平正义,防止两极分化,尽可能减少相对贫困的发生。

相对贫困与社会经济发展水平无关,而仅仅与收入差距有关。只要存在收入差距,就存在低收入阶层,从而就有相对贫困。绝对贫困是可以随着经济增长以及社会发展水平的提高而减少的,但相对贫困只能随收入不平等现象的减少而缓解。中国消除绝对贫困是一项伟大成就,在实现现代化的道路上走出了关键一步,接下来,中国共产党将带领人民着手解决相对贫困的世界性难题,这必然是一项更加艰巨的任务。贫富差距过大一直是阻碍各国现代化发展的重要因素，中国始终在积极实践，不断寻找行之有效的解决方案。过去10年，中国城乡居民人均可支配收入比从2.88:1下降至2.5:1，东部与西部人均地区生产总值比从1.87下降至1.68。

党的二十大报告指出，要"巩固拓展脱贫攻坚成果，增强脱贫地区和脱贫群众内生发展动力"。2023年，中央一号文件对如何"增强脱贫地区和脱贫群众内生发展动力"提出了具体部署。如今，中国在消除绝对贫困两年多的时间里，脱贫地区和脱贫人口的发展基础和发展能力得到进一步提升：现代产业体系的建设步伐正在加速；防止脱贫人口返贫的动态监测帮扶机制逐步建立；脱贫人口"稳岗就业"成为不少地方政府"头号工程"，就业规模和质量上得到有力保障，主动发现机会、创造机会、推动全方位发展的模式趋于常态化，不断增强内生发展动力。

从全面建设小康到全面建成小康再到共同富裕，是中国式现代化的内在逻辑和重要标志，也是中国共产党的奋斗目标与初心使命，是中国式现代化与西方现代化的本质区别。我们身逢其时，有幸成为这"史诗般"画卷的描绘者、见证者、记录者，既感到时代大潮的波澜壮阔、势不可挡，又感到涓涓细流的百折千回、众流归海。这画卷不仅为世界减贫事业提供了"中国样本"，更将为共建一个没有贫困的人类命运共同体提供"中国经验"。